KB122086

웅진주니어

― 1987 ―

일본심판
日本審判

일본총리 납치사건

· 문윤성 장편소설 ·

· ✦ ·

아작

차례

1
42명의 일본격파 결사대

승객 2백여 명을 태운 보잉 747기는 거대한 몸체답지 않게 살짝 활주로를 뒤로 밀고 창공으로 떠올랐다.

'드디어 출발이군.' 나는 숨을 길게 들이마셨다. 창밖을 내다보니 푸른 하늘만 보였다. 구름 한 점 없는 쾌청한 날씨였다. 나는 별 뜻 없이 두 팔을 크게 벌려 기지개를 켜고 손목시계를 들여다봤다. 오후 2시 정각. 7월 18일 목요일.

"만사 오케이네." 옆 좌석의 박만운이 내 옆구리를 쿡 찌르며 히죽 웃었다.

나도 빙그레 웃어주었다.

우리 일행의 한 사람인 박만운은 예비역 육군 중령으로 평상시는 과묵한 성격의 사나이였다. 키가 2미터나 되는 거인으로 웬만한 일로는 자기감정을 겉으로 드러내지 않는 사람이어서, 주위 사람들로부터 존경을 받기도 하지만 가끔은 따돌림을 당하기도 했다.

겉보기에 태산같이 믿음직스러운 이 사나이는 실은 대단한 과격파로, 자기 비위에 안 맞으면 때와 장소를 가리지 않고 폭발적인 행동을 보였다. 연대 참모직에서 해임된 것도 그런 성미 때문이었다.

박만운의 선친은 임시정부 요인으로 해방 전 만주 북지에서 전사했다. 당시 66세의 고령이었던 선친은, 정부 요인답게 후방에 있어도 무방함에 불구하고 새파란 젊은 전사들과 함께 최전방에 나서서 일본군과 맞싸우다 장렬한 최후를 마쳤다고 했다.

박만운의 열화 같은 성질은 아마 부친의 영향을 강하게 받은 것으로 그는 일본인을 몹시 싫어했다. 한일기본조약 교섭 시절에 그는 수교반대 데모에 항상 앞장에 나서서 싸웠다. 이런 그의 성격을 비춰 볼 때 이번 우리의 일본 원정에 그가 가담한 건 당연한 일이었다.

그러나 나는 우리 계획에 그를 반가이 맞아들이면서도 마음 한 구석에는 뜨악한 감이 없지 않았다. 그의 불 같은 성미와 좀 심하다 할 정도의 일본인혐오증이 마음에 안 걸릴 수가 없었다. 그래서 나는 일부러 박만운의 옆자리에 붙어 앉기로 했다. 그만큼 내게는 그에 대한 불안감이 있었다.

이번 거사에 참여한 우리는 물론 모두가 배일사상을 가진 사람들이긴 했으나, 무턱대고 일본이나 일본인을 증오하거나 단순한 복수심에 휩싸인 사람들은 아니었다.

우리는 이웃으로서의 일본과 정상적이며 참된 사귐을 바라는 입장에서 이번 거사를 실행하는 것이었다. 우리가 싫어하는 것은 일본 그 자체가 아니고, 일본의 잘못된 부분에 있을 뿐이었다.

일본인들의 잘못된 부분이란, 지나치게 이기적이고, 이웃에 해를 끼치고도 태연한 마음가짐, 또 태연함을 지나쳐 그것이 자기네들의 우수성인 양 자랑하는 못된 심보였다. 우리는 이 점을 규탄하고 그들 스스로 뉘우치게 하자는 데 목적이 있었다.

우리는 이번 거사에서 될 수 있는 한, 인명의 살상은 피할 것을 원칙으로 하였다. 인명뿐 아니라 불필요한 파괴행위도 일체 배제하기로 하였다.

적을 공격하면서 적의 희생이 없기를 바란다니 무슨 소린가 하고 의아해할 사람이 있겠으나 그 까닭은 매우 단순했다.

과거 일본인의 이웃 나라 침략사를 돌이켜 보면 알다시피 일본인들은 언제나 아무 까닭 없이 이웃 나라에 쳐들어가 무자비한 살상, 대량살육, 약탈을 즐겼다.

10세기 전후의 서태평양 연안 각국을 공포로 휩쓴 왜구가 그랬고, 1592년 발발한 임진왜란이 그랬고, 1984년의 청국침략이 그랬고, 1910년의 한국침략이 그랬고, 1931년 만주 점령을 계기로 한 태평양전쟁이 그랬다. 그 당시 그들은 희생당한 사람들의 피를 뒤집어쓰고 좋아서 날뛰었다.

그러나 우리는 달랐다. 그들과 똑같이 잔인성을 무기로 삼을 수는 없었다. 우리의 이번 일본 공격은 피를 보기 위함이 아니었다. 하지만 우리가 준비한 무기에는 최신 공학이 자랑하는 각종 살인 장비가 있으며 소형 휴대용 원자탄까지 있었다. 그러나 이건 어디까지나 우리의 방어용 무기지 살상을 위한 흉기는 아니었다. 이 무기들을 작동하고 안 하고는 우리의 의사에 달리기보다는 우리의 일차 공세, 즉 경고를 받고서 취할 일본당국의 태도 여하에 달렸다.

막 서울 상공을 출발한 보잉 747기의 2백여 좌석을 메운 승객들

대부분은 한국인과 일본인들이고 그들의 얼굴에는 일상적인 평화로 가득 차 있었다. 일본 공격이니, 원자탄까지 동원한 무기사용도 불사하겠다느니 하는 엄청난 상황은 그들에게 전혀 짐작조차 하지 못할 그런 평화스러운 분위기였다.

✳

나의 이름은 김기식.

복장은 등산복 차림이고 휴대품 역시 등산용구 일색으로, 한일친선 야리가다케 혼성 등반대의 일원으로 위장했다. 비행기 탑승객 중에는 나 같은 등산복 차림의 인원이 모두 36명이었다. 이들 중 20명은 진짜 산악인이지만, 나와 내 옆자리의 박만운을 포함한 16명은 일본을 무력으로 굴복시키기 위하여 파견된 특공대의 한 부분이었다. 우리가 사용할 무기는 별도의 수단으로 이미 일본 각지 요소요소에 배치되었다. 우리 16명의 위장 산악인들은 2시간 후 일본에 착륙하는 즉시, 미리 적지에 잠입해 있는 전우들과 함께 행동을 개시할 것이다.

우리는 기필코 성공할 것이다. 전쟁이다. 그리고 일본은 우리에게 정복되고 말 것이다. 과연 우리가 계획하는 일본 점령이 무혈점령이 될지, 또는 얼마만큼의 피를 흘리게 될지는 나도 예측할 수 없었다. 그건 뚜껑을 열어봐야 알 일이었다.

그럼 전쟁이 정말 일어난단 말인가? 왜 갑자기 이렇게 평화스러운 이 시점에서 전쟁이 일어나야 한단 말인가? 하는 어리석은 질문이 있을 수 있겠으나 전쟁은 이미 일어난 지 오래였다. 한국과 일본

사이의 전쟁은 벌써 20년 전에 일어났다. 아니, 그보다 더 일찍 시작됐을지도 몰랐다.

전쟁 도발자는 일본이었다. 공격당하고 타격을 받은 건 우리 측이었다. 전쟁 발생 당시부터 우리의 피해는 컸다. 전쟁이 장기화함에 따라 우리 쪽 피해는 엄청나게 불어나고 있었다. 더 이상은 감당할 수 없었다.

전쟁을 일으키고 전세의 주도권을 장악한 일본은 전쟁 상대를 한국에만 제한하지 않고 아시아 여러 나라를 휩쓸고 여세를 몰아 전세계에 불똥을 날리고 있었다. 이들의 교만을 더 이상 보고만 있을 수는 없는 노릇이었다.

일본이 저지른 전쟁은 경제전쟁이었다.

자유경제시대인만큼 무역경쟁이나 무역마찰이야 불가피한 것 아니겠는가. 자본이나 자원 또는 기술이 앞서는 쪽이 선두를 달리게 되고, 상대적으로 역부족한 쪽이 뒤처지게 되는 건 자연현상인데, 굳이 침략이니 전쟁이니 말하는 건 지나친 표현이고, 하물며 자유경쟁에서 몰린 쪽이 보복을 위해 무력 사용을 계획한다는 것은 말도 안 되는 소리였다. 무역전쟁이면 무역전쟁답게 정정당당하게 무역수단으로 대항할 것이고, 승산이 없을 때는 깨끗이 패배를 승복하든지 경쟁 포기를 해야지, 무력보복을 동원한다는 것 자체가 시대착오적 발상이며 세계평화에 대한 적대행위였다. 그리고 약자의 무력보복이 성공할 리도 없고, 이기든 지든 간에 부당하고 비합리적인 행위였다. 이야말로 세계의 웃음거리밖에 안된다고 생각하는 이도 있을 것이다. 하지만 우리 사이에서도 일본 공격을 실행하기에 앞서 충분한 토론을 거듭한바 있었다. 우리 진영 안에서도 처음에는 많은 반대론자가 있었으나 토의를 거듭한 끝에 도달한 결론은 무력을 써서라도 일본을 응징해야 한다는 데 도달하였다.

일본의 과거 침략사와 오늘의 현실을 살펴보면 일본이 규탄받아 마땅하고, 지금 당장 일본인들의 그릇된 자세를 바로잡아줘야 할 이유를 알 수 있게 된다.

10세기 전후 일본에는 도처에 대장간이 크게 붐볐다. 농경시대이니만큼 농기구제작이 주된 작업이었는데, 그중 상당수 대장간은 농기구와는 인연이 먼 칼 제작을 전문으로 하였다. 당시 지배계급인 무사들은 반드시 두 자루의 칼을 허리에 차고 있어야 하는 격식이니, 칼의 수요가 엄청나게 많을 수밖에.

매사에 꼼꼼하고 한 가지 일에 파고드는 일본인 기질이라 칼 전문제작 대장간에서는 점차 더욱 좋은 물건이 만들어졌다. 좋은 칼이란, 갑옷을 입은 사람일지라도 한 동작으로 쳐 죽이고, 여러 사람을 찌르고 동강 내도 칼날이 무디어지지 않고 피가 엉기지 않아야하며, 무게와 길이가 칼 임자에게 잘 어울려야 했다.

다른 나라에서도 무기로서의 칼이 없지는 않았다. 그중에는 칼날 위에 종이나 새의 털을 얹어놓으면 절로 동강이 나는 전설적인 명품도 더러 있었다.

그런데 일본인들이 만들어내는 칼은 모두가 전설적인 걸작품들이었다. 여기에 일본 무사들의 칼 쓰는 솜씨 역시 세계 어느 나라와도 비교가 안 될 만큼 뛰어난 바 있었다. 칼을 잘 써야, 즉 사람을 잘 죽여야 직업을 얻게 되고 출세도 하는 제도 아래, 무사들은 전심전력 칼 쓰는 기술을 익혔다. 그들의 칼 재간은 거의 신기라 말할 수 있었다. 두어 가지 예를 들어보자.

어느 성주가 죄인을 사형에 처하면서 부하 무사들에게 묻는다. "죄인의 목을 자르되, 칼을 칼집에서 뽑지 않고 할 수 있는 자는 없겠는가?"

"신(臣) 아무개가 할 수 있습니다." 대개 몇 사람의 무사가 의사 표시를 한다. 그중 한 사람을 성주가 지명하면, 지명받은 무사는 죄인 앞에 나선다.

"얏!" 날카로운 기합 소리와 함께 죄인의 목은 땅에 뒹구는데 무사가 쥐고 있는 칼집에는 칼자루가 박힌 채로 있다. 물론 죄인의 목은 무사가 칼을 뽑아 자른 것이다. 결코 "얏!" 기합 소리로 이룬 노릇은 아니었다. 칼을 칼집에서 뽑아 일격을 정확하게 가하고, 다시 칼집에 넣는 동작이 하도 빨라 아무도 번쩍이는 칼날 구경을 못 한 것이다.

"좋았다." 성주는 무사를 칭찬한다. 상도 내린다. 상은 대개 성주가 쓰고 있는 부채나 말채찍 같은 가벼운 물건이다.

만일 지명 받은 무사가 실수하면 어찌 되나? "어리석은 놈!" 하고 성주가 역정을 낸다. 이 말은 그 무사에게 죽음을 뜻하는 것이다. 그러나 실수하는 경우는 거의 없었다. 지명받은 무사는 대개 신기의 소유자였다. 또 다른 예를 들어보자.

"번개칼 솜씨는 내가 제일이다."라고 서로 뽐내는 두 무사가 있었다. 이들의 주인인 성주가 두 무사를 구경거리 삼아 우열을 가리게 하였는데, 그 방법인즉 일인용 욕탕을 마당 가운데 내놓고서, 한 사람은 뚜껑이 덮인 욕탕 안에 들어가 쭈그린 채 앉아 있고, 한 사람은 밖에서 욕탕 뚜껑의 손잡이를 쥐고 있다가 심판관의 "시작" 하는 신호 소리로, 밖의 사람은 욕탕 뚜껑을 내던지는 동시에 욕탕 안의 사람을 공격하고 욕탕 안의 사람은 벌떡 일어나면서 밖의 사람을 공격하는 것이다.

여기서 말하는 일본인들의 일인용 욕탕이란 높이가 90센티미터, 넓이가 90센티미터의 자그마한 쇠솥이었다. 겨우 한 사람이 쭈그리고 앉아 있어야 뚜껑을 덮을 수 있었다. 두 사람 다 칼은 칼집에 넣은 채였다. 그러니 밖의 무사가 뚜껑을 내던지는 게 빠르냐, 아니면 안에 쭈그리고 앉아 있는 무사가 일어서는 게 빠르냐? 실로 순간의 차이로 승부를 보자는 것이었다.

보통 제비를 뽑아 욕탕 안과 밖의 위치를 정했다. 갑은 욕탕 안에 들어가고 을은 밖에서 욕탕 뚜껑을 잡고 있기로 하였다. 구경꾼들은 아무도 승패를 점칠 수 없었다. 어쩌면 쌍방이 다 상할 수도 있고 어쩌면 쌍방이 다 무사할 수도 있을 것 같았다. 왜냐하면 시합의 규칙은 쌍방 모두 칼집에서 칼을 빼지 않고, 공격은 단 1회에 한하기 때문이었다.

갑과 을, 두 무사가 제자리를 잡았다고 본 심판관은 "시작!" 하고 신호를 외쳤다.

성주를 비롯한 구경꾼들은 번개처럼 잽싸게 욕탕 뚜껑이 날아가고, 두 무사가 부딪치는 걸 상상하며 손에 땀을 쥐었다.

그런데 밖에서 욕탕 뚜껑을 쥐고 있는 무사 을이 어정쩡한 태도로 뚜껑을 열지 않은 채 심판관을 바라보고만 있었다. 웬일일까.

잠시 후 심판관이 큰소리로 다시 외쳤다. "시작!" 이에 응하여 무사 을은 슬며시 뚜껑 손잡이에서 손을 떼고, 서너 걸음 욕탕에서 물러나, 성주를 향하여 공손히 예를 올렸다. 심판관이 볼멘소리로 을을 나무랐다. "무슨 짓을 하는 거냐? 냉큼 뚜껑을 열어라."

을은 "네!" 하는 대답과 함께 심판관에게 묵례를 드리고 천천히 욕탕 앞으로 되돌아가 아주 천천히 뚜껑을 열어 한 손에 든 채, 뒷걸음질로 욕탕에서 서너 칸 떨어져서 우뚝 선 자세를 취했다.

뚜껑이 열린 욕탕 안을 보게 된 사람들의 눈이 휘둥그랬다. 탕 안의 무사 갑이 피투성이가 된 채 거꾸러져 있지 않은가.

무사 을은 상대가 탕 안에 들어앉고 뚜껑을 덮는 순간에 칼을 빼 죽음의 일격을 가하고, 칼을 다시 칼집에 꽂았던 것이다. 이 순간의 동작을 아무도 못 봤다. 심판관이 "시작!"을 호령할 때는 일이 모두 끝난 후였다.

이렇게 날카로운 칼에, 또 솜씨를 자랑하는 사람들이 왜구였다. 왜구는 크고 작은 배를 모아 떼 지어 돌아다니며 살인과 약탈을 일삼았다. 고기잡이배나 연안 무역선들이 해상에서 왜구를 만나면 그 자리에서 끝장이었다. 왜구는 바다 위를 휩쓸 뿐 아니라 남의 나라 아무 데나 상륙하여 어민이고 농민이고 가리지 않고 살육하였다. 때로는 지방관청까지 습격하여 분탕질도 곧잘 했다.

왜구를 당해낼 이웃 나라의 일반 백성들은 거의 없었다. 고기잡이나 땅을 일구는 일만 아는 백성들이 어찌 왜구를 당해낼 수 있으랴. 일본에 이웃한 여러 나라는 수백 년을 두고 왜구의 화를 입었다.

이들 나라 중에서 가장 많은 화를 입은 건 물론 한국이었다. 일본과 가장 가까운 위치에 있는 까닭이었다.

고구려, 백제, 신라, 고려 그리고 조선으로 이어지는 한국의 3천 년 역사의 어느 시대에도 왜구의 화를 입지 않고 넘어간 적이 없었다.

여북하면 신라 30년대의 임금 문무왕은, 자신의 능을 경주 앞바다 바닷속에 만들어, 자기가 죽은 후 귀신이 되어 왜구를 막게 하라는 유언을 남기고 죽어 신하들이 수중릉으로 모시지 않았는가.

왜구는 사실인즉 일본의 지배계급인 무사들은 아니었다. 민간불량배들이 무사의 흉내를 내며 바다 도적이 된 것이었다. 무사는 아니나 무기는 무사가 쓰는 칼이었고, 칼 솜씨 역시 무사들을 모방한 그런 것이었다. 비록 위에서 얘기한 신기까지는 못 가더라도 대대로 보고 배우고 익힌 가락이었다. 타국 사람들은 감히 맞설 수 없는 노릇이었다. 쇠도 잘리는 그들의 칼이며, 귀신도 곡할 정도인 그들의 칼 솜씨를 무슨 수로 막을 수 있었겠는가.

다행한 것은 일본인이 모두 왜구가 아니라는 사실이었다. 이 점은 분명히 해야겠다. 거의 대다수의 일본인의 본성은 상냥한 편이다. 무사 계급을 제외한 일반 일본 백성들의 경우는 특히 착한 편이라고 나는 본다. 그중의 극소수, 아마 만에 하나 정도의 불량배가 왜구일 것이다. 그렇긴 하나 왜구의 피해는 컸고 그 역사도 상당히 길었다. 그리고 왜구가 무사는 아니라고 말했지만, 어느 시절에는 그렇지도 않았다. 몰락한 장군의 어느 도당들은 숫제 군대 편성으로 왜구행세를 한 적도 있었다. 고려사와 조선사, 중국사의 어느 대목에는, 수천수만 단위의 왜구집단이 수백 척의 선단을 이용하여 해안 일대를 점령하고, 내륙 깊숙이 쳐들어가 전쟁을 방불케 한 장면도 더러 있었다. 결국 그들은 모두 토멸됐지만, 이 과정에서 왜구집단에 당한 나라들의 피해는 막대한 것이었다. 실제로 왜구는 악의 표본이며 천 년을 넘게 왜구의 화를 당한 쪽에도, 심각한 문제점이 아닐 수 없었다.

내가 왜구 얘기를 꺼낸 목적은 예부터 일본인에게는 이웃 나라에 앞서는 이기(利器)가 있으면, 그것으로 이웃을 괴롭혔다는 역사의 실증을 말하기 위해서였다.

칼과 검술 다음의 역사적 실증으로 화승총을 들 수 있다. 일명 조총이란 것이었다.

16세기 일본은 화란인들에게서 화승총을 사들였다. 일본인들은 화승총으로 무장한 수십만 대군을 동원하여 거의 무방비 상태의 조선을 습격했다. 그 때문에 조선은 7년간 일본인들의 나막신에 짓밟혀 전국이 초토화되었다. 이것이 임진왜란이었다.

그다음이 19세기 말의 일본개화였다. 미국 화륜선이 조선이나 청국에 앞서 일본에 나타난 까닭으로 일본은 이웃 나라에 한발 앞서 개화를 하고, 군함과 대포를 갖게 되었다. 그래서 우리는 일본인들의 대포 과녁이 되고 말았다. 한국에 일본은 참으로 골치 아픈 이웃이었다.

그러나 번번이 이웃을 괴롭힌 일본에 돌아간 이득이란 과연 무엇일까? 대장간에서 비롯한 칼, 칼 재간 그리고 왜구로 해서 일본이 얻은 것은 천추에 씻을 수 없는 악명, 잔인한 일본인 상! 이것뿐 아닌가.

화승총으로 조선 땅을 초토로 만든 일본의 소득은 뭣인가? 그들 역시 무모한 조선출병으로 해서 십만 여의 자기 나라 인명을 축내고 자기네끼리의 내분으로 내란 끝에 임진왜란의 원흉은 거꾸러지지 않았는가! 또 미국의 화륜선 덕으로 한발 앞서 개화한 걸 내세워서 동양의 주인 행세를 한 일본의 영화는 고작 반세기를 채우지 못하고, 그 종말은 전 국토가 잿더미로 변하고 말지 않았는가!

과거사는 그렇고 오늘의 현실은 어떤가? 제2차 세계대전이 끝난 후, 중국은 국민당과 공산당이 맞붙어 수라장이 되었고, 한국은 뜻하지 않은 6·25 전쟁으로 나라 살림이 엉망이 됐으나, 일본은 미국의 인심 후한 마셜 플랜 덕택으로 국가재건의 기틀을 잡고 이어 6·25 전쟁의 군수물자를 도맡아 공급함으로써 재미를 톡톡히 보게 되었다.

일본이 패전의 잿더미 속에서 다시 일어서게 되고 산업경제를 비롯한 모든 분야에서 발전을 보게 된 것은 이웃 나라인 우리로서도 환영하는 바이고, 국제평화 유지에도 좋은 일이라고 생각해왔다.

그러나 아시아의 여러 나라가 국내외의 사정으로 고초를 겪고 있는 사이에 산업부흥을 먼저 하게 된 점이 일본과 일본의 이웃 나라 사이에 큰 화근이 될 줄이야 아무도 미처 몰랐다. 과거의 대장간 기술, 먼저 손에 쥔 화승총, 먼저 사들인 대포와 마찬가지로 이웃에 앞선 일본의 경제력은 바로 이웃 나라의 목을 죄는 흉기로 둔갑한 것이다.

이것은 결코 거짓말도, 과장된 표현도 아니다. 한국이 침략자 일본과의 쌓이고 쌓인 원한을 풀고, 서로 돕고 의지하는 사이좋은 이웃이 되고자 서로 다짐한 1965년의 한일기본조약이 체결된 이후의 한일 두 나라 사이에는 과연 어떤 일이 일어났는가.

한국과 일본은 다 같이 미국의 핵우산 비호의 덕을 입고 있다. 하지만 실제에 있어 한국은 전 국민의 희생정신과 막대한 방위비를 짜내고 있는 반면, 일본은 이를 기화로 방위예산은 거의 없다시피 하고, 오로지 자기네의 산업발전과 대외무역 신장에만 주력한 결과 양국 간의 실력 차이는 엄청나게 벌어지고 말았다.

오늘의 현황을 대강 겉잡아 볼 때 연간 생산력은 20대 1, 산업 설비 총액은 1백 대 1 정도로 일본은 한국을 압도하고 있다. 여기서 문제 되는 것은 국력의 차이가 아니라, 차이 난 힘을 이용하여 한국을 괴롭히는 일본의 작태다.

일본의 작태 몇 가지를 말해보자.

1. 일본은 재일본 한국인의 정당한 권리를 존중하여 일부 미비한 법적, 사회적 대우를 조속히 보완할 것을 입법기관과 행정기관의 책임자들은 기회 있을 때마다 말하지만, 실제는 정반대로 한국인에 대한 멸시와 학대 방침을 조금도 누그러뜨리지 않았다.

2. 재일 한국인을 예비범죄자로, 요시찰 대상자로 규제하는 지문날인을 끈질기게 강행하고 있다.

3. 일본 정부는 종전 당시, 사할린에서 철수하면서 자기네들이 강제징용으로 끌고 간 한국인 수만 명을 외국인이란 구실로 현지에 버린 채 아무런 구호조치도 취하지 않았다. 40여 년의 세월이 흐르는 동안, 수만 명 우리 동포들은 망향의 한을 안은 채 거의 전원이 저승의 원귀가 되었고, 악착같이 살아남은 천여 명의 생존 동포들은 혹시나 하는 고국 귀환의 가냘픈 꿈을 안고 소련과 일본 정부의 조치가 있기를 기다리고 있으며, 이들 불쌍한 전쟁희생자의 마지막 소원이 이루어지도록 양식 있는 일본인을 비롯한 세계 각국의 여론이 빗발치나, 일본 정부는 귀를 막은 채 아무런 성의도 보이지 않고 있다.

4. '소식 끊긴 일본인 처'라는 말이 있다. 재일 한국인의 아내로서 남편을 따라 북송선을 탄 일본 여성이 1만 몇천 명에 이른다. 이들 많은 일본 여성들은 북송선을 타고 북한으로 떠난 후, 단 한 명

도 친정인 일본에 모습을 나타낸 사람이 없다. 그중 몇 퍼센트의 숫자는 어쩌다 친정에 서신을 보내 생활구호물자를 보내라고 보채는 측도 있긴 하나 나머지 거의 전원은 이런 소식조차 없이 그저 깜깜소식이다. 친정식구들이 일본 정부에 손써줄 것을 애타게 호소하나 당국자들의 태도는 그저 흐리멍덩할 뿐이다. 이것이 한국인의 처가 아니고 일본인의 처였다면, 일본 정부의 태도는 과연 어떠할까?

5. 강제징용으로 일본에 끌려갔다가 히로시마와 나가사키에서 원자폭탄을 맞고 죽은 사람도 많지만, 방사선 피해로 아직도 병상에 있는 사람이 많이 있다. 물론 같은 처지의 일본인들은 한국인들보다 훨씬 많다. 일본 정부는 피해자에 대한 보상이며 치료에 정성을 다하고 있다. 그러나 그건 어디까지나 자기 나라 사람에 한하고 한국인은 모른 체했다. 뜻있는 민간 일본인들이 한국인들에게 자선을 베푸는 예도 있으나, 전체적으로 볼 때 실효는 너무나 미미하다. 여기서 우리는, 일본인에게도 양심은 있으나 일본 정부는 얄미운 존재임을 느끼게 한다.

6. 한일 수교 이후 20여 년 사이에, 우리는 일본인에게서 약 360억 달러의 무역적자를 보았다. "이거 미안해서 어쩌지!" 하고 일본인들은 무역균형을 모색한답시고, 매년 구매사절단이니 시장조사단이니 하는 걸 우리나라에 보낸다. 그러나 매번 모색하고 고려해보는 데 그치지, 그 이상은 아무것도 없다. 1986년에도 우리는 55억 달러 이상의 수입적자를 봤다.

"뭣 때문에 일본에서 물건을 사 오느냐? 우리도 그들의 물건을 사주지 말자!"는 우리의 여론이 거세게 일고 있다. 그러나 불행하게도 한국은 일본이 걸어놓은 덫에 걸려 있는 신세다. 22년 전 한일수교 당시, 10년 분할 무상제공 3억 달러, 10년 분할 유상대부 2억 달러가 바로 우리의 자유를 빼앗은 덫이었다.

무상이니 유상이니 하는 명목으로, 일본은 우리에게 그들이 쓰던 기계와 자재를 넘겨주었다.

우리는 이 기계를 가동하는 데 그들의 조언과 부속자재 및 수리기구를 계속 사들여야 했고, 그들이 제공한 자재는 가공해서도 수출할 수 없게 된 한일 수교규약으로 해서, 우리는 그들의 묶여 있는 단골손님 꼴이 되어버렸다. 한국의 산업은 일본의 후진 모방산업형으로 굳어버렸고, 한국인의 소비 풍조는 일본화 경향을 띠게 되었다.

이게 바로 요즘 말하는 예속경제라는 거 아닌가!

한국의 최신 생산품은, 항상 일본의 10년 내지 15년 뒤진 낡은 상품일 수밖에 없다. 그나마 우리는 산업경제를 유지하기 위하여 계속 공장을 가동해야 하고, 계속 부속품과 자재를 일본에서 사들여야 한다.

한국은 분통 터져 죽을 노릇이지만, 일본은 깨가 쏟아지게 재미있는 노릇이다.

어쩌다 한국이 일본제품에 손색없는 것을 만들어 국제시장에 내놓으면 일본은 도저히 우리가 따라갈 수 없는 싼값으로 이에 대항한다. 그리고 한다는 소리가 "한국이 일본과 경쟁할 생각이라면, 앞으로 우리는 한국에 기계나 자재를 공급할 수 없소."

말해 무엇하겠는가, 애초에 그들의 덫에 걸린 우리의 잘못을 탓해야지.

좀 색다른 얘기가 있다. 한국인은 원래 머리도 좋고 손재간도 있다. 항상 남에게 뒤지는 노릇만 하지는 않는다. 요즘 화제의 첨단산업, 즉 컴퓨터나 VTR 등에 우리가 손을 대자 일본은 고자세로 나왔다. "한국은 그런 것에 손대서는 안 된다. 우리와 상의해서 적당한 분담작업을 의논하는 게 좋을 것이다. 우리 말을 들어라."

우리가 거절하자, "그럼 어디 견뎌봐라." 하고, 그들은 국제시장 가격의 절반 이하 가격으로 덤핑하여 마구 쏟아붓는 것이다.

일본은 이웃 나라인 한국을 특별히 미워해서 이러는 건 아니다. 그들의 장사 솜씨는 아시아의 후진국과 개발도상국들에 한결같이 작용하여 과거 2차 세계대전 때 군화로 짓밟아본 이들 여러 나라를, 이번에는 경제수단이란 올가미로 묶어놓자는 것이다.

일본은 이렇게 교만하지만 한편 용감무쌍한 면도 없지 않다. 과거 패전의 잿더미에서 오늘의 일등국으로 재생시켜준 은인의 나라 미국을 보기 좋게 다운시켜버렸다.

자동차와 철강의 나라 미국에 일제 자동차와 철강을 마구 쏟아부어 미국의 자동차산업을 녹아웃시키고, 철강공장의 문을 닫게 만들었다. 드디어 부자나라 미국은 건국 이래 최초의 부채국으로 전락하였다. 뉴욕, 시카고, 샌프란시스코, 산호세 등 미국 전역에 걸쳐 일본인이 경영하는 공장들이 속속 들어섰다. 아무튼, 일본은 굉장한 나라다.

자, 우리는 일본의 재간을, 그 간교를, 그 만용을 칭찬만 해야 할 것인가?

아니다. 일본은 우리에게 소리 없는 선전포고를 한 것이다. 일본을 이끄는 당국자들의 고의든 아니든 그들의 행동은 의심의 여지가 없는 전쟁행위다. 지난날의 왜구와 화승총, 대포 대신 그보다 더 무자비하고 위력 있는 흉기인 경제수단과 무역침략으로 이웃 나라를 비틀거리게 하고 세계평화를 뒤집어놓고 있다.

우리는 이제 소리 없는 일본의 선전포고에 대하여 소리 있는 선전을 포고한다. 일본을 응징하라!

"일본에 선전포고를 하겠다고? 그 기분은 충분히 이해하겠다. 그러나 선전포고를 했다고 일이 되는 게 아닐 것이고, 선전포고에 뒤따르는 실전이 있어야 하고, 실제로 싸울진대 승산이 있어야 하지 않겠는가? 도대체 뭣으로 어떻게 싸우겠다는 것인가?"

의당 있음 직한 질문이다. 이 점은 우리 진영 안에서도 초반에는 많은 동지들이 의구심에 휩싸였고, 우리의 일본 공격이 실패할 경우 몰아닥칠 반작용을 걱정하여 한때는 일본 공격 포기론이 지배적이었다.

그러나 일본응징의 필요성이 인정된 후 우리는 이마를 맞대고 필승의 전략을 연구하였다. 결국 우리는 일본격파의 완전한 작전을 세우게 되었다. 지금 우리 진영 안의 주요 간부 중에 이번 작전의 성공을 의심하는 사람은 한 사람도 없다.

다만 일부 일선 행동대원 중에는 자세한 작전내용을 미처 전달받지 못해 몹시 궁금한 사람도 있을 것이다. 이제는 실전 단계에 들어간 만큼 우리 진영의 전원에게 자세한 작전계획을 털어놓는 게 좋겠다.

우리 작전의 제1단계는 일본 국토의 점령이다. 이에 동원되는 인원은 42명, 그중 한국인이 33명으로 가장 많고 그다음 일본인 4명, 중국인 2명, 그리고 필리핀과 미국, 프랑스 사람이 각 1명씩, 그래서 42명이다.

아니, 42명으로 일본을 점령한다니 무슨 잠꼬대 같은 소리냐고 말하는 사람도 있을 것이다. 하지만 우리가 일본을 점령하는 예정 기간은 약 15일이다. 그동안 우리는 일본 내 몇 군데의 가장 기능이 예민하고 긴요한 요처들을 장악하여 1억 인구의 모든 일본인을 옴 짝달싹 못 하게 할 것이다. 이 1단계 작전을 몇 차례 도상연습으로 실시한 결과 필요인원이 28명이면 가능하다는 판정이 내려졌다. 그 럼 왜 42명이나 동원했느냐면, 그건 제 2, 3단계의 작전을 계속 진 행해야 하기 때문이다. 제2단계 작전은 일본 내각 전원을 전범자로 체포, 구금하는 것이다. 이어서 제3단계 작전은 위의 전범자들을 공 개적으로 국제법에 어긋남이 없는 공정한 재판절차를 밟게 하는 과 정이다. 이때 우리 42명 전원은 검사인 동시에 공동원고로서 행동 한다. 피고는 물론 구금상태에 있는 일본 각료 전원이다.

재판장은 전 UN 사무총장을 지낸 존 F. 맥도널드 박사이며, 배 석판사는 유럽연합에서 실력자 두 명을 뽑아 보내기로 되어 있고, 필요에 따라 관선변호사도 둘 수 있다. 이외에 피고 측의 요청이나 자진변호를 희망하는 사람을 세 사람 정도 민선변호인으로 인정해 줄 방침이었다. 우리는 어디까지나 이 국제재판의 공정성과 타당 성, 그리고 권위를 존중하고 보장할 것이다. 재판은 물론 단심으로 끝날 것이다. 그다음의 작전단계는 지금 말할 수 없다. 그것은 오 로지 재판 결과에 좌우될 것이다. 우리는 이 재판의 권위를 존중하 고 보장할 것을 재판장에서 선서할 예정이며 재판 판결에 무조건 복종할 따름이다.

만약 판결이 피고들의 무죄를 선언하게 되고, 피고들이 다시 그네들의 권좌로 돌아가서 우리를 핍박하는 역전의 입장이 되더라도, 우리는 이에 반대하거나 억지를 쓰지 않을 것이다.

우리는 결코 폭도들이 아니며, 개인적 감정이나 무분별한 충동으로 이번 거사에 나선 것이 아니므로, 우리는 어디까지나 국제법정의 판결에 복종할 것이다.

우리의 이번 거사에는 많은 외국인, 특히 일본인들이 다수 참여하여 중요한 역할을 맡고 있다. 그들이 기꺼이 참여하게 된 데는 우리의 의도가 개인이나 소수인의 감정과 이익을 도모함이 아니라, 뚜렷한 대의명분 아래 세계평화를 위해 도움이 되기 때문이다.

우리는 국제법의 전문가가 아니기에 혹시 피고들이 현행 국제법조문의 전범행위자로 인정받지 않게 될지도 모른다. 그러나 우리가 가진 뚜렷한 증거와 세계인의 공정한 양심은 결코 피고들을 용서 안 하리라 확신한다.

"일본을 점령하고 일본 정부의 각료 전원을 체포한다니 글쎄 믿기 어려운 얘기군. 거기다 한술 더 떠 국제재판이니, 재판장에 맥도널드 박사니, 배석판사가 누구누구니, 관선변호사, 민선변호사 어쩌고저쩌고하니, 무슨 얘기인지 갈피를 못 잡겠다. 정말 맥도널드 박사도 당신네 일당이란 말인가?"

사실 그분들은 우리의 조직과는 관계가 없다. 다만 그분들의 높은 인격과 학식을 존중하여 우리가 벌이는 전범재판에 관여해주길 요청했고, 그분들은 이에 동의했다. 그러므로 앞으로 벌어질 재판은 명실공히 공정하고 권위 있는 국제재판이 될 것이다.

맥도널드 박사도 동의는 했으나 과연 42명의 특공대와 1억 일본인의 대결이 성공이 될까 하는 의구심이 얼굴에 가득했다.

여기서 한 가지 말해둘 게 있다. 현대의 많은 사람은 나날이 변해가는 국가라는 실태에 관하여 그릇된 관념에 사로잡혀 있다는 것이다. 다시 말해 미국이나 소련 같은 초강대국이나 일본, 독일, 프랑스 등 일등 국가들의 힘은 절대적이어서, 약소국가들은 집단으로 덤벼봤자 싸움이 안 될 것으로 생각한다. 하물며 약소국가도 아닌, 단체나 테러집단 따위로는 일시적 난동을 부릴 수 있을지 모르나, 국가권위에 정면으로 맞설 수는 없다고 쉽게 믿고 있다. 그러나 이런 생각은 낡아빠진 그릇된 고정관념이다.

오늘날 과학의 발달과 시간이 멀다고 새로 탄생하는 특이한 물질들은 강대국의 방위능력을 아예 무시할 지경에 이르렀다.

아까 나는 일본 공격에 나선 인원이 42명이라 했는데, 만약 우리가 오직 무자비한 복수심만으로 행동한다면 일본의 전 국토를 폐허로 만들고 1억 인구의 과반수를 몇 시간 안에 죽여버릴 수도 있다. 이에 필요한 인원은 단 한 사람이면 족하다.

방법은 간단하다. 한국이나 중국의 어느 지점에서 여객기로 가장한 항공기에 조종사 한 사람만 타고 하늘에 떠오르면 일은 끝나는 것이다.

이 조종사가 동중국해 해상에서 동쪽으로 흐르는 기류에 세균이나 독약을 풀어놓는 것이다. 이 독극물은 순식간에 일본 열도 전부를 오염시킬 것이다. 오염된 땅은 몇 세기 동안 풀 한 포기 싹트지 않을 것이다. 실로 끔찍한 얘기가 아닌가!

이런 무섭고 끔찍한 테러는 인류의 적이다. 물론 우리는 테러리스트가 아니다. 그래서 정정당당히 선전포고하고, 적의 수뇌부를 체포하여 국제재판에 회부하겠다는 것이다.

2
일본에 보내는 경고문

　나는 되도록 긴장감을 풀고 가능한 한 주위 사람들에게 자연스럽게 보이려고 태연함을 유지한 채 자리에 앉아 있었다.

　하지만 시간이 점점 흘러감에 따라 내 몸속의 긴장감은 계속 고조되어갔다. 괜히 기지개를 켜게 되고 시계를 자꾸 들여다보는 등 초조감이 더해갔다.

　옆자리의 박만운이 나의 옆구리를 쿡 찌르며 "만사 오케이네." 하며 웃는 것도 따지고 보면 부질없는 짓이었다. 나는 마주 웃어 보이면서 한쪽 눈을 찡긋하였다. 더 이상 지껄이지 말라는 신호였다. 박만운은 일부러 나를 흘겨보며 휙 등을 돌렸다. 역시 그는 역전의 용사답게 마음의 여유가 있었다. 우리의 계획이 만전을 기한 거라고는 하지만, 목숨을 건 모험임은 틀림없었다. 그래서 우리는 서울을 떠나기에 앞서, 전원 죽기를 맹세한 바 있었다. 살기를 염두에 두었다간 일을 망친다. 상대는 전 일본의 자위대와 경찰이 아닌가.

그런데 박만운에게는 전혀 긴장의 빛이 없었다. 원래가 배짱 좋은 사람이었다. 다른 동지들은 어떤가 하고 기내를 살펴봤다. 모두 태연한 자세이고 몇 사람은 숫제 입을 크게 벌린 채 잠을 자고 있었다. 나는 만족하였다. 우리 일행은 36명으로 모두 등산복 차림이었다. 한일 친선 야리가다케 등산회원들로, 도쿄에 닿으면 일본 산악회의 영접을 받고, 이틀 후에는 우리 일행과 같은 수의 일본인 회원들과 혼성팀을 이루어, 야리가다케에 오르기로 되어 있었다.

앞서 말한 대로 우리 일행 36명 중 20명은 진짜 산악인이지만 나머지 16명은 가짜였다. 위장 산악인 16명은 오늘내일 사이에 꾀병을 앓아 산행에서 빠지기로 되어 있었다. 도쿄에 남아서 예정된 공작을 실행할 작정이었다. 우리 일행 16명 외에 별도로 26명의 공작대가 1년 전부터 삼삼오오 짝을 지어 일본 각지에 잠입해 있었다.

그중 홋카이도 하코다테에 가 있는 다섯 명의 동지는, 이미 그들이 맡은 임무를 착수했을 것이다. 그들의 임무란 그곳 지방신문인 〈홋카이도 타임스〉에, 일본 및 일본 정부에 보내는 경고문을 광고료를 동봉하여 보내고 일본 정부의 대응 태도를 봐서 그다음 조치를 취하는 것이다.

우리는 아직 〈홋카이도 타임스〉는 보지 못했으나 경고문의 내용은 우리가 서울에 있을 때 만든 것이라 잘 알고 있었다. 그 내용은 이렇다.

〈경고문〉

친애하는 일본국민 여러분.

우리는 세계평화유지기구입니다. 우리는 전 세계 각계각층의 인류평화를 염원하는 사람들의 모임입니다.

우리는 오늘의 세계정세를 살펴보건대, 40년 전인 1945년 8월 그 당시와 흡사함에 놀람을 금할 수 없습니다. 여러분도 기억하고 계시겠지요. 40년 전 일본의 군벌은 아시아의 지배자로 자처하다가 세계 열강과 아시아 각국으로부터 맹렬한 반격을 받아, 일본 전토를 잿더미로 만들고 수백만 명의 선량한 국민들의 목숨을 잃게 하였습니다.

일본국민 여러분, 오늘의 형편은 어떻습니까? 40년 전의 군벌 대신 막강한 재벌들이 아시아 여러 이웃 나라의 시장을 석권하고, 자유경쟁의 미명 아래 수십억 후진국 국민들을 괴롭히고 있습니다. 의기양양한 재벌들은 아시아 영역을 넘어서 전 세계를 상대로 무역전쟁을 일으키고 있습니다.

과거 일본 군벌의 잔인한 침략근성을 그대로 물려받은 오늘의 일본 재벌은, 타국경제 혼란과 고통은 안중에 없이 오직 자기 이익만 추구하고 있습니다.

그 결과 일본은 겉보기에 일등국으로 올라선 것 같으나 무자비하고 무질서한 축재 과정에서 안으로는 일본 고유의 미풍양속이 자취 없이 사라지고 그 대신 마약과 음란의 혼란에 빠지고 말았으며, 밖으로는 전 세계인들이 보내는 증오의 눈치로 포위되었습니다.

이제 전 세계인의 일본 총공격은 눈앞에 다가왔고, 1945년의 비극은 재연될 위기에 있습니다. 이에 우리 세계평화유지기구는 비극을 사전에 막고자 일본 정부에 경고하는 바입니다.

일본 정부는 과거와 오늘의 현실을 반성하고 다음 사항을 즉시 실행하라.

1. 무역 불균형으로 피해를 본 상대국에 이제까지 일본이 얻은 무역 흑자액 상당의 무상 또는 장기 유상차관을 제공하라.

2. 현재 일본 내에 거주하는 과거의 모든 피압박 민족에 일본인과 완전히 동등한 대우를 하고, 이제까지의 차별대우로 인한 물질적 정신적 피해를 보상하라.

3. 과거 일본 군벌의 침략으로 인하여 피해를 받고, 이어서 일본 재벌의 수탈로 고통받는 아시아 여러 나라에 사죄사절단을 파견하고 실효 있는 경제보상을 하라.

4. 과거 나가사키와 히로시마에서 원자탄 폭발 시 방사선 오염으로 신음하고 있는 외국인 환자들을 일본인 환자의 경우와 동일하게 처우하라. 또 사할린 및 기타 지역에 내버려둔 채로 있는 일본 군벌의 피징용자들을 조속히 본인들 각자의 고향으로 돌아갈 수 있도록 정성을 다함과 아울러, 생존자와 이미 사망한 자의 유족에게 응분의 손해배상을 하라.

5. 이웃 나라에까지 영향을 미치고 있는 대규모 공해산업의 가동을 즉각 중지하고, 갖가지 수단을 이용하여 외국에 반출한 산업 폐기물을 일본 정부의 비용으로 조속히 일본 국내로 반입하라.

위의 다섯 개 조항에 대한 일본 정부의 방침을 앞으로 일주일 이내에 공식성명으로 발표하라.

만일 일주일 이내에 우리가 납득할 수 있는 내용의 성명을 발표하지 않거나 우리 경고를 무시할 경우, 세계평화유지기구는 우리의 경고가 실효를 거둘 때까지, 일본에 연속적인 타격을 줄 것이다. 타격의 규모와 성격은 사전에 말할 성질의 것이 아니나, 혹시 일본 정부가 우리의 존재를 가벼이 보는 실수가 있을 것을 염려하여, 제1단계의 타격은 하코다테 항의 완전 파괴가 될 것을 미리 밝혀둔다.

1987년 7월 15일
세계평화유지기구

이 정도 경고문으로 움직일 일본 정부가 아님은 잘 알고 있었다. 더구나 5개 항의 요구조건은 패전국에나 적용될 성질의 것이 아니겠는가. 그렇다고 우리가 이런 조건을 내세운 건 결코 장난기도 협박도 아니었다. 일본이고 어느 나라고 간에 세계평화를 유지하려면 호혜평등한 상거래가 절대적인 것이다. 그리고 2, 3, 4, 5항목은 인도주의에 입각한 당연한 조치였다. 이 당연한 조치를 일본 정부는 40년을 두고 외면해온 것이다. 40년간 외면한 문제를 우리가 불쑥 내민 경고장 하나로 신경을 쓸 일본 정부는 아닐 것이다.

그러나 이 경고문은 중요한 요식절차였다. 일본 정부가 우리의 경고를 무시할 경우 일주일 후에 하코다테 항은 철저히 파괴될 것이다. 그때 가서는 일본 관리들도 어쩔 수 없이 우리의 경고문을 자세히 살피게 될 것이다. 그리고 경고문 중에 "우리의 경고가 실효를 거둘 그 날까지 일본에 연속적인 타격을 줄 것이다."라는 글귀에 전율을 느낄 것이다.

우리의 경고문은 단순한 공갈이 아니었다. 실제로 일본을 점령하고 내각 전원을 체포할 것이다. 세계평화유지기구는 실존단체이며 그 구성원은 철저한 정신무장이 되어 있다.

이제 우리의 내부구조 얘기는 더할 필요가 없다. 우리는 목숨을 걸고 이번 작전을 실행에 옮길 것이다.

우리를 실은 항공기는 어느덧 태백산맥을 눈 아래 멀리 내려다보면서 동해 상공을 날고 있었다. 옆자리의 박만운이 심각한 표정으로 창 너머 바다 위를 응시하고 있었다.

'왜 저러나?' 나는 그의 시선 가는 방향을 더듬어 보았다. 우리 두 사람은 항공기 우측에 자리 잡고 있어 30도 각도로 쏘아보는 박만운의 시선이 닿는 곳은 대충 포항 부근 해안선임을 짐작할 수 있었다.

나는 속으로 끄덕였다. 지금 박만운은 신라 문무왕의 수중릉 있는 곳을 주시하는 모양이었다. 아마 그는 마음속으로 이렇게 다짐하고 있을지도 몰랐다. '문무왕이시여! 보살피소서! 이제 왜구는 없나이다. 없어질 겁니다. 이 박만운이가 원수의 씨들을 짓밟으러 가는 중이옵니다.'라고. 나는 일부러 그를 쿡 찌르며 히죽 웃어 보였다. 뭘 그리 보는 거냐는 뜻으로. 그러나 박만운은 까딱도 하지 않았다. 나는 다시 한 번 쿡 찔러보려다 그만두었다. 볼멘소리라도 나오면 거북할 것 같아서였다.

서울을 떠난 지 2시간도 못되어 나리타 공항에 도착했다. 기대했던 대로 일본 산악회원들과 우리 일행의 친지들 그리고 약간의 보도진이 마중 나와 그런대로 분위기는 좋았다. 박만운도 기내에 있을 때와는 딴판으로 싱글벙글 웃는 얼굴이었다.

그때 뜻밖의 사건이 우리 눈앞에서 벌어졌다. 갑자기 '탕! 탕!' 요란한 총성이 울리고, 총격받은 사람의 신음 소리, 놀란 군중들의 비명 등으로 넓은 대기실은 일순간 수라장이 되었다.

나도 깜짝 놀라 소란의 진원처를 찾아 눈망울을 굴렸다. 나와 5미터 정도의 가까운 곳에서 30대의 여자가 권총을 연거푸 두 발을 쏘고서 우뚝 선 채 매서운 눈초리로 한곳을 노려보고 있었다. 희생자는 남자 두 명, 시멘트 바닥에 쓰러져 몸을 웅크리고 있었다. 두 남자는 우리와 함께 같은 항공기를 타고 온 승객들로 우리 일행의 뒤를 따라 출구를 나오다가 미리 밖에서 대기하고 있던 여자의 저격을 받은 것이었다.

급히 달려온 두 사람의 경관이 여자에게 달려들어 총을 뺏고 수갑을 채웠다. 여자는 순순히 경관이 하는 대로 몸을 맡기긴 했으나 희생자를 노려보는 두 눈에선 시퍼런 불길이라도 나올 듯 매서웠다. 여자는 입술을 실룩거리면서 뭐라고 외치는데 알아들을 수 없는 중국말이었다. 내 앞줄에 서서 나가려던 우리 일행 중의 한 사람이 내게 통역해줬다.

"개만도 못한 새끼들, 네놈들은 죽어야 해!"

총을 쏜 여자는 단신으로 보였는데 땅에 쓰러진 두 남자에게는 여러 명의 동행이 있었다. 6, 7명의 새파랗게 젊은 여성들이었다. 중국 복장도 있고 양장도 있었다. 그중 중국 옷의 두 젊은 여자가 허둥거리며 수갑을 찬 여자에게 뛰어갔다. 세 여자는 한데 엉켜 뭐라고 지껄이며 엉엉 울었다. 통역해주는 사람 말에 의하면 그녀들은 자매지간 같고, "왜 너희들까지 저 짐승 같은 놈들에게 속아서 왔느냐"는 총을 쏜 여자의 푸념이라는 것이었다.

우리 일행을 취재하러 나온 기자와 카메라맨들은 우리를 제쳐놓고 살인현장을 담느라고 법석이었다. 기자들이 쑤군대는 소리를 들으니 총 맞은 남자들은 인신매매 전문의 갱조직원이었고, 여자들은 그들의 희생자였다.

일본 산악회원 중의 간부가 우리에게 머리를 조아리며 사과인사를 했다. "놀라셨을 겁니다. 공항에 첫발을 딛자마자 이런 끔찍한 장면이 벌어지다니, 죄송합니다."

"별말씀을 다 하십니다. 이게 어디 여러분과 무슨 상관이 있습니까. 괜찮습니다." 나는 대꾸하였다.

"자, 어서 나가시죠. 저희 버스가 밖에 대기하고 있습니다."

일본 산악회원들은 부랴부랴 우리의 앞에 서서 건물 밖으로 나섰다. 밖에는 일본 산악회 휘장을 두른 두 대의 대형버스가 대기하고 있었다. 이 사람들은 친절하게도 우리 일행 36명 전원을 민박시키기로 하고 그네들 한 사람이 우리 한 사람씩을 맡아 2인 1조로 짝지어 버스에 타기로 작정하고 있었다. 이것은 우리의 예상 밖의 일이었다. 우리는 당황하였다.

"실은 이곳 친구들의 환영식이 있어 그리 가야 하는데…." 나는 즉석에서 거짓말로 꾸며댔다. "그럼 이렇게 합시다. 여러분의 호의도 따라야겠으니 우리 일행 36명 중 20명은 여러분들이 마련하신 민박 신세를 지도록 하고, 16명은 우리 친구들이 마련한 곳으로 가도록 해주시면 어떨지요."

일본 산악회 사람들은 아쉬운 표정이나 어쩔 수 없다는 듯 우리 제안을 받아주었다. 이래서 진짜 산악인 20명은 일본인들과 뒤섞여 한 버스로 가고, 남은 한 대는 우리 16명이 빌려 타고 계획한 곳으로 향했다.

"아까 우리가 본 총격 사건을 자네는 어떻게 보나?" 박만운이 물었다. 우리 두 사람은 계속 한 자리에 나란히 앉게 되었다.

"글쎄." 나는 어정쩡한 대답을 했다.

"저렇게 해야 한다고! 나쁜 짓을 하는 일본 놈들은 두말할 것 없이 즉결처분해야 해. 그 중국 여자, 결단력이 대단하더군. 우리도 그런 식으로 해야 해. 따끔한 맛을 보여줘야지." 박만운은 말하며 나를 흘겨보았다.

박만운의 주장은, 크나큰 모험부담을 무릅쓰면서 경고작전이나 재판절차 같은 시시한 짓거리는 애당초 걷어치우고 일본의 주요산업시설에 결정적인 타격을 안겨주자는 것이었다. 즉 복수를 하자는 것이다. 그래야 속이 시원하다는 것이었다.

그러나 그것은 틀린 사고였다. 복수를 위한 복수는 속 좁은 사람이 할 짓이다. 세계평화유지기구의 방침은 경제동물인 일본인의 사고방식을 180도 전환시켜 새로운 세계질서 수립에 앞장서게 하자는 것이었다. 일본 다음에는 소련, 그다음엔 중국, 이렇게 해서 우리는 언제 터질지 모르는 세계대전으로부터 해방되고 지구의 수명을 시시각각 단축시키고 있는 공해로부터 인류를 구해보자는 것이었다.

그러나 패전국에서 이른 시일 안에 일등국으로 뛰어오른 일본은, 넘치는 자신감으로 거만할 대로 거만해진 터에 새로운 세계질서 수립에 귀를 기울일 까닭이 없었다. 별수 없이 뜨거운 맛을 보인 후 어르고 달래야 했다.

일본에 뜨거운 맛을 보이는 역할은 어쩔 수 없이 그들의 이웃인 한국인들에게 돌아왔다. 이것은 세계평화유지기구의 전략인데 이것은 어찌 보면 당연한 배역이었다. 일본으로 해서 천여 년을 두고 괴로움을 겪은 한국인들이 아닌가. 그러나 절대다수의 선량한 일본인들, 대화가 통하면 즐거운 지구가족의 일원이 될 일본인들에게 필요 이상의 희생이 생겨서는 안 되겠기에 일본 공격 42명 그룹에 일본인 4명과 그 밖의 제3국인 5명을 혼합한 것이었다. 우리 한국인 33명 역시 그랬다. 개인 감정이나 역사적 선입감에 사로잡혀서는 안 되었다. 나는 박만운 같은 과격파에 대한 감시를 소홀히 할 수 없는 입장이었다. 나는 42명 그룹을 지휘하는 3인 위원회의 수석위원이었다. 다른 두 위원은 일본인 모리 간타로와 프랑스인 비셀 드 프레보였다.

나는 박만운에게 속삭였다. "우리는 멋지게 일을 치러야 하네. 세계 사람들이 감탄할 정도로 말이야. 그리고 우리 일행에는 네 사람의 일본인이 있어. 이 점을 잊어서는 안 돼."

우리 일행 16명은 도쿄 시내에서 거류민단계의 교포가 경영하는 팔공여관으로 가서 여장을 풀었다. 팔공여관 주인 조 씨는 이번 우리 계획에 직접 가담하는 행동대원은 아니지만, 연락원으로서 중요한 임무를 맡은 사람이었다. 우리는 조 씨로부터 홋카이도에 나가 있는 행동대원들의 동정을 들을 수 있었다. 하코다테의 〈홋카이도 타임스〉에는 경고문을 광고료와 함께 보냈으나, 그 신문사는 정부의 지시로 신문 게재를 안 했다는 것이었다. 우리로서는 신문에 나고 안 나고에는 신경 쓸 필요가 없었다. 일본 정부에 경고가 전달되었으면 그만이었다. 이제 일주일의 말미를 주었으니 일본 측의 태도를 보고 다음 단계의 계획을 실행할 따름이었다.

하코다테의 우리 동지들은 하코다테 항의 폭파준비를 완료하고 도쿄로부터의 지시를 기다리는 중이라 했다. 우리의 계획은 도쿄에서 일본 정부 각료회의실을 기습공격하여 각료 전원을 미리 준비한 장소에 옮겨놓은 다음 하코다테 항 폭파를 지시하게 되어 있었다.

하코다테의 우리 행동대원들은 불시에 항구를 폭파하면 많은 인명피해가 날 것이므로 이를 막기 위하여 다음의 세 가지 사전조치를 취하기로 하였다.

첫째, 〈홋카이도 타임스〉에 의뢰한 경고문을 호외 형식으로 비밀인쇄소에서 찍어내 한밤중에 고무풍선에 달아 시내외에 널리 퍼뜨린다. 시민들은 매우 놀랄 것이고, 시청이나 경찰은 스파이의 장난이니 놀라지 말라고 시민들의 동요를 말릴 것이다.

그다음 도쿄에서의 작전이 순조롭게 진행됐다는 보고를 받으면 하코다테 항 주요 거점 세 군데에 장치한 모의폭탄, 즉 연막 가스와 휘발유를 채운 드럼통을 무선조작으로 폭발시킨다. 부두와 연안 일대는 연기와 불길에 휩싸인다. 사전 경고도 있던 터라, 항구에서 작업 중이던 사람들은 황급히 현장을 빠져 안전지대로 도망갈 것이다.

이러한 상황을 판단한 행동대는 진짜 폭탄을 무선조작으로 가동시킨다. 폭탄은 모두 여섯 개, 한 개마다 TNT 1백50톤의 위력을 지닌 이들 폭탄은 바다 밑 개흙 속에 묻혀 있다가 시동이 걸리면 해안의 각자 목표물을 향하여 추진로켓의 작용으로 수면 가까이 떠올라 전진하다가 목표물에 충돌하면서 폭발하게 되어 있었다.

도쿄에 있는 우리는 하코다테의 대원들이 만반의 준비를 끝내고 대기 중이라는 정보를 받은 터라, 서둘러 우리의 담당 작업을 진행해야 했다.

도쿄의 보안대나 경시청은 겉보기에 별로 눈에 띄게 긴장한 빛이 없었다. 아마 하코다테의 경고문 전단 사건을 우습게 보는 모양이었다.

우리는 팔공여관에 묵은 첫날에, 저녁 식사 후 밤거리를 쏘다니며 서너 군데 술집을 들락날락하다가 새벽 2시께에 여관으로 돌아왔다. 그리고 준비한 약들을 먹고 일제히 배가 아프다고 엄살을 하며 밤새도록 화장실을 드나들었다. 날이 밝자 근처에서 의사를 청해 와서 전원 식중독이란 진단이 나왔다. 모두 세수도 안 하고 방마다 자리를 펴고 늘어졌다. 이래서 16명은 모두 야리가다케 등산대에서 낙오하고 말았다.

다음 날 온종일 자리보전하고 빈둥대다가, 이틀 후 우리의 동행인 야리가다케 등산대가 떠난 후부터 우리는 부산하게 움직였다. 등산복장은 물론 벗어 던지고 평상복으로 갈아입었다.

우리 16명은 A·B·C 세 조로 나눠 임무를 분담하였다.

A조는 8명으로 구성되어 조장은 일본인 요시무라 다다시. 우리의 근거지를 마련하고 경비하는 게 임무.

B조는 3명으로 조장은 한국의 유동규. 정보수집이 임무였다.

C조는 내가 조장이고 조원은 5명. 임무는 이번 거사의 핵이라 할 수 있는 일본 정부 각료들을 체포(납치)하는 것이었다.

A·B·C 3개 조 중 내가 맡은 C조의 임무가 가장 어렵고, 성공한다면 뛰어난 수훈감이라 하겠으나, 실상인즉 제일 어려운 임무를 맡은 건 A조의 친구들이었다.

A조는 나의 C조 대원들이 체포해 온 대상 인물들을 남의 눈에 띄지 않는 곳에 구금하고, 이어서 국제재판장을 시설하고 이를 짧아도 15일간은 기밀이 누설되지 않도록 철저한 경비를 해야 하는 것이었다.

B조의 정보수집 임무도 만만치 않았다. 일본 정부 요인들의 동태

를 정확하게 살펴야 함은 물론이고, 군대와 경찰의 경비상황도 소상히 알고 있어야 했다. B조의 조장은 유동규라는 사람이었다. 그런데 이 유동규를, 나와 우리 일행 전원은 야릇한 심정으로 바라보고 있었다. 이 사람이야말로 '빨갱이' 중에도 진짜 '빨갱이' 출신이었다. 일본에서 태어난 그는 어린 시절부터 조총련 유년돌격대에 가담한 것을 시초로 조총련에서 뼈가 굵은 사람이었다. 조총련 내에서도 일급투사로 북한에도 수차 내왕하였고 김일성으로부터는 영웅훈장까지 직접 받은 굉장한 경력의 소유자였다. 그런 유동규가 갑자기 조총련을 배반하고 한국 거류민단으로 제 발로 들어온 것이었다.

지난해 봄의 일이었다. 거류민단에서는 겉으로 쌍수를 들고 환영했지만 모두 내심으로는 찜찜해했다. 위장전향이거니 하고, 의혹의 눈으로 살펴보며 지내왔다. 전향한 지 두 달 후 유동규는 거류민단 단장을 비밀리에 찾아와 이러는 것이었다.

"사실 나는 조총련의 지시로 위장전향을 가장하고 민단에 들어온 몸이니 그리 알고들 계시오. 나는 이 기회에 한국 정부에 몸과 마음을 바치기로 맹세하겠소. 믿고 안 믿고는 여러분들 맘대로 하시오. 나로서는 큰일을 하나 치러 공을 세울 욕심인데 그때까지는 조총련에 그들의 지시대로 위장전향한 양하고 있을 터인즉슨, 이 점도 양해해주시오."

이러니 민단 단장은 더욱 알쏭달쏭해질 수밖에. 생각다 못해 유동규를 두 사람의 경호 하에 서울로 보냈다. 당국의 전문가들이 나름대로 몇 가지 시험을 해봤다. 면접시험의 평점은 50대 50이고, 뇌신경 컴퓨터를 이용한 신경반응검사는 음성으로 나타났다. 즉 위장전향을 가장한 진짜 사상전향자라는 것이다. 그러나 과학자들이 말하는 현 단계의 거짓말 탐지기의 확률은 고작 70퍼센트 선이었다. 그러니 결론은 나오기 힘들게 되었다.

유동규의 얘기를 전해 들은 나는 당국의 주선으로 그를 서울서 만났다. 우리 두 사람은 약 3분간 묵묵히 마주 바라보며 눈싸움을 했다. 그리고 나서 나는 그의 손을 꽉 잡았다. 그리고 힘주어 말했다. "나는 당신을 믿소. 함께 일해봅시다."

"고맙소."

나는 모든 책임을 지고 유동규를 우리 일행 16명 중에 넣었다. B 조의 조장직도 맡겼다. 나의 이런 행동을 다른 동지들이 불안하게 본 건 물론이었다. 특히 이번 작전에 나와 공동책임을 맡은 3인 위원회의 위원인 일본인 모리 간타로와 프랑스인 비셀 드 프레보는 거세게 따졌다.

"유동규를 정말 믿어도 좋은가?"

"염려들 말라. 내 눈은 거짓말 탐지기보다는 낫다고 자부한다." 나는 큰소리를 쳤다. 결국, 모두 내 의견에 따라주었다.

가장 어려운 임무를 맡은 A조의 공작 진행 상황을 둘러볼 필요가 있었다.

우리가 일본 정부 각료들을 감금하고 재판정으로 사용할 장소는 내가 일본에 오기 전에 동지들에 의하여 마련이 되어 있었다. 12만 톤급의 프랑스 국적 화물선 앵글램트리호였다. 이 배는 본래 목재와 광석을 운반하는 화물선이었는데, 선령 11년이 되어 대수리를 위하여 가와사키 조선소 수리 독에 3년 전에 넣어져 수리는 끝났으나, 선주인 앵글램 컴퍼니의 자금 사정이 여의치 못하여 인수를 못 하는 바람에 현재는 외항 안벽에 계류 중인 상태였다.

이 사정을 안 우리는 선주와 조선소 양측에 각각 매달 5천 달러씩 임대료를 내고, 쓸 수 있는 허가 기간만 쓰다가 내줄 적에는 원상회복을 해주는 조건으로 양해를 얻어놓았다. 사용 목적은 선창의 반은 수영장으로 하고 나머지 반은 베이비 골프장으로 만들어, 시민들을 상대로 유락영업을 하겠다고 했다. 선박 기사인 일본인 요시무라가 책임자가 되어 매일 3백 명가량의 각종 기술공을 고용하여 부지런히 선창의 개조작업을 서둘렀다.

길이 110미터에 넓이 230미터인 선창의 중간을 막아 한쪽은 풀장이 되고 한쪽은 골프장인데 풀장 밑은 재판정으로 쓸 수 있고 골프장 밑에는 20개의 감방과 10개의 귀빈용 숙실, 그리고 우리 쪽 요원용으로 20개의 방도 만들었다. 그 밖에 조리장과 창고, 화장실, 발전실, 교환실 등을 훌륭하게 갖췄다.

외부와의 비밀연락은, 해저 케이블을 앵글램트리호에서 5백 미터가량 떨어진 비밀 아지트까지 연결해 그곳 아지트에서 촬영하고 이것을 다시 컴퓨터 암호로 바꿔 별개의 테이프로 만든 다음, 일반 카세트 상표로 위장하여 도쿄 만(灣)에 정박 중인 미국 상선 미네소타호로 운반하기로 했다. 미네소타호의 선장과 무선사는 세계평화유지기구의 가맹원이었다. 여기서 전 세계로 전파가 나가는 것이다. 우리나라의 금산 우주전파중계소도 이 전파의 중계역할을 하는 비밀 기지의 한 곳이었다.

금산 우주전파중계소가 비밀 기지의 한 곳이라면 이 계획에 한국 정부도 정식으로 참여하고 있는 게 아닌가 하는 추측을 할 수도 있다. 하지만 그런 짐작은 틀린 짐작이다. 금산 우주전파중계소가 비밀 기지로 이용당하고 있는 것은 한국 정부와는 아무 관계가 없는 일이었다. 다만 그곳에 근무하는 핵심 멤버가 우리 세계평화유지기구의 가맹원일 뿐이었다.

또한, 인도양 상공에 고정 배치된 프랑스 통신인공위성의 관리자 전원도 우리 기구의 가맹원들이었다. 그래서 금산 우주전파중계소를 거친 암호통신이 전 세계 곳곳의 우리 기구의 요원들과 송수신을 할 수 있었다. 게다가 지금 현재 뉴욕 UN센터의 고위기술직 직원의 34퍼센트와, 사무국 간부급 인사의 8퍼센트도 우리 기구의 사람들이었다.

지금은 1987년이다. 몇 년 후면 21세기다. 21세기는 과거와 같이 국가가 지배하는 세기가 아니고, 세계 지성인들의 그룹과 학자의 그룹 등 압력단체들이 세계 각국과 UN 기구에 제동을 걸어 새로운 역사를 꾸려나가게 될 것이다.

우리 조직과 구성원은 국적과 관계없이 세계평화를 위해서 일을 할 뿐이다.

앞에서도 언급되었지만 어떤 개인의 힘만 가지고도 마음만 먹으면 일본이고 어느 강대국이고 간에 전멸시킬 수 있는 수단을 가진게 오늘의 현실이다. 그리고 한두 사람의 컴퓨터 전문가가 실수를 하거나, 어느 아마추어 컴퓨터 기사의 고약한 장난기 때문이거나 하는 그런 우발적인 사고로 해서, 지금 현재 지구상공을 돌고 있는 수십 개의 핵무기를 실은 공격형 위성이 불시에 지구를 파괴시킬 위험이 다분히 있는 것도 오늘의 현실이다.

두려운 건 강대국이지만, 더욱 두렵고 위험한 건 소수의 집단 또는 한 개인의 존재가 되었다. 국가 만능의 시대는 이미 사라졌다.

20세기 후반에서부터 국가의 권위와 개념은 서서히 바뀌기 시작하였다. 우리는 세계 최강국인 대영제국이 해체되는 과정을 봐왔다. 이러한 현상은 20세기 종반이 가까워질수록 더욱 두드러지게 나타나 강대국들이 자랑하는 하늘을 나는 첩보 비행기들이 한두 사람의 테러리스트 장난으로 별똥 떨어지듯 뚝뚝 떨어지는 게 오늘의 현실이다. 세계의 초강대국인 미국의 대통령이 발을 구르며 노발대발하는 싸움의 상대는 국가도 아무것도 아닌 몇 명의 아랍 떠돌이들이다. 신발도 제대로 신지 못한 유랑민인 그네들 말이다.

이러한 현실에도 불구하고 오늘의 내로라하는 소위 국가지도자라는 사람들은 인류역사의 흐름과 방향이 어찌 되는지도 모르면서 눈앞의 치사한 국가이익을 추구하여 지구의 종말을 재촉하는 공해 산출 경쟁에 몰두한다든지, 상대적으로 약한 이웃 나라 골탕 먹이기 장난에 몰두하고 있을 뿐이니 한심한 일일 수밖에.

아무튼, 요시무라 다다시가 이끄는 A조는 12만 톤급의 앵글램트리호의 위장시설과 세계 각지와의 통신망을 치밀하게 꾸려나갔다. 그는 비밀통신망뿐 아니라, 외부에서 의심을 하지 않도록 도쿄 전화국의 일반국선 전화도 다섯 대나 앵글램트리호에 설치해놨다.

C조를 인솔하는 나는 B조 조장인 유동규를 독려하여 일본 내각 요인들의 소재를 추적하기에 여념이 없었다.

드디어 기회가 왔다. 7월이 다 가는 31일 저녁 8시, 스미다 호텔에서 일본 총리 주최로 중국 호청쿵 주석의 환영 만찬회가 있다는 것이었다. 시기적으로 우리의 계획에 아주 적합했다. 나는 도쿄에 와 있는 지휘본부소속 16명 전원의 연석회의를 열어 7월 31일 밤을 놓치지 않기로 결정을 보았다. 이 자리에서 정보담당 B조의 유동규 조장이 일본 측 경비 상황에 관한 정보를 설명하였다.

"도쿄 시경찰국은 만찬회의 5일 전부터 스미다 호텔의 건물 안팎, 호텔의 주변 건물, 요인들의 차량이 통과할 주요 도로변의 건물들을 매일 수색하여 위험인물이나 위험물은 은닉이 없도록 하고, 만찬회 당일은 식장 안에 8명, 식장 주변 복도에 10명, 현관과 후문 그리고 비상구에 8명, 정원 요소에 24명, 합계 50명이 사복 저격수를 고정 배치하고, 제복을 입은 무장경관은 호텔 구내에 20명, 외곽에 80명이 대기하고, 3인 1조의 순찰지프 20대가 호텔 주위를 맴돌고, 중무장한 경찰관 40명씩을 실은 기동타격대의 대형버스가 6대가 호텔로 통하는 길목을 제압하고 있다.

이상은 경찰국의 포진이고, 수도경비 사령부는 그들 나름대로 경비전담의 장교와 부사관 1백 명을 외곽경비에 배치하였다. 이와는 별도로 네 군데 소방서에서는 각서마다 2대의 소방차에 정규인원의 소방관을 태운 채 긴급출동 태세를 갖추고 있다. 물 한 방울 샐 틈도 없는 철통 같은 경비태세다."

유동규의 설명이 끝나자 대원들의 얼굴에는 긴장의 빛이 감돌았다. 수적으로 너무 열세였다. 하지만 우리에겐 상대편이 예상도 못할 기습작전이 있었다. 장비도 만만치 않게 준비하였다. 우리는 연습해왔던 작전대로 최선을 다할 것이다.

3
하코다테 항 폭파작전

만찬회는 예상대로 대성황이었다. 주빈인 중국 호청쿵 주석과 고위 보좌관 일행, 주인 측인 일본의 나가노 총리 이하 각료 전원에 산업계와 경제계의 거두들, 초대 손님들인 각국 외교사절단과 그들의 동반자들까지.

무대에는 일본 전래의상으로 차려입은 사람들의 춤과 노래, 무대 양편에는 고전 아악대와 교향악단이 번갈아 경쾌한 음악을 보내고 있었다. 오후 8시에 시작한 파티는 양측 대표들의 내빈 인사와 쌍방의 간략한 성명서 낭독이 끝나고, 9시가 가까워지면서 만찬회의 흥취는 서서히 무르익어가기 시작했다. 무대 위 춤꾼들의 움직임이 빨라지고 음악의 리듬도 빨라졌다. 술잔 부딪히는 소리가 잦아지고, 돌부처 같기만 하던 중국 관리들의 얼굴에도 웃음의 파도가 일기 시작했다. 호텔 서비스 담당자들의 몸놀림이 빨라지는 반면,

경호원들의 긴장도는 약간 풀어지는 듯 보이기 시작할 무렵이었다.

이게 웬일일까? 잔을 든 신사 숙녀들의 자세가 이상해지는 것이 눈에 띄기 시작했다. 더러는 의자에 볼썽사납게 여기저기 쓰러지기까지 했다. 경호담당 보안대 장교와 경찰 저격수 몇 사람이 눈을 크게 뜨고 연회장의 이상한 풍경을 지켜보고 있었다. 그렇다고 자기네들이 나설 형편은 아니고 호텔 서비스맨들에게 눈짓으로 상태가 이상한 귀빈들을 돌보라고 하는 수밖에. 이때까지만 해도 경호원들은 위기를 느끼진 못했다. 다만 경력이 많은 호텔 서비스맨들이 속으로, '공식 만찬회에 익숙한 이 사람들이 오늘은 왜들 이렇게 몸을 못 가눌 정도로 취한다지?' 하고 고개를 갸우뚱할 뿐이었다. 이때 무대 양편과 홀 입구에서 난데없이 구름 같은 흰 연기가 뭉게뭉게 퍼지기 시작했다.

'사고다!' 사태를 직감한 장교와 경찰관 몇 사람이 권총을 뽑아 든다든지 호각을 꺼내려 했으나, 그런 사람마다 근처에 있던 호텔 서비스맨 복장의 청년들이 달려들어 급소에 일격을 가하여 쓰러뜨렸다.

경호대를 해치는 청년들의 얼굴에는 방독면이 쓰여 있었다. 교향악단 중의 몇 사람도 연주를 걷어치우고, 품속에서 방독면을 꺼내 착용했다. 그 밖에도 여기저기서 갑자기 방독면을 쓴 사람이 30명도 넘게 늘어났다.

흰 연기는 장내를 가득 채우게 되고, 방독면을 안 쓴 사람들은 한 사람 예외 없이 이리저리 나동그라지고 말았다. 혼란 중에도 사람들은 "총리 각하를 모셔라!", "문부장관 각하는 어디 계시나!", "빨리 경찰을!" 외치는 등 연회장은 삽시간에 수라장이 되었다.

연회장 밖의 경호원들도 밖으로 새어 나오는 연기와 안에서 외치는 고함에 놀라, 허둥지둥 연회장 안으로 돌진하였다.

연회장은 연기가 꽉 차 아무것도 분간할 수가 없을뿐더러, 새로 뛰어든 사람들도 금세 질식하든지, 기침을 쿨룩거리며 후퇴하는 도리밖에 없었다.

"문을 열어라!", "창을 열어라!" 아우성을 치며 창문을 여는 사람, 복도를 이리저리 뛰며 허둥거리기만 하는 사람들, 아무튼 수라장이었다.

"한 사람도 빠져나가지 못하게 경비를 철저히 하라!" 정원과 호텔 외곽을 경비하는 지휘관들은, 눈을 부라리고 부하들을 독려하느라 목이 쉴 지경이었다. 누군가가 실내 소화전의 호스를 연회석 안으로 대고 물을 뿌리는 사람이 있었고, 어떤 사람은 기관실로 뛰어가 공기 순환기의 회전모터를 최고속도로 올리기도 하였다. 이런 경우 적절한 조치였다.

이러는 와중에서 연회장 내부의 독가스는 차츰 희석되었고, 손수건으로 코와 입을 막으면서 실내로 뛰어드는 경비원들이 늘어났다.

"각하를 모셔라!", "귀빈을 모셔라!", "장관을 모셔라!", "빨리 각하를 업어!" 이렇게 고함치는 사람이 있어, 여러 사람이 그 지시를 따랐다.

"외부로 나가면 위험하다. 엘리베이터로 모셔서 옥상으로 대피하라."

"항공대의 헬기가 출동하기로 되어 있다."

"도쿄대학에 연락해놨으니 빨리 그곳으로 모셔라."

극도의 혼란 중에서도 질서정연하게 지휘하는 사람은 모든 사람을 잘 움직이게 했다. 질식하여 쓰러져 있는 사람들 중, 내각 각료와 중국 요인들을 골라 엘리베이터를 통해 옥상으로 옮기자 적십자 마크의 헬리콥터가 금세 날아와 지체 없이 환자들을 태워 날랐다. 동원된 헬리콥터는 두 대였고, 두 번씩 왕복하여 내각 각료와 중국 요인들을 전원 도쿄대학병원 응급실로 이송하였다.

도쿄대학병원 응급실과 스미다 호텔, 그리고 주변 경비대 사이에 연결되는 무선전화는 모든 요인이 전원 무사히 구출되었다는 소식을 전하여 가슴을 졸이던 여러 사람에게 한 가닥 안도의 숨을 쉬게 해주었다.

"이제는 범인체포다. 한 놈도 놓쳐서는 안 된다." 경비원들은 이렇게 서로 외치며 호텔 둘레를 철옹성처럼 에워쌌다.

연회장 안에는 수백 명의 질식자들이 아직도 쓰러진 채로 있었다. 범인 체포도 체포지만 인명 구호도 중요했다. 더구나 질식자의 대부분이 외국 대사와 부인들이었다. 결코 소홀히 다룰 사람들이 아니었다.

그런데 여태껏 내각 각료들을 엘리베이터를 이용해 옥상으로 해서 헬기 편으로 도쿄대학까지 이송시킨 지휘자는, "옥상으로 통하는 화물용 엘리베이터가 고장 났으니, 나머지 사람들은 정원으로 옮겨 구급차로 이송하도록 하라." 하고 구호방침을 바꿨다. 모두 그대로 했다. 각처 병원에서 구급차가 일시에 몰려 스미다 호텔 주변의 교통은 엉망이었다.

혼란 중에도 외국인들을 먼저 이송하고 여유가 나는 대로 찬조 출연한 예능인, 오케스트라 단원, 호텔직원 순으로 실어내 갔다.

외곽경호 책임자는 구급차가 나가는 대로 일일이 탑승 인원을 점검하였다. 실신한 사람들은 전원 명찰을 가슴에 달고 있었고 약간 정신이 든 사람 중에 자기 차로 가겠다는 사람들도 모두 신분증명서가 있어 경비대원은 그들 전원을 자세히 검문하고 내보냈다.

엄청난 소동에 비하여 인명의 피해는 한 사람도 없는 게 기적 같았다. 더욱 다행인 건 고위층 인사들의 신상에 큰 이상이 없다는 병원 당국의 발표에 모두 안심하였다.

그러나 그것도 잠시 사이의 해프닝이었다. 더욱 엄청난 사건이 있었으니, 그것은 그날 밤 자정과 1시 사이에 발생하였다. 아니, 발견되었다.

도쿄대학병원에 입원한 열여섯 명의 고위층 인사 중 중국 측 세 명은 진짜였으나 나머지 열세 명은 정부 각료와는 거리가 먼 정체불명의 인물이라는 게 밝혀졌다. 알게 된 동기는 문무대신의 부인과 자녀들이 소식을 듣고 병원으로 달려와, 응급실에서 조치를 마치고 지정된 병실로 옮겨진 문무대신을 보자 가짜임이 탄로 난 것이다. 가족들이 혼수상태에 빠진 장관을 가까이 다가가 보니 얼굴은 틀림없는 남편이며 아버지인데, 체격이 아주 다른 게 첫눈에 띈것이다. 180센티미터의 문무대신이 침대에 누운 키는 160센티미터에 지나지 않는 왜소형이니 놀랄 수밖에.

자세히 보니 얼굴 모습도 좀 이상하고 머리 모양은 아주 달랐다. 장관 부인은 얼굴이 사색이 되어 부들부들 온몸을 떨기만 했다. 입회한 의사가 "왜 그러시죠, 부인?" 하고 물으니 부인은 떨리는 손으로 환자의 머리를 가리켰다.

의사는 머리를 살펴봤다. "이럴 수가!" 의사도 가슴이 철썩 내려앉는 듯한 놀라움을 느꼈다.

가면이었다. 의사가 목덜미까지 꽉 끼어 있는 고무 성질의 가면을 벗겨냈다. 전혀 딴 얼굴이었다.

의사와 간호사들은 다른 입원실로 달려갔다. 이미 또 한 군데서 가짜 소동이 일어났고, 나머지 열한 군데도 달려가 본 족족 가면이 벗겨지는 판이었다. 이들 가짜로 변신한 장관 환자들은 모두 다량의 최면제 복용으로 의식불명 상태였다.

즉시 전국 경찰에 비상령이 내려졌다. 한밤중에 정무회의가 소집되어 국가 비상사태가 선포되었다. 시급한 건 행방불명된 열세 명의 각료를 찾아내는 일이었다. 도쿄 시내 주요 거리는 물론, 시 외곽으로 빠지는 도로가 전부 완전히 차단되고, 전국의 공항과 항구도 철저히 봉쇄되었다.

과거 2·26 사건 이후 처음 당하는 일본 정부의 큰 재난이었다. 그토록 삼엄한 경계 속에서 고스란히 정부 각료 전원을 납치당하다니, 이런 한심한 노릇이 어디 있단 말인가!

하여간에, 가짜 각료들이 헬리콥터로 도쿄병원에 이송됐으니, 진짜 각료들은 일반피해자들에 섞여 딴 곳으로 운반된 게 분명했다.

경찰과 군인들은 스미다 호텔에서 나가는 구급차 탑승자의 신원을 철저히 조사하긴 했으나, 이런 엄청난 범행을 저지르는 자들이니 신분증이 가짜일 건 뻔했다.

경찰은 동원된 구급차의 실태와 구급차가 태워 나른 병원들의 일제 조사에 나섰다. 당시 동원된 구급차는 총 75대였고, 이들은 개소의 병원에 소속된 차인데 경찰의 비상 출동령으로 출동하여, 많이는 다섯 왕복, 적게는 두 왕복씩 운행하여 총인원 326명을 처리했다는 것이다.

그런데 다음 날 8월 1일 아침 현재 도쿄대학병원에 헬리콥터가 아닌 구급차로 실어온 환자는 215명뿐이었다. 나머지 111명이 행방불명인데, 그중 17명은 부상이 가볍다며 주소와 성명을 밝히고 나간 사람이니 이들을 빼면 나머지는 94명. 이 중에 각료 13명을 제외하면 범인 일당은 81명이 아닐까 하는 계산이었다. 제일 걱정되는 건 행방불명된 13명 각료 전원의 생사문제였다. 수사 당국자들은, 범인들이 아직 각료들의 생명은 뺏지 않았을 것으로 추리하였다. 죽일 의사라면 호텔 안에서 처치했을 터인데, 외부로 빼돌린 것으로 봐서 이건 분명 계획된 납치사건이라는 것이다. 어디로 납치했을까? 범인들의 정체는 무엇일까? 1936년에 있었던 2·26 사건 따위의 군부 쿠데타일까? 통 갈피를 잡을 수 없는 판인데, 수사당국의 일부 고위층은 15일 전에 홋카이도 하코다테에 있었던 경고문 사건에 신경이 쓰였다.

하코다테 경고문 사건은, 수사기밀을 이유로 보도관제를 실시하여 하코다테 시민 일부를 빼고는 일반 국민 대부분이 모르고 있는 사실이었다.

그 경고문은 7월 15일 자였고, 경고 기한은 일주일이었으나 흐지부지 지나고 말았다. 경고 기간이 지나긴 했으나 하코다테 경찰 당국이나 항만청 직원들의 마음은 편치 않았다. 그 경고문의 내용이 하도 맹랑하기 때문이었다. 그리고 거기 나오는 세계평화유지기구라는 이름도 마음에 걸렸다. 이런 가운데 스미다 호텔사건이 터졌다. 국제시장에서 엔화의 대폭락 현상이 일어났다. 이야말로 일본으로선 날벼락이었다. 그러나 일본을 기습한 날벼락은 이제 시작에 불과하다는 사실을 일본인들은 깨달아야 했다.

이날 석간지에 나타난 프랑스 〈파리통신〉이 제공한 외신은 불안에 떠는 일본국민들을 더욱 놀라게 만들었다.

＊

파리의 저명한 변호사 샤를 마르탱 씨는 오늘 오후 2시 〈파리통신〉에 전화로 중대한 정보를 전해왔다. 샤를 마르탱 씨의 설명인즉 방금 미지의 인물로부터 자기 사무실에 전화가 걸려왔는데 그 사람 말이 자기는 세계평화유지기구의 회원으로, 7월 31일 도쿄 스미다 호텔에서 일어난 납치사건은 자기네 조직이 저지른 일이며 이는 일본 정부에 대한 정식 전쟁행위라는 것이다.

'일본 정부는 이미 20년 전부터 소리 없는 전쟁행위를 전 세계 각국, 특히 일본에 이웃한 여러 아시아 나라들에 범죄적으로 저질러왔기에, 세계평화유지기구는 일본 정부의 책임자 전원의 체포와 그들이 저지른 범죄 행위에 대한 보복을 실시하기를 결의하였다.

그들에게 반성의 기회를 주기 위하여 우리는 이미 지난 7월 15일 일본의 〈홋카이도 타임스〉에 경고문을 보냈다. 일본 정부는 이 경고문을 무시하였다. 이에 우리는 정식으로 일본 정부에 선전포고를 하는 바다.

이미 우리는 일본 정부 각료 전원을 체포하였다. 이들이 스스로 죄를 뉘우치지 않으면 전범자로서 기소될 것이다. 재판은 공정을 기하기 위하여 국제재판 형식을 취할 것이며, 재판장에는 UN 전 사무총장 존 F. 맥도널드 박사가 담당할 것이고 지정 변호인으로는 요한 릴케, 조반니 라벤나, 안토니 만 등이 선임될 것이다.

재판 도중 일본 정부가 잘못을 뉘우치지 않을 경우, 우리는 〈홋카이도 타임스〉에 보낸 경고문의 내용대로 하코다테의 항만시설을 폭파할 것이며 계속하여 일본 국토 곳곳에 타격을 줄 것이다.'

이상은 우리 사무실에 걸려온 괴전화 임자의 말이다.

✳

속보로 들어온 외신을 접한 신문기자들은 샤를 마르탱 씨의 사무실로 몰려가 인터뷰를 청했으나, 샤를 마르탱 씨는 고개를 저었다고 전해졌다.

"나는 세계평화유지기구와는 아무런 상관이 없으며, 그런 이름도 처음 듣는 바다. 다만 〈파리통신〉에 전화로 통보해주길 원하기에 그대로 했을 뿐이다. 보수도 안 받았고 보수 얘기도 없었다. 더이상 나는 아무것도 할 말이 없다."

이렇게 되니 놀란 건 일본국민뿐만이 아니었다. 세계의 일등국이라고 자처하는 일본을 어린아이 다루듯 하는 세계평화유지기구라는 단체는 과연 어떤 단체인가? 혹, 미국이 실존하지 않는 단체 이름으로 일본을 골탕 먹이는 건 아닐까?

미국의 FBI나 CIA 정도가 아니고서야, 저만한 실력을 갖춘 단체가 어디 있을 수 있단 말인가?

그러나 이런 추측은 조금만 사고력이 있는 사람이라면 믿을 수 없는 일이었다.

비록 일본이 무리한 무역전쟁으로 미국의 자동차산업이며 철강산업에 치명상을 입히고, 뻔뻔스럽게 일본 방위책임은 더욱 철저히 져줘야 한다고 알랑거리는 꼴이 밉긴 하지만, 뭐니뭐니해도 미국의 극동 방위 전선의 큰 기둥은 일본이었다. 이런 일본을 졸지에 쓰러지게 하면 당장 급한 건 미국의 세계전략이었다. 절대로 미국의 짓일 수는 없었다.

그렇다면 소련이 위험을 무릅쓰고 미국의 극동 지주인 일본을 건드려 일본의 실력도 다루어보고, 미국의 반응도 살피자는 건가?

아마 소련의 짓일 것이다. 소련이라면 자기네들이 직접 손을 안 써도 일본 공산당이나 조총련의 전위부대가 버티고 있으니 저질러볼 수도 있을 것이다.

그러나 그것도 말이 안 되었다. 일본을 건드리는 이상, 미국의 출동을 당연히 예견해야 했다. 그렇다면 차라리 미국 내 중요 지점을 핵무기로 선제공격하는 편이 현명한 얘기였다. 미국도 소련도 아니면 누구인가? 일본의 엘리트들은 〈홋카이도 타임스〉에 보내온 경고문 내용을 분석한 결과, 경고문의 주 내용은 한국의 일본에 대한 한(恨)이었다. 일본은 천여 년을 두고 한국을 괴롭혀왔지 않은가! 일본은 종전 후 거의 굶다시피 하는 어려운 시기에 6·25 전쟁으로 부흥의 발판을 얻었다. 한국의 덕은 아니지만, 한국의 곤란이 일본의 득이 된 건 사실이었다. 일한 수교 이후 일본은 한국에 360억 달러의 무역 흑자를 냈다. 한국은 해마다 이걸로 군소리가 많았다. 그러나 일본은 싱글싱글 웃으며 적당히 달래가며 작년에도 55억 달러의 흑자를 더 얻어냈다.

한국의 짓일까? 그건 아니다. 한국엔 그만한 힘이 없다. 혹 모르지? 특공대를 밀파하여 일본 정부에 한 방 먹일 수도 있지 않은가?

그러나 그것도 말이 안 되었다. 38선 일대에 바싹 다가붙어 있는 30만의 북한 특공부대가 호시탐탐 남침을 노리고 있는 이 시점에, 한국 정부가 이런 위험한 장난을 한다고 볼 수 있을까? 어쩌니저쩌니해도, 한국과 일본은 북방 세력 앞에 운명을 같이해야 할 쌍두마차였다. 한쪽 말이 다치면 남은 말마저 쓰러지게 되어 있었다.

일본 정부는 미국과 프랑스 정부에 이번 사건에 대한 수사 협조를 당부하고 인터폴에도 청을 넣었다. 그러는 한편, 국내 경찰과 자위대를 총동원하여 범인 수사에 혈안이 되었다.

아무런 실마리도 잡지 못하고 이틀이 지났는데, 다음 날인 8월 4일에 하코다테 항이 폭발하고 말았다. 설마 했는데 정체불명의 경고문이 예고한 그대로 되고 만 것이다.

이날 새벽 하코다테 연안 부두 일대에는, 전날 밤사이에 전단이 뿌려져 있는 게 발견되었다.

예고한 대로 하코다테 항만시설은 오늘 완전히 파괴된다. 모든 사람은 서둘러 오전 중에 철수하라. 오후 1시 정각에 꼭 폭발한다. 폭발과 동시에 〈파리통신〉에 우리 세계평화유지기구의 정식 성명이 발표될 것이다. 우리의 실행력을 의심하지 말라. 어서 빨리 항만시설에서 멀리 피하여 인명피해가 없기를 바란다.

하코다테 경찰은 이 경고 전단을 일단 무시하였다. 그렇다고 무작정 무시한 건 아니었다. 지난달 경고문 사건 후 군경 합동으로 항만시설에 대한 세밀한 수색작전을 반달 동안이나 펼쳤다.

건물의 천장 속, 하수도의 구석구석, 바다 밑까지 샅샅이 뒤졌다. 아무런 이상한 점이 없었기에, 시민들에게 절대 안심하라고 방송과 전단으로 무마시켰다.

시민들은 반신반의 상태였다. 그런데 간밤에 다시 괴경고문이 돌았다. 시민들은 이제는 시 당국의 발표보다 괴경고문을 더 믿게 되었다. 도쿄에서 내각의 각료 전원이 없어진 판국이니 어찌 안 그렇겠는가. 하코다테 항 일대는 인구의 대이동이 벌어졌다. 군경이 나서서 만류했으나 막무가내였다.

그렇다고 가만히 있을 수만도 없는 군경은, 하코다테 항 전체에 2개 대대 병력을 동원하여 경비의 그물을 쳤다. 정오가 되자, 어시장 부두와 연안 여객선 부두 등 세 군데에서 꽝음과 함께 폭탄이 터졌다. 정부의 지시를 믿고 남아 있던 몇 명 안 되는 상인들은 물론, 군경들도 순식간에 해안선을 버리고 내륙으로 도망쳤다.

연안 일대는 개미 한 마리 없는 무인지대가 되었다. 크고 작은 연안 여객선이고, 어선이고 할 것 없이 모두 하코다테 항을 멀리 벗어났다.

진짜 폭발은 그 후 1시 10분에 연쇄적으로 터졌다. 1시간에 걸친 연쇄 폭발로, 하코다테 항만시설은 산산이 날아가버렸다.

오후 2시에 〈파리통신〉은, 전 세계에 긴급뉴스를 발표하였다.

오늘 오후 1시 10분, 일본 홋카이도 남단의 큰 항구 하코다테의 항만시설은 완전히 폭파되었다.

이 폭파 사건이 있었던 직후인 오늘 오후 2시, 본사에 걸려온 샤를 마르탱 변호사의 대변인 전화에 의하면, 이 폭파는 지난 7월 31일 밤 도쿄의 일본 정부 각료 전원 납치사건을 일으킨 세계평화유지기구의 소행으로, 그 기구는 무고한 시민의 피해를 막기 위하여 전날 밤 전단을 살포하여 시민들의 사전 피난을 경고하고, 일본 군경들이 이를 훼방하자 대폭발 1시간 앞서, 시위폭탄 세 개를 위협용으로 폭파시켜 모든 시민과 군경마저 모두 대피하게 만든 후, 대형폭탄 여섯 개로 항만시설을 완전히 파괴하였다고 한다.

이번에도 기자단이 마르탱 씨의 사무실로 몰려갔다.

"이거 참 뜻하지 않은 곤욕이군요. 이번에도 괴전화가 걸려와 〈파리통신〉에 전하라기에 그대로 전한 것뿐입니다. 더 이상 질문은 마세요. 다만 내 개인 자격으로 말하고 싶은 것은 행방불명 상태인 일본 정부 각료 여러분이 한시 빨리 자유가 회복되길 바라며 세계평화유지기구는 더 이상 나를 대변인으로 이용하지 말고 떳떳하게 정체를 노출해 일본 정부와 정정당당하게 대화를 통하여 문제 해결의 실마리를 풀어주길 바랍니다." 샤를 마르탱 씨는 이렇게 변명했으나 누가 보든지 그가 세계평화유지기구와 밀접한 관계를 맺고 있다고 보게 되었다.

하여간 닷새 전의 스미다 호텔에서의 정부 각료 실종에 이어, 이번에는 항구도시 하코다테의 대폭파 사건이 줄이어 발생하고, 그때마다 파리에 있는 개업변호사가 사건 발표를 하고 나서니, 온 세계가 깜짝 놀랄 일이 아닌가. 온 세계가 놀란 건 둘째치고, 가장 충격을 받은 건 일본국민이었다.

나는 일이 제대로 풀려나가 만족스럽기는 했으나, 우리 일행 중에 끼어 있는 몇 사람의 일본인 동지들의 심중도 고려하지 않을 수 없었다. 일반 일본국민들에게 우리는 결코 무절제하고 무제한적인 공격을 계속할 의사가 없음을 알릴 필요가 있다고 판단했다.

그래서 우리는 구금 중인 일본 각료들의 건강한 모습을 텔레비전을 통하여 일본인들에게 알릴 필요를 느꼈다. 그렇게 함으로써 우리의 입장을 전 세계에 널리 인식시키는 효과도 아울러 얻을 수 있을 것이었다.

열세 명의 일본 각료들은 마취에서 깨나면서부터 전원 건강상태가 좋고 제공하는 식사도 비교적 잘 섭취하는 편이었다. 우리는 그들에게 말했다.

"우리는 전 세계인의 지지를 받고 있는 세계평화유지기구이며, 당신들을 세계평화에 대한 반역죄로 보호구금하고 있다." 그러나 각료들을 우리가 임의로 처리하지는 않고 공정한 국제재판기구에 넘길 것이고, 국제 재판기구는 아마 스위스의 정부 주선으로 조직될 것이며 장소는 제네바의 세계사법재판소가 유력시된다고 통보했다. 재판장은 전 UN 사무총장을 지낸 존 F. 맥도널드 씨로 내정되어 있고, 관선변호사로는 세계적으로 유명한 법률가들이 선임되었고, 각료들이 원하면 사설 변호인을 고용할 수도 있을 거라는 점도 알려주었다.

"당신네는 지금 남중국해 연안, 중국 영토 안에 있는데 곧 스위스로 수송된다. 모든 절차를 국제법에 의거하여 집행할 것이니 지나친 걱정은 하지 않음이 좋겠다. 당신네의 가족들을 위로하기 위하여 각자의 현재 모습을 녹화하여 내일 중으로 스위스 방송국을 통하여 방영할 것이니 가족에게 하고 싶은 말을 자유롭게 말하라." 그리고 녹화를 시작하였다. 각료들은 대개 다음과 같이 말하였다.

"나는 스미다 호텔에서 무슨 변이 생겼는지, 왜 내가 여기 이렇게 있는지, 여기가 어딘지 전혀 아무것도 모른다. 현재 나의 건강은 견딜 만하다. 동료 각료들도 나처럼 이곳에 억류되어 있는 모양이다. 우리를 이곳에 끌고 온 사람들은 세계평화유지기구라고 자칭하는데 대부분 동양인이고 그중에는 일본인도 몇 사람 있는 것 같다. 서구 사람도 몇 명 있는 모양이다. 그들의 말로는 우리가 세계평화에 대한 반역죄를 범했다고 하는데 나는 그런 기구가 있는지도 모르고 범죄 사실은 더욱 모른다. 그들은 우리를 스위스의 세계사법재판소로 넘긴다는데 모든 게 꿈속 같다. 재판장은 맥도널드 씨고, 관선변호사는 국제법의 대가들이라고도 하는데, 도무지 영문 모를 노릇이다."

그들 중 두 사람은 가족에게 전할 말도 없고 필요도 없다고 투정하는 사람도 있었다. 우리는 그런 것도 그대로 녹화하였다. 열세 사람 중 한 사람이 "지금 내가 있는 곳은 대형 선박 같기도 하다."라는 말을 했는데 이것은 편집과정에서 잘랐다.

녹화 테이프는 수중케이블로 근처 비밀 아지트로 옮겨지고 그곳에서 암호로 분해되어, 일반 상품으로 포장한 카세트에 담아 인편으로 도쿄 만에 정박 중인 미국 기선 미네소타호로 옮겨지고 여기서 다시 인도양 상공의 통신위성을 통하여 프랑스 방송국에 전달되었다.

일본 각료들의 생생한 모습이 전 세계에 방영되자 세계는 또 한 번 깜짝 놀랐다. 나는 우리의 공작이 차질 없이 진행되는 데 만족감을 느꼈다. 일본 정부 각료 열세 명은 고스란히 가사와키 외항 안벽에 묶여 있는, 앵글램트리호 화물선 안에 수용되었다.

이번 스미다 호텔사건의 주역은 B조의 유동규였다. 유동규는 이번 일에 조총련의 비밀 특공대원 30명을 동원하여 일을 수월하게 치르는 데 큰 공을 세웠다. 조총련의 비밀 특공대원은 초비상시에만 사용할 수 있는 특수조직으로, 조총련 단장이라도 자기 마음대로 사용할 수 없는 부서였다.

조총련의 비밀 특공대 하면 조총련의 조직 내에서도 겁먹는 존재였다. 모두 특수 훈련을 받았고 전원 무술 유단자인 데다 사상성 또한 강철 같았다. 상부 명령으로 죽으라 하면, "왜 죽습니까?" 따위의 반문 없이 즉석에서 죽을 줄 아는 기계인간들이었다.

유동규는 이 무서운 아이들을 교향악단 멤버에 다섯 명, 호텔 웨이터로 일곱 명, 주방 조수로 네 명, 사복 저격수로 세 명 등 19명을 사전에 연회장 안에 잠입시켜놓고 별도로 11명을 일본 자위대 정복을 입혀 스미다 호텔 외곽에 숨겨놓았다가 안에서 흰 연기가 쏟아지고 총소리가 나는 걸 신호로 외곽지대에 대기하고 있는 진짜 자위대 군인들이 구내로 뛰어드는 혼란 속에 함께 뛰어들게 해놓았다.

나는 파티 사흘 전에 호텔 종업원 한 명을 매수하여 실내 살충제 살포기 속에 유독가스를 미리 충전시켜놓는 데 성공하였다. 연회장에 사용할 술과 음료수에도 수면제를 섞어놓았다. 가면 제작을 담당한 건 필리핀 사람 파농이었다. 파농은 이 방면의 세계적 권위자로 미국 FBI에서 30년간 이 부문에서 종사하다 5년 전에 퇴역한 67세의 노장이었다. 그는 신문에 난 사진만을 자료로 하여 일본 각료들의 가면을 만들고 진짜 각료들에게 씌울 엉터리 가면도 만들어냈다.

연회장에서 독가스가 터지는 걸 신호로 조총련의 특공대 19명은 준비하고 있던 방독면을 쓰고, 독가스를 마시고 비틀거리는 사람들을 닥치는 대로 다리고 팔이고 아무 데나 가리지 않고 주사를 놔주었다. 주사기에는 10시간가량 가사 상태가 되는 마취제가 들었다.

일본 각료들에게는 가짜 가면을 씌우고 엉뚱한 사람들에게 각료들의 가면을 씌워 유동규의 지시대로 화물 엘리베이터로 옥상으로 끌어 올린 것이다.

자위대 사령부에서는 스미다 호텔의 긴급 구원요청을 접수하여 대형 헬리콥터 두 대를 보내 도쿄대학병원으로 수송하는 데 협력하였다.

만찬회장에 있던 우리 측 인원 46명은 모두 구급차 편으로 대학병원으로 옮겨진 326명 환자에 끼었다가 응급실이나 입원실에서 제멋대로 빠져나갔다. 조총련의 특공대 19명은 저 갈 데로 가고, 우리 일행 16명은 화물선 앵글램트리호로 돌아왔다. 앵글램트리호는 아직도 개수 작업이 진행 중이라, 그다음 날도 백여 명의 목수와 페인트공, 전기공, 기타 막일꾼들이 북적거려 누가 봐도 도쿄 시내의 이런 공사 현장에 전 세계의 관심이 쏠린 일본 정부 각료들이 감금돼 있으리라고는 상상도 할 수 없을 터였다.

A조의 일본인 건축기사 요시무라와 그의 조원들은 이미 며칠 전에 화물선 고물 쪽 아래층에 모두 50개의 선실을 꾸며놓고 위층에는 실내 골프장을 완성해놓았다. 지금 일꾼들이 하는 작업은 이물쪽의 수영장 시설이었다. 상단은 풀장이고 풀장 밑은 정수기 펌프등 기계실, 맨 하단은 잡동사니 창고 같이 꾸며놓았다가 며칠 후에는 재판정으로 쓸 장소였다.

일본의 국회는 임시국회를 긴급 소집하여 새로운 내각을 조직할 것을 결의하였다. 현 각료의 행방과 생사가 확실치 않은 상태라 그들은 총리를 포함한 열세 명의 각료를 전부 대리로 임명하였다.

일본의 새 내각은 "실종한 전 각료의 구출이 제일 급선무"라고 선언하고, "세계평화유지기구라 일컫는 단체는 필시 어느 국가의 것이나 아니면 정치권력기관일 것이니 정체를 밝혀야 할 것이며 그래야 협상의 길이 트일 게 아니겠는가."라 하였다. 또 "소위 세계평화유지기구의 이런 행위야말로 세계평화를 파괴하는 행위이니 UN은 긴급 안전보장이사회를 열어 국제 테러리즘에 적극적으로 대처해야 마땅하다."고 주장하고 나섰다.

UN의 안전보장이사회는 일본과 미국, 소련의 공동 요구로 8월 7일 긴급 소집되었다. 우리도 이러한 국제정세 변화에 즉각 대처해야 했다.

나는 모리 간타로, 비셀 드 프레보와 3인 위원회를 열고 대책을 협의했다. 우선 일본의 새 정부에 대한 성명을 도쿄의 〈아사히 신문〉, 〈마이니치 신문〉, 〈요미우리 신문〉 등 유명지를 통하여 다음과 같이 발표하였다.

우리 세계평화유지기구는 전에도 발표한 바와 같이 평화를 애호하는 세계 지성인의 모임이지 국가도 정치권력기관도 아니다.

일본의 새 정부가 우리와 협상의 길이 트이기를 바란다 하나 새삼 협상의 필요는 없다. 필요한 것은 일본의 반성뿐이다. 일본은 이미 20여 년 전부터 선전포고 없는 전쟁을 시작하였고 일본의 전쟁 대상국 국민들은 막대한 피해를 일방적으로 받아왔다. 이를 보다 못한 우리 세계평화유지기구는 정정당당하게 선전포고를 한 것이다. 우리의 전쟁 목적은 7월 15일 자 〈홋카이도 타임스〉에 보낸 5개 항의 내용, 그것뿐이다.

이 5개 항은 국민의 생명을 빼앗기고, 국가와 국민의 재산을 수탈

당한 나라들의 피맺힌 절규이며, 최소한의 요구이다. 이게 어찌 협상의 대상이 되겠는가!

〈아사히 신문〉과 기타 여러 신문은 우리의 성명서를 그대로 게재하였다. 〈홋카이도 타임스〉를 상대할 때와는 전혀 달랐다.

8월 7일의 UN 안전보장이사회는 소집 요구 국가의 하나인 일본 대표 아리타의 연설로 시작되었다. "이번 사건은 역사상 유례없는 가장 악질적인 범죄 행위며 범죄의 규모나 성질로 볼 때, 어느 소수 집단의 행위일 수 없고 배후에는 반드시 1개국 이상의 음흉한 음모가 뒷받침되어 있을 것이니 UN과 UN 가맹국가들은 힘을 합하여 악질 테러에 대처해야 한다."

미국 대표 브라이턴도 빈번한 국제 테러리즘을 개탄했다. 이의 근절을 위해 국제기구의 창설을 서두르자고 제안하였다.

소련 대표 마우로프는 색다르게 나왔다. "이번 도쿄 스미다 호텔 사건과 하코다테 폭파 사건을 당한 일본 정부와 전 일본 국민에게 깊은 동정을 표한다. 하지만 우리 소비에트 정부는 이제까지 보도된 내용을 검토한바 이 사건은 일본 정부 스스로가 자초한 재앙이라는 사실을 인정하지 않을 수 없다. 소위 세계평화유지기구라는 조직체가 과연 무엇인지, 실체가 있는 건지 없는 건지 알 수 없으나 그들이 제시한 요구조건은 뚜렷한 사실임을 우리는 간과해서는 안 된다.

사실 세계대전 종결 이후 일본은 지나치게 방자해졌고, 지나치게 비대해졌다. 오늘날 동남아시아 여러 나라의 국민들은 의기양양하게 휘젓고 다니는 일본인들의 나무판대기 신발 소리를 듣고서 과거 일본 군벌의 요란스러운 군화 소리를 연상하고 몸서리칠 것이다. 일본은 반성해야 한다. 세계평화유지기구의 실존 여부와 관계없이 그들이 요구하는 다섯 가지 조항을 즉시 집행하면 문제는 자연 해소될 것으로 본다."

이에 일본 대표 아리타는 화가 치밀어 탁자를 탁 치고 벌떡 일어났다. "소련 정부의 대표는 말을 삼가라. 극악무도한 테러리즘에 대처할 방안을 모색하기 위하여 소집된 이 자리에서 오히려 국제 테러리스트들을 옹호하는 발언은 언어도단의 발상이다. 확실치는 않으나 항간에는 이번 테러 사건의 배후에 모 강대국이 개입돼 있을 거라는 말이 나도는데 지금 소련 대표의 연설을 들으니 본인의 심사는 매우 착잡하다. 이 회의에 나오신 각국 대표들도 나와 같은 심사일 것으로 안다."

소련의 마우로프도 발언권을 얻어 다시 일어섰다. "일본 대표야말로 감정에 치우친 경솔한 발언을 삼가라. 우리 정부가 항상 정의에 입각하여 핍박받는 약소국가의 입장을 지지해온 전통이 있으니, 항간에서 이번 사건 배후에 소련이 있을 거라는 말이 있다면, 그건 있음 직한 현상일 것이다.

하지만 이 자리를 빌려 분명히 말해둘 것이 있다. 소련 정부는 건국 이래 이제까지 어떤 경우에도 테러리즘을 가장 비열한 자의 소행으로 배격해왔고 앞으로도 우리의 전통에는 변화가 없을 거라는 점을 명백히 하겠다."

중국 대표 왕팅이 말했다. "소련 대표의 연설 내용은 현실과는 현격한 차이가 있으나 오늘의 의제에 관한 한 논리 면에서 수긍이 간다.

그러나 테러를 당한 당사국인 일본과 논쟁을 주고받을 자리가 아니라고 나는 생각한다. 이번 사건은 동서양에 걸친 대규모의 조직체가 치밀한 사건 계획하에 진행한 사건으로 보고 우리는 깊은 관심을 가져야겠다. 일본 대표가 항간의 소문을 이용하여 소련 정부를 의심하는 투의 발언을 했고 소련 정부는 이를 근원적으로 배척했으니 이 언쟁은 없었던 것으로 하는 게 좋겠다. 그러나 내가 짐작하는바 이 사건에는 두 나라 이상의 복수 국가가 개입한 것으로 본다. 여태껏 보도된 내용을 보면 사건은 일본에서 일어났고 사건 현장에는 우리 중국 수석을 비롯하여 50여 개 국가의 대표가 있었다. 이것부터 국제적 규모의 큰 사건이다. 범행을 자인하고 나선 세계평화유지기구니 뭐니 하는 단체는 이번 사건을 숫제 선전포고하의 전쟁행위로 전제하고, 국제법의 적용을 들고 나왔는가 하면 5개 항 요구조건에는 선전포고한 당사자의 이익 사항은 하나도 없고 오직 일본의 자본주의적 침략이나, 무역 거래의 부조리에 대한 피해국의 보상과 일본의 타민족 차별과 인권 침해의 중지를 요구하고 있을 뿐이다. 일종의 도덕전쟁 형식이다. 이 점 우리 중국은 깊은 동감과 동정심이 우러남을 말하고 싶다.

그러나 이에 앞서 중국 정부는 실종된 일본 정부 각료 전원의 무사함과 조속한 자유 복귀를 바라면서 이 자리를 빌려 한 가지 구체적 제안을 하겠다.

보도에 따르면 범행 집단은, 현 시점에서는 우리 중국 영토 안에 있고 스위스로 가는 중이라 했으며 대변인으로 프랑스의 샤를 마르탱 씨를 지명했고 통신 수단으로 프랑스의 통신위성을 이용했다. 또한 국제 재판소의 재판장에는 전 UN 사무총장인 맥도널드 박사를 거론했고, 관선변호사로는 유럽의 여러 나라 저명인사를 지명했다.

이쯤 되면 문제의 세계평화유지기구는 초국가적 존재임을 과시하고 있는 셈이다. 논리적으로는 모순이 있지만, 우리 국제사회는 이 점을 이해하고 들어가야겠다. 그래서 내가 이 연설 과정에서 지명된 여러 나라(일본, 중국, 스위스, 프랑스, 영국, 오스트리아, 이탈리아, 아메리카), 이밖에 문제의 경고문에 나타나는 아시아의 여러 나라(태국, 싱가포르, 홍콩, 미얀마, 인도, 인도네시아, 필리핀, 보르네오, 한국) 등의 수사 전문가로 위원회를 조직하여 각기 해당국의 관련 인사의 조사 등 정보를 교환하여, 일본 정부의 입장을 도와주어야 할 것이다.

내 제안에는 전제 조건이 있다. 위의 국제수사 전문위원회의 활동은, 이에 병행하는 일본 정부의 반성과 속죄가 반드시 있어야 할 것이다."

4
앵글램트리호와 CIA

하코다테 항을 폭발시킨, 홋카이도로 파견된 동기 다섯 명도 전원 무사히 앵글램트리호에 합류하였다.

파리에선 샤를 마르탱 변호사가 〈파리통신〉을 통하여 우리의 대변인 역을 멋지게 해주었고, 아무튼 매사는 순탄하기만 했다.

그렇다고 우리 일행 중의 어느 한 사람도 마음을 놓은 사람은 없었다. 일은 이제 겨우 뚜껑을 연 단계에 지나지 않았다. 앞으로 할 우리의 일은 더욱 엄청나고 더욱 험난한 고비와 고비의 연속일 것이었다.

우선 경계할 건 일본 군경의 수색작전이었다. 우리는 가능한 한 모든 방법을 동원하여, 적측의 움직임을 탐지하는 데 노력하였다.

일본 정부는 8월 1일부터 도쿄도 방위사령부 안에 비상대책본부를 설치하여 군경을 비롯한 각종 정보기관의 기능을 통합 지휘하였다. 일본인들은 처음에는 스미다 호텔의 변을 국내의 어느 불순세력의 쿠데타로 짐작했는데 다음 날 〈파리통신〉의 발표를 듣고서는 도무지 영문을 몰라 어리둥절할 뿐이었다. 세계평화유지기구의 선전포고라니 어처구니없는 말이 아닌가? 이때까지 일본 정부는 하코다테의 경고문 사건을 수사상 기밀사항으로 일반에게 비밀로 하였는데 샤를 마르탱 변호사의 성명이 발표되자 7월 15일에 있었던 경고문 사건을 공표하는 한편, 하코다테의 경고문 사건과 스미다 호텔사건을 한 계열의 범행으로 보고 범죄단체의 핵심은 재일 한국인 불법단체로 단정하였다.

그 이유는 경고문의 내용이 한국인들이 항상 내세우는 반일 불평조건이기 때문이었다. 비상대책본부는 일본 전체의 경찰력을 동원하여 민단 계통이건 조총련 계통이건 전체 한국인의 감찰을 강화하였다.

일본 전국에 걸쳐 한국인의 수난이 벌어졌다. 불법신문과 수색, 연행이 공공연히 자행되었다. 해안선과 공항이 한국인에게만 엄중 통제되었고 지난 수개월 전까지 소급하여 일본에 입국한 전체 한국인의 행적 추적도 진행되었다. 여기서 7월 18일 나리타 공항을 통하여 일본에 들어온 36명의 한국인산악회원 중 16명이 행방불명된 게 나타났다. 그밖에 소재불명으로 나타난 한국인 수는 남북한인을 합하여 2만5천여 명이나 되었고, 항례적으로 밀입국하는 한국인까지 합하면 소재불명의 한국인 수는 3만 명에 이를 것으로 내다봤다.

일본 정부는, 군경은 물론 일반 민간인까지 동원하여 소재불명의 한국인 찾기에 혈안이 되었다.

특히 행방불명이 된 산악회원 16명에 대한 지명수배와 이들 16

명이 묵었던 팔공여관 주인 조 씨와 종업원들을 구금하고, 7월 31일 사건 당일 스미다 호텔에 출연했던 심포니 단원 전원과 호텔 종업원 전원을 연행하여 엄중한 심문을 계속하였다.

수사당국이 아무런 단서도 잡지 못하는 사이에 8월 4일에 하코다테 항이 폭발되었다. 비상대책본부는 깜짝 놀라지 않을 수 없었다.

홋카이도 경찰 당국은 7월 15일 경고장 사건 당시, 처음에는 단순한 장난기의 협박범 소행으로 보긴 했으나, 만일의 경우를 생각하여 하코다테 항을 중심으로 비상경계를 펴는 한편 폭탄 장치가 있을 만한 곳을 철저히 조사하였으나 별다른 혐의점을 발견하진 못했었다.

그러다가 스미다 호텔사건이 터지고 이어 파리에서 샤를 마르탱이란 사람의 공개발표가 있자, 홋카이도 경찰당국은 하코다테 항만 내외와 지상, 해변, 해저를 샅샅이 뒤져 위험물 탐사에 나섰다. 그러나 260명의 잠수부를 비롯하여 금속 탐지기와 전파 탐지기, 음파 측정기 등 최신기계를 가동하여 수색했으나 아무 이상도 발견 못 해 시민들에게 걱정할 거 없다고 큰소리를 쳤는데, 결과는 완전히 당하고 말았다.

이렇게 되자 정부는 홋카이도나 북부 일본뿐 아니라 전국에 산재한 잠수부며 폭발 전문가들까지 전원 문초하는 극성을 부렸다.

일본 정부로서는 하코다테 폭발만 해도 가슴이 서늘한데 폭발 직후 바로 파리에서 또다시 샤를 마르탱이란 변호사가 장황한 성명서를 내놓지 않았는가.

뭐, 구금된 일본 정부 각료들이 피고가 되어 국제재판에 회부된다느니, 재판장에는 전 UN 사무총장 존 F. 맥도널드 박사가 담당하게 된다느니 하는 얘기가 나왔고 이 밖에 법무관에 독일의 릴케, 프랑스의 라벤나 등 저명인사의 이름이 나오기도 했다.

일본 정부는 즉시 주재 일본대사관을 통하여 사실 여부를 조회해 본 결과, 그네들의 말인즉 한결같이 "나는 그런 부탁을 받은 바 없다."고 말하긴 하는데 "세계평화유지기구라는 걸 아느냐?"는 질문에는, "자세히는 모르나 그런 단체가 있다는 얘기는 들어본 적이 있는 것 같기도 하다."느니, "만약 그런 단체가 있고 그 단체가 국제재판이니 뭐니 하는 따위에 협력해달라고 하면 어찌하겠느냐?"고 물으면, "그건 그때 당해봐야 알 게 아니겠느냐?"는 투의 지극히 애매한 대꾸를 한다는 것이었다.

스위스 정부만은 그런 단체를 아는 바 없다고 공식 발표하였다.

이에 이르러 일본 정부는 세계평화유지기구라는 존재에 신경을 쓰기 시작했다. 전 세계에 나가 있는 해외 공관이며 정보원에게 세계평화유지기구에 관한 정보를 알아내라는 긴급 지시를 보냈다.

회답이 속속 들어오긴 하는데, 듣는 측 입장으로선 갈피를 잡기 힘든 여러 갈래의 것들이었다.

예컨대, "그 기구는 정식으로 조직된 단체는 아니고 다만 세계적 유명인사들 사이에 묵계적으로 부르는 비공식 명칭일 뿐이다. 따라서 규약도 없고 일정한 모임이나 목적도 행사도 없다."

또는, "범세계적으로 조직된 방대한 조직체이다. 비밀 위주이기 때문에 내용은 알 수 없다."느니 "동남아시아 여러 나라의 민간인 친목 단체로 출발해서 미국과 유럽에까지 찬조회원이 늘어가고 있다.", "전 세계를 망라한 무정부주의자의 모임이다. 세계혁명을 목표로 하되 수단은 평화와 비폭력을 내세운다."

"홍콩에서 1962년에 창설되었다. 세계평화를 염원하는 사람이면 국가와 민족, 인종과 종교의 차별 없이 참가할 자격이 있으며 현재 회원 수는 5만 명을 넘는다고 한다. 주로 아시아 인종이 대부분인데 한국인이 그중 30퍼센트로 가장 많다."

"이스라엘이 은밀하게 막후에서 조종하는 세계인의 친목 단체 이름이다. 이스라엘의 목적은 미국을 비롯한 세계 각국을 자기편으로 넣기 위함이다."

"일종의 신용거래 기관이라고 한다. 실제로 유럽 여러 나라의 소규모 상점 진열장에는 세계평화유지기구 가맹점이란 표찰을 붙인 곳에 제법 눈에 띈다. 그 가게에서는 회원카드를 제시하면 사인만 받고 외상 거래를 한다."

이러니 답답한 건 일본 정부였다. 그러나 답답한 중에서도 세계평화기구라는 단체가 실존한다는 것과 여러 가지 정보 중에서 한국인이 가장 많이 참가한 단체로 짐작된다는 것, 그리고 전 UN 사무총장을 비롯한 세계적 저명인사들과도 연결되어 있을 가능성이 있다는 점 등에 수긍이 갔다.

비상대책본부 회의에서는 정보담당 책임자가 여러 사람으로부터 호되게 공박을 당했다. 여태껏 세계평화유지기구의 존재도 몰랐느냐는 것 때문이었다.

비상대책본부는 실종된 각료들의 소재를 국내 어느 곳에 숨겨놨을 거라는 것과 이미 국외로 이송됐을 것, 두 가지 경우를 반반으로 추리하고 추적 방침도 두 갈래로 세웠다. 그리고 문제의 열쇠는 파리에서 변호사 사무소를 차리고 있는 샤를 마르탱이 쥐고 있다고 보고 인터폴을 통한 수사 의뢰와 함께 수색요원을 현지에 파견하여 수단을 가리지 않고 마르탱의 정체를 알아보도록 하였다. 그리고 일본에서 발생한 사건이 거의 즉각적으로 파리에 전달되는 비밀 통신 루트 찾기에 혈안이 되었다.

이러는 가운데 통신 관제소에 중대한 단서가 하나 잡혔다. 그것은 도쿄 만에 정박 중인 미국 화물선 미네소타호에서 발신되는 전파 부호 한 가지가 인도양 상공에 고정 배치된 프랑스 통신위성에서 나오는 전파 부호 중의 하나와 똑같은 게 있음이 발견되었다. 뒤따라 한국 금산 우주전파중계소에서 나오는 전파 부호 중에도 위의 것과 똑같은 것이 있음이 포착되었다.

일본의 통신 관제소는 아연 긴장하였다. 자기네들이 찾고 있는 일본과 프랑스를 연결하는 전파는 분명 '미네소타호 → 금산 우주전파중계소 → 인도양 상공 통신위성 → 파리'의 경로를 밟는 것이 확실했다. 그들은 그 통신부호를 암호 해독 부서로 돌렸다. 암호는 쉽사리 풀리지 않았다. 시간을 두고 기다리면 판독할 기회도 있으리라 보았지만, 그네들은 지금 1분 1초가 아쉬운 때였다.

괴전파 부호의 발신처인 미국 국적의 화물선 미네소타호 감시에 나섰다. 미네소타호는 1만 톤급의 광석 운반선으로 칠레에서 초석 원광석을 싣고 7월 25일 요코하마에 도착하여 앞으로 한 달가량 더 머물러 있을 예정이었다. 일본 수사 당국은 혹 미네소타호에 자기 정부의 실종된 각료들이 감금돼 있을지도 모른다고 추측하게 되었다.

이 추측을 뒷받침하는 단서가 또 하나 생겼다. 그것은 범인들이 파리 방송국을 통하여 전 세계에 내보낸 구금된 각료들의 텔레비전 녹화 중 두 사람의 각료가 상반신을 완만히 좌우로 흔드는 동작을 취한 장면이 있어, 보기에 따라서는 그들 두 사람의 각료가 자기들의 현재 있는 곳이 선박이라는 걸 암시하는 것으로도 볼 수 있었다.

여기에 괴전파의 발신처가 미네소타호이고 보니 의혹이 갈 수밖에 없었다. 아니, 의혹이 아니라 이건 어쩌면 절대적인 단서일 거라고 당국자들은 흥분했다.

비상대책본부는 미네소타호를 덮칠 것을 결정했다. 외국 선박이긴 하나 일본영해 내에 정박 중이니 국가 주권을 발동하여 경찰을 투입할 수는 있었다.

그네들은 법원의 수색영장을 발부받아 60명의 경찰관을 미네소타호에 파견하는 한편, 외무성은 주일 미국대사를 초치하여 미네소타호에 대한 수색권 발동의 불가피성을 설명하고 양해를 구했다.

미네소타호의 선장 제임스 해리슨은 일본 경찰의 승선을 거부하였다. 선장에게는 자기 나라 재산의 한 부분인 배를 수호할 권리와 의무가 법으로 보장되어 있기에 당당히 일본 정부와 맞섰다. 더욱이 그는 이 배의 무선사와 더불어 우리 기구의 멤버였다.

주일 미국대사는 해리슨 선장에게 사무관을 보내 일본의 판사가 발생한 수색영장에 대하여 마음 걸리는 대목이 있느냐고 물었다. 해리슨 선장은 자기는 일본 정부에 아무런 위법 행위를 한 적이 없으며, 선내 수색을 당하더라도 겁낼 것은 하나도 없으나 성조기를 단 선박의 선장으로서 일본인들의 경박한 요구에 응할 수 없다는 입장을 밝혔다.

미국대사는 일본 외무장관(대리)에게 미네소타호에 대한 범죄 혐의가 과연 확실한가를 따졌다. 일본 외무장관(대리)은 미네소타호와 한국의 금산 우주전파중계소, 그리고 인도양 상공의 통신위성 사이에 동일한 통신부호가 송수신된 기록이 있음을 설명하고 자기네의 수사진은 지금 미네소타호 안에 실종된 일본 정부 각료들이 숨겨져 있는 것으로 믿는다고 말했다. 실로 심각한 얘기였다.

미국대사는 해리슨 선장에게 일본 정부의 의견을 전하고 어찌 된 일이냐고 물었다. 해리슨 선장은, 일본인들은 순전한 억측으로 수선을 떠는 것이고 자기 배 안에는 단 한 사람의 일본인도 없음을 명백히 말하고 이 점 선서를 할 용의가 있다고 덧붙였다.

미국대사는 일본 정부에 판사의 수색영장 외에 외무장관(대리)의 구술서를 첨부할 것을 요구하며 받아낸 다음, 이런 경위를 워싱턴에 품신한 후 해리슨 선장에게 일본 정부의 요구에 응하라고 일렀다.

일본 경시청의 고관이 지휘하는 60명의 경찰이 일제히 승선하여 미네소타호를 샅샅이 뒤졌다. 하지만 1만 톤의 배 안은 광석으로 꽉 차 있을 뿐이었다.

망신만 톡톡히 당한 일본인들은 그래도 단념하지 않았다. "미네소타호의 수색은 실패했지만, 실종된 각료들은 틀림없이 도쿄 만이나 부근 해역에 정박 중인 배 중 한 곳에 숨겨져 있을 것이다. 근방의 배라는 배는 모조리 뒤져라."

이리하여 가와사키 조선소 안벽에 묶여 있는 앵글램트리호에도 8월 16일 일본 군경이 몰려왔다. 다행히 우리는 해리슨 선장으로부터 미네소타호가 일본 정부의 수색을 받게 되었다는 기별을 미리 받았기에 도쿄 만 일대의 모든 선박이 수사 대상이 될 것으로 짐작하고, 사전 대책을 단단히 세워두었다.

일본의 군경이 앵글램트리호에 몰려왔을 때 요시무라 기사의 지휘하에 1백50여 명의 각종 기능공들은 열심히 선창 내부 수리 공사의 마무리작업을 하는 중이었다. 뱃전에는 기다란 광고 휘장을 걸어놓았다.

'8월 20일 개장 예정. 도쿄 유일의 선상 오락장. 골프와 수영을 마음껏 즐겨주세요.'

이 배에는 마스트가 있으나 무전 장치는 없고 통신시설은 고작 일반 전화뿐이고 별도로 공중전화박스 두 대를 신청 중에 있다고 요시무라 기사가 설명하였다.

겉으로 봐선 조금도 수상한 데가 없었으나, 몰려온 군경들은 그래도 그냥 돌아가기가 서운한지, 선내를 한번 돌아보자고 했다.

"그럼요, 샅샅이 잘 보시고 가셔야죠." 요시무라 기사는 사람 좋게 말하고, 수색원들의 앞장을 서서 갑판 위에서부터 배 안 구석구석까지 빼놓는 곳 없이 자세히 안내하였다. 우리 행동대원들은 전원 작업복 차림으로 기능공들과 섞여 일에 몰두하고 있었고, 구금 중인 각료들은 수면제를 먹여 녹아떨어진 채 감방 속에 있었다. 감방마다 로프와 페인트, 기계 공구 등 각종 잡동사니가 꽉 차 있어 그 속에 사람이 끼어 있으리라 생각하는 사람은 아무도 없었다.

요시무라는 수색을 마치고 떠나가는 군경 일행들에게 다음과 같은 친절한 조언까지 하였다. "아무튼, 사건이 빨리 해결되길 온 국민이 갈망하고 있습니다. 범인들은 쉽사리 도쿄 일원에서 벗어나지 못했을 거라고 나는 생각해요.

도쿄 만 일대에 있는 선박들을 수색 대상으로 한 건 현명한 조치입니다. 대형 선박에는 비밀 장소가 많지요. 우리처럼 영업장소로 바꾸느라고 모두 까뒤집어놓은 배들은 예외고요. 일반 선박, 특히 여객선 따위는 철저히 살펴봐야 합니다."

60명의 군경 일행은 2시간 동안 배 안을 살피고서 "작업을 방해

해서 미안하오." 하며 떠나갔다.

우리는 당분간 프랑스로 보내는 통신을 중단하기로 하였다. 그러나 미네소타호에서 괴전파를 발신한 것이 문제 된 이후, 우리에게는 여러 가지로 골칫거리가 꼬리를 물고 일어났다.

제일 먼저 입장이 난처해진 것은 해리슨 선장과 무선기사 해리 킵셸이었다. CIA가 개입한 것이다. "도대체 당신들은 무슨 암호를 어디다 보낸 거요?"

해리슨 선장은 순순히 자백하였다. CIA에는 무선부호 해독 전문가가 2천 명이나 버티고 있었다. 암호 해독 컴퓨터 시설도 어마어마한 걸 그도 잘 알았다. 이 정도의 암호는 일주일 이내에 깨끗이 풀어낼 것이 뻔하니 버틸 필요가 없었다.

"사실 나와 무선기사 해리 킵셸은 WPO의 회원이오. 지난 7월 31일 밤중에 어느 일본인이 우리 배로 와서 선장을 만나자기에 내가 만났죠. 만나보니 같은 WPO더군요. 카세트테이프를 내밀면서 〈파리통신〉까지 가도록 해달라는 거예요. 발신은 할 수 있지만 중계는 어찌 되는 거냐고 물으니 그 친구 말인즉 한국의 중계소와 인도양 상공의 프랑스 통신위성의 연결은 회원들이 맡게 되어 있으니 신경 쓰지 말라는 거예요. 내용이 뭐냐고 물으니까, 그런 건 묻지 않기로 되어 있지 않으냐고 화를 내더군요.

나는 협력할 걸 승낙하되 한 가지 조건이 있다고 말했어요. 그 조건이란 그 카세트테이프에 담긴 내용이 우리나라 미국에 해를 끼치는 거라면 안 된다고 말했죠. 그 일본인은 미국 정부가 좋아할 사건이 발생한 뉴스가 담긴 것이고, 내일 아침이면 텔레비전에도 나올거니 안심하라고 하더군요. 그래서 우리는 발신 조치를 취했죠. 다음 날 〈파리통신〉에 일본 정부 각료 전원을 체포했다는 뉴스가 나오더군요.

사흘 후에 그 일본인이 또 테이프를 갖고 왔어요. 같은 내용이냐고 물으니 그 사건의 속보라는 거예요. 그래서 또 부탁을 들어줬어요."

(이건 나중에 안 일이지만) 해리슨 선장의 자백을 전해 들은 아놀드 톰 CIA 국장은 화를 벌컥 냈다는 것이었다.

"건방진 자들이군. WPO를 차제에 철저히 캐봐야겠어. 해리슨과 킵셀을 곧 소환해."

그때 부관 지시우드가 말렸다고 한다. "국장님, 그자들을 직위 해제시킨 채 그 배에 그냥 당분간 놔둬보는 게 좋지 않을까요? 후임자는 임명하고 말입니다."

"그래? 뭐가 좀 더 걸릴 걸 기대해보잔 말이지?"

"그렇습니다."

CIA는 이틀 만에 우리의 암호통신을 전부 해독해냈다. 아직 구금 중인 일본 각료들의 소재는 모르지만 그들이 재판에 회부된다는 것과, 재판장 역할을 할 사람, 변호인 역을 할 사람들을 안 이상, 일본 각료들의 소재 탐지는 별게 아니었다.

톰 CIA 국장은 현재까지의 정보를 백악관에 보고하였다. 국무장관 하버드 오닐은 톰 국장의 보고를 받고 입맛을 쩝쩝 다셨다. 지금 미국은 일본에 대해 정면으로 무역전쟁을 선포할 계획으로 있는 중인데, 이런 바라지도 예상치도 못한 사태가 발생한 것이었다.

여태껏 일본 총리 나가노는 "미국의 은혜를 잊지 않고 있습니다.", "미국을 절대로 괴롭히지 않겠습니다.", "일본 국내시장을 개

방합니다.", "수입 관세를 내리고 수입 절차를 간소화하겠어요.", 이렇게 입으로는 번드르르하게 말했지만, 실제는 정반대였다. 디트로이트의 자동차 공장 문을 닫게 하고 밀워키 강철 공장도 녹슬게 하고 실리콘밸리도 폐허를 만들려 하고 있었다.

이게 개인 싸움이라면 한 대 갈겨놓고 볼 일인데 국제사정이란 너무나 복잡했다. 일본은 극동 최대이자 최강의 우방이니 어쩌냐. 미국과 일본의 불화는 곧 북극곰 소련의 식욕을 자극하는 재료가 되는 것이었다.

'경제동물왕국 일본의 각료를 일망타진했다고? 고것들 꼴좋게 됐다! 아니지. 무역전쟁은 어디까지나 무역전쟁으로 끝나야지, 정치 불안이나 군사 유대에 금이 가선 안 되지. 일본이 비틀거려서도 안 되지! 이거 어떻게 한다?'

우선 한국과 중국, 인도, 프랑스 등에 외교 통로를 통하여, 세계 평화유지기구의 이번 거사를 어느 정도 알고 있는가를 타진하였다.

그리고 톰 CIA 국장에게, 맥도널드 전 UN 총장 이하 요한 릴케, 조반니 라벤나, 안토니 만 등 저명인사의 동태를 철저하게 감시하도록 명령하였다. 이들 저명인사가 움직여 가는 곳에 실종된 일본 각료들이 있을 테니 말이다.

우선 곤경에 빠진 일본인 수뇌부를 구해놓고 나서, 무역전쟁이고 뭐고 해야 한다고 오닐 국무장관은 생각했다. 한국과 중국, 인도, 프랑스에서 워싱턴으로 회답이 왔다. 이들 나라는 일본인 첩보원들의 성화와 워싱턴의 통고를 받고서야 자기 나라 사람들이 이번 사건에 개입한 걸 알았고, 이제부터 수사에 착수하겠다는 것이었다.

오닐 국무장관은 대통령과 상의 끝에 우선 미 국방군의 비상경계와 태평양 함대의 보강, 미드웨이와 기타 두 척의 항공모함을 일본 연안에 파견하여 만일에 대비하는 한편 세계평화유지기구(WPO, World Peace Organization)와의 접촉을 서두르기로 하였다. CIA에 WPO 전담부서가 신설되었다. WPO란 도대체 어떤 조직체인가? 아놀드 톰 CIA 국장은 이제까지 자기가 이 방면 정보수집에 소홀했음을 후회하였다.

CIA와 달리 첼리 스트롱이 이끄는 FBI에는 WPO 담당과가 몇 년 전부터 개설되어 비교적 자세한 정보를 이미 수집해놓았다. 하버드 오닐 국무장관이 이 점을 톰 CIA 국장에게 귀띔해주어 톰 국장은 행정연락원을 보내 FBI에서 복사본을 떼어 왔다.

복사본을 받아본 톰 국장은 안색이 창백해졌다. 이럴 수가 있나! 문서의 첫 페이지는 UN 기구 내의 WPO의 현황을 기록하고 있었는데, UN 기구의 과거 및 현직 고급 직원 중에는 WPO의 동정자 내지 조직원의 혐의자가 천 명 가까이나 있으며, 그중에는 전 사무총장 맥도널드 박사 명단 위에도 혐의자의 표시인 X가 찍혀 있었다.

통계란을 보니 사무국 간부의 8퍼센트 정도, 기술 계통 고위직의 35퍼센트 정도가 혐의자로 되어 있었다.

이들 혐의자의 미행이나 도청 메모를 보니, 대충 다음과 같은 것들이었다.

"동남아에는 세계평화유지기구라는 비밀 조직이 있다더군."

"우리는 그들을 할 수 있는 한 도와주어야 돼."

"UN이 도대체 뭐야. 미국이 쓸데없이 돈만 쏟아버리는 기관 아닌가."

"UN 산하의 일부 국가의 백성들은 매일 수만 명씩 굶어 죽고 있는데, 이곳 높은 양반들은 밤마다 호화 파티라. 잘들 논다."

"깡패가 탱크를 몰고 가 국가 원수를 몰아내고 자기가 대신 국가 원수가 돼도, UN은 눈썹 하나 까딱 안 하고 받아주는 거라."

"쿠데타의 대상은 바로 UN이야."

"불평하지 마. UN같이 좋은 데가 어디 있어. 월급 후하겠다, 하라는 일도 없겠다, 얼마나 좋아. 어쩌다 손님이 걸리면 자기 나라 국세 조사표의 카피 한 장 건네주고 몇천 달러 벌 수도 있고."

다른 페이지에는 동남아의 WPO 계열의 동태가 있었다.

1962년에 홍콩에서 아시아 경제학자 국제 세미나가 있었다.

뾰족한 의제 마련도 없이 한낱 사교적 모임이었는데 여기에 모인 경제학자들은 모두가 비슷한 배경을 지닌 사람들이었다. 좋게 말해 소위 개발도상국, 실은 아직도 세계대전의 전화를 못다 벗은 가난한 나라들이었다. 여기에 참석한 여비도 대부분 자기 부담 아니면 구걸하다시피 해서 마련한 돈으로, 홍콩 뒷거리 삼류 호텔 한구석을 빌려 세미나를 연 사람들이었다. 지금도 그렇지만 홍콩은 동양의 파리, 세계의 진주로 불리며 사시사철 세계 관광객으로 붐비는 곳이었다. 홍콩 관광이란 대개 돈 많은 사람들이 하는 놀이였다. 홍콩에는 이들 부자와 관광객을 노리고 늘어놓은 금은 보석상의 거리, 환락의 극을 자랑하는 유흥의 거리, 윤락의 거리가 펼쳐졌다. 이러한 찬란한 무대 뒤에서, 아시아 개발도상국의 경제적인 현실을 토론하던 아시아의 경제학자들은, 자연스레 실제 경험과 실제 견학을 통하여 공통된 결론에 도달하였다.

2차 세계대전이 전 세계에 해방과 평등, 자유를 가져왔다는 건

헛말이었다. 세계대전 이전에는 군사력의 강대국과 약소국의 차별이 있었으나, 종전 이후에는 선진 공업국과 후진 산업국의 차별로 모습이 달라졌다. 원인은 산업수단의 대형화와 첨단 기술의 발달에 있었다. 과거 강대국의 식민지 신세였던 나라들은 산업수단의 영세성과 첨단 기술의 기초 조건의 빈약으로 후진 산업국으로 처질 수밖에 없었고, 선두를 달리는 선진 공업국과의 거리는 날이 갈수록 심화되었다.

그리고 그 결과는 뻔했다. 경제 지배국과 그의 예속 국가로 나타났다. 과거의 군사 침략국가와 피억압 국가의 연속이었다. 아니, 겉으로는 평등한 국가 차원의 형식이면서, 경제적으로 끌려다녀야 하는 몰골은, 전자와 비교하면 한층 더 비참할 것이 불 보듯 뻔했다.

그들 학자들은 이런 현상을 놔두고 볼 수만 없다는 데 의견의 일치를 보았다.

그들은 자기네들끼리 먼저 결속하여 국경과 인종, 종교의 굴레를 벗어던지고, 소위 후진국과 개발도상국의 학자들을 규합하고, 선진국 내부의 진보주의자 및 평화 애호가를 포섭하여 조직체를 만들기로 계획하고 그 조직체의 이름을 임시로 '세계평화유지기구'라고 지었다.

해를 거듭할수록 회원 수는 팽창하였는데, 두드러진 특색은 한국인의 회원 수가 다른 나라보다 훨씬 앞서가는 점이었다.

다만 이들은 활동은 아직 내면적 연구단계이지, 겉으로 표면화한 건 없다.

해설을 읽고 나서 톰 국장은 혼잣말로 중얼거렸다. "이 보고서를 작성한 FBI 직원도 WPO인 모양이군."

다른 페이지에도 재미있는 것이 있었다. 〈세계평화가족회〉라는 항목이었다.

1970년대부터 베네룩스 3개국의 도시를 지나다 보면 비교적 소규모의 상점 진열장에 '세계평화가족회'라는 딱지가 붙은 것을 보게 되는데, 80년대에 들어서면서 이런 딱지가 붙은 가게가 프랑스와 이탈리아, 스페인의 지방 도시까지 보급되었다. 무슨 뜻이 담긴 표찰인가 하고 가게주인에게 물으니, 손님 중 세계평화가족회의 회원증을 제시하는 사람에게는, 본인의 사인만으로 현금 없이 물건을 내준다는 것이었다. 세계평화가족회 본부가 어디 있느냐고 물으니 가게주인은 모른다고 했다. 그럼 이 딱지는 어디서 얻었느냐고 물으니, 가게주인의 대답이 이 딱지나 회원증을 얻으려면 두 사람 이상의 회원을 찾아가 가입신청만 내면 《세계평화》라는 조그마한 책자를 받게 되고 그 책을 읽고 나서 그들 앞에서 독후감을 얘기하여 두 사람 이상의 회원이 좋다고 하면, 그 자리에서 선서하고 회원 자격을 받게 된다는 것이었다.

설사 지나가는 나그네거나 생판 초면의 외국인에게도 이런 방식으로 자격을 획득한 나그네가 돈 없이 물건을 가져가는 경우, 대금 결제는 어찌하며 대금 회수 성적은 어느 정도냐 물으니 대금은 우편함으로 결재하고, 대금 회수는 백 퍼센트라 했다. 하도 거짓말 같아 몇 군데 물어보았으나, 대답은 한결같았다. 우리 FBI 연구실의 한 분에게 이 얘기를 하니, 그분 말은 이랬다. "이게 요즘 유행하는 학설로 토인비 현상이라는 거요. 토인비 박사의 예언처럼 물질위주의 황금만능 서구 사회는 몰락하고, 정신위주의 신의우선 (信義優先) 동양 정신이 서구로 파급하여 몰락하는 서구를 구해준 다는 현상이오."

톰 CIA 국장은 이상함을 느꼈다. 세상일 쳐놓고 내가 모르는 일 이란 없다고 자부하던 그는 처음으로 소외감을 맛보았다. '혹시 FBI 가 나를 테스트하는 건 아닌가?'

＊

아무튼, CIA도 우리의 뒤를 바짝 쫓기 시작했고 또한 우리는 일 본인들에게 단서가 하나둘씩 발각됨에 따르는 어려운 사태에 대비 해야 했다. 하코다테에서 날아온 정보도 그중의 하나였다.

도쿄 지구를 담당한 우리 행동대원 16명이 서울을 떠난 건 7월 18일이었지만 이보다 약 반년에서 1년 앞서, 예비 공작반 4개 조가 일본 각지에 파견된 바 있었다.

홋카이도에 5명, 오시마에 6명, 가고시마 8명 등이었고, 이밖에 7명의 유격조가 각 지방을 이동하면서 정보수집과 연락업무를 맡 아왔다.

이 밖에 선박 전문가인 요시무라 다다시가 이끄는, 순 일본인으 로 구성된 일당이 있었다. 이들은 앵글램트리호를 세내어 우리의 공 작선을 만들기 위하여 1년 앞서 도쿄에 와 있었다.

지역 담당 행동대 중, 오시마 조와 가고시마 조는 아직도 현지에 머물면서 도쿄에 있는 우리로부터 활동 개시의 지시를 기다리는 중이었고, 홋카이도 조는 예정대로 하코다테 항을 폭파하고 도쿄의 우리 부대와 합류하였다.

그런데 하코다테 공작조가 현지를 철수한 지 일주일 후인 8월 15일에, 기무라 노부고라는 여자가 하코다테 폭파 사건의 공범자로 일본 경찰에 잡혔다는 기별이 우리의 비밀 연락망을 통해 알려졌고, 이어 신문으로도 보도되었다.

기무라 노부고는 본명이 김규수라는 우리 교포로 충북 영동 태생의 그녀는 1960년 그 당시 25세에, 17년 전 일본에 강제징용으로 홋카이도로 끌려간 후 소식이 끊긴 아버지의 행적을 찾아 단신으로 나섰던 억척 여성이었다.

김규수의 아버지 김이용은 고향에서 밭갈이 일을 하다가 일본 순경에게 개처럼 끌려간 후 1년 만에 일본 홋카이도에서 '징용 일꾼으로 잘 있으니 집안 식구들은 너무 걱정하지 말라'는 편지 한 장이 왔었다. 이것이 아버지의 소식으론 처음이자 마지막이었다.

3년 후 1946년 봄에 김이용과 함께 징용으로 끌려갔던 동네 사람이 돌아와 아버지의 소식을 전해주는데 홋카이도로 끌려간 동포들은 몇 군데 탄광과 비행장 공사터에 배치되었으며 그곳은 말 그대로 생지옥이었다 했다. 식량이 부족하여 곡식은 아예 없고, 고작 감자와 옥수수뿐으로 영하 20도 이하의 추운 날씨에도 별다른 겨울 장비도 없이 그저 헌 군복 차림으로 일판에 내몰아 얼어 죽고 지쳐 죽는 사람이 하루에 수십 명이나 돼, 견디지 못한 이들은 죽음을 무릅쓰고 탈출을 하는데 백이면 백 다 붙들리게 마련이었다.

김이용도 고향에 돌아온 친구와 함께 삿포로 비행장으로 끌려가 함께 고생했는데, 해방 전해에 김이용은 밤중에 막사에서 도망쳐 나가 용하게 하코다테 근방까지는 갔으나, 모든 도망꾼이 그랬듯이 그도 잡혀 오고 말았다 했다. 그러고는 어찌 됐는지 영영 소식을 못 듣고 귀향선 탈 때도 보지 못했으니, 아마 일본인들 손에 죽었을 거라는 것이었다.

김이용의 슬하에는 무남독녀 규수뿐으로, 생이별할 때 아버지는 39세였고 딸은 겨우 8세였다. 어머니는 남편이 끌려간 2년 후인 해방되던 해 화병으로 죽었다.

혹시나 하고 아버지를 기다리던 딸 김규수는, 죽은 아버지의 뼈라도 찾겠다고 마음을 모질게 먹고 일본으로 건너갔다. 용케 홋카이도 삿포로까지 가긴 했으나, 아버지의 소식 찾기는 불가능하다는걸 알게 됐을 뿐이었다.

세월이 그간 17년이 흘렀고, 못된 짓을 한 일본인들이 자기네에게 불리한 기록을 남겨두었을 까닭이 없었다.

김규수는 낯선 땅에서 거리를 헤매다가 경찰서 신세를 지게 되었고, 그 후 25개 성상에 걸친 파란중첩의 모진 생활이 계속되었다.

한국인 홀아비를 만나, 부두 노동자를 상대로 대폿집을 하던 중 10살짜리와 7살짜리 어린 남매를 남기고 남편은 3년 전에 병으로 죽었다.

하코다테에 파견 나갔던 우리 행동대원 중에 김규수와 충북 영동의 같은 마을 출신이 있어, 우연히 길거리 대폿집에 들렀다가 고향 말씨가 나오고 하여 자연스레 사귀게 되었는데 김규수는 대강 우리 일행의 의도를 눈치채자 자기도 일꾼으로 한몫 넣어주길 졸라댔다. 아버지의 원수를 꼭 갚아야겠다는 것이었다. 이곳에 나간 조장 장규호는 쾌히 그녀의 청을 들어주고 잔심부름과 염탐꾼 역을 부탁하였다.

김규수는 일본인들의 간담을 서늘하게 하려면 츠가루 해저 터널을 폭파하는 것이 좋겠다는 제안을 내놨다. 츠가루 해저 터널은 일본이 세계에 뽐내는 세계 최장의 해저 터널로, 일본 본토와 홋카이도를 잇는 전장 54킬로미터의 거대한 구조물이다. 일본은 이 터널의 완성으로 일본 최남단의 규슈 가고시마로부터 홋카이도의 삿포로까지를 신칸센의 탄환 열차로 연결하고자 했다.

실상, 이 터널의 폭파 계획은 우리의 공격 리스트에 오른 적도 있었다. 22개년의 세월과 3천여억 엔의 공사비를 들인, 세계 최장이라는 이 해저 터널을 폭삭 가라앉게 하는 것도 의미 있는 일이긴 했다.

그러나 우리는 이 안을 예정표에서 지워버렸다. 이 해저 터널은 일본이 처음에는 가슴 설레는 큰 보람과 막대한 경제적 이득이 올 거라고 보고 착공한 것인데 막상 준공에 이르고 보니 이용 가치가 별로 없는 거추장스러운 천덕꾸러기가 되고 말았다. 공사 기간에 항공 수송기 발달과 해상 수송의 혁신으로 승객이고 화물이고 이용률이 아주 낮아, 매년 9백여억 엔의 적자로 골치를 앓고 있는 중이었다. 이 터널을 폭파함으로써 우리에게 돌아오는 이득이란 아무것도 없었고, 오히려 세계 제일의 공작물을 없애버렸다는 좋지 못한 여론만 듣게 될 것이었다.

장규호 조장의 설명을 듣자 김규수는 주장했다. "그럼 삿포로 군용 비행장을 폭파하는 게 좋겠어요. 수천수만 조선인의 피와 뼈로 이룩된 비행장이에요." 그녀의 아버지도 그곳에서 목숨을 잃었을 것이다.

"그건 안 됩니다." 장규호는 고개를 내저었다. 그리고 그녀에게 설명했다. "비행장 폭파는 쉬운 일이 아닙니다. 우리는 그런 준비도 해오지 않았고요. 삿포로 비행장은 일본이 소련을 견제하는 데 중요한 시설물의 하나입니다. 우리의 이번 공작은 일본인의 흐려진 정신을 일깨워주는 게 목적이지 재기불능의 타격을 주는 데 있지 않아요. 우리는 하코다테 항의 폭파로 만족입니다. 인명피해를 되도록 줄이고 시설물만 폭파하는 것이죠. 일본의 전체 국력으로 볼 때 지방 항구인 하코다테 하나쯤 별것 아닙니다. 그러나 일본인들이 받을 정신적 타격은 막심할 거예요. 우리의 목적은 여기서 끝입니다."

김규수는 아쉬운 안색이었으나 더 이상 반발은 하지 않았다. 그럴 입장이 아닌 걸 그녀도 잘 알고 있었다.

그런데 그녀는 속으로 계획을 꾸미고 있었다. 우리 일행 중에 아무에게도 알리지 않고 은밀히 삿포로 군용 비행장 폭파 계획을 마음먹었다. 일행의 눈을 속여 상당량의 폭발물을 빼돌려 숨겨둔 걸 우리는 감쪽같이 몰랐다.

8월 4일 하코다테 항에 대폭발이 있자 경찰은 우선 이 지방 일대의 한국계 시민들을 무조건 연행하여 철저한 심문을 했다. 김규수도 걸려들었다. 그러나 경찰은 이 한국 여자가 20여 년간 이 고장에서 발을 붙이고 살아왔고 이름도 일본식으로 기무라 노부고로 바꿨으며 집 안팎을 뒤져봤으나 이상한 것이 발견된 것이 없고 해서 검거 일주일 만에 방면하였다.

김규수는 방면되는 즉시 삿포로로 갔다. 아예 두 아이도 데리고 갔다. 아무래도 살기를 바랄 수 없는 위험한 일이기에, 세 모자가 함께 죽기로 마음먹은 것이었다.

폭발물의 취급은 그동안 우리 일행의 일을 거드는 과정에서 익숙하다고 본인은 자신한 모양이었다. 그러기에 혼자서 군용 비행장 폭파라는 엄청난 일을 꾸몄을 것이다.

결론부터 말하자면 김규수의 꿈인 아버지의 원수 갚기는 초장에서 실패했다. 삿포로 군용 비행장 근처를 얼씬거리는 김규수를 의심한 자위대 헌병은 그 여자의 뒤를 밟아 숙소에 숨겨둔 폭약 등을 압수한 것이다. 김규수는 일이 초장에 실패하자 자살을 기도했으나 일본 헌병은 그리 호락호락하지 않았다. 일주일에 걸친 갖은 고문 끝에 김규수는 제정신이 아닌 상태에서 폭약을 얻은 동기며 하코다테 폭파에 가담한 사실을 중얼거렸다. 이래서 일본 수사당국은 우리의 하코다테 행동대원 5명의 신원을 알게 되었다.

이미 명단이 파악된 16명의 가짜 등산대원에다가 홋카이도 대원들 5명, 모두 21명의 명단이 밝혀졌고, 그 위에 금산 우주전파중계소의 역할이 분명해지자 일본 정부는 엄중한 항의를 한국 정부에 전하고 범인 수색 체포에 협력해달라고 요구했으며 금산 우주전파중계소에 대한 공동 조사를 위하여 일본인 전문가 3명을 현지에 파견하겠다고 나섰다.

이때까지도 한국 정부는 이번 사건에 한국인이 참여한 것을 전혀 모르고 있었다. 우리는 우리의 계획을 정부에 일절 알리지 않았다. 그럴 필요도 없을 뿐 아니라 알려서도 안 될 일이었다.

이쯤 되니 한국 정부로서는 당황하게 되었다. 보채는 건 일본 정부뿐만이 아니었다. 미국 CIA에서도 어찌 된 일이냐고 물어오고 프랑스와 독일, 이탈리아, 오스트리아 측에서도 이번 사건을 한국 정부가 기획했거나 묵인한 게 아니냐고 묻는 것이었다.

그러나 한국 정부는 애당초에 모르는 일이었다. 세계평화유지기구라는 단체가 벌이는 일이, 꼭 일본 정부에 대한 한국 정부의 심사를 정곡으로 표현해주어 속 후련한 기분이긴 했으나, 일본에 대한 경고문 내용이 거의 한국이 여태껏 일본에 공격한 내용이라, 일본은 물론 세계의 여론이 한국을 범행 당사자로 보지 않을까 우려하고 있던 참이었다.

결국, 한국 정부는 일본 정부의 요구를 받아들여 금산 우주전파 중계소 직원에 대한 한일 공동 심문에 동의하였고, 일본이 제출한 명부에 오른 범인 21명에 대한 한국 경찰의 수사 실태를 수시로 일본에 통고해주기로 약속하였다.

미국에 대해서는 일본과의 수사 협조 내용을 알리고, CIA 요원의 입국도 동의하였다. 한편 영국, 프랑스, 독일, 이탈리아, 오스트리아에 대해선 그쪽에서 알고 있는 세계평화유지기구에 관한 정보를 알려주기를 희망하였다. 한국 정부로서는 어째서 그 나라의 저명인사들이 세계평화유지기구에서 거론하는 국제재판에 관여하게 된 것인지 알 도리가 없었기 때문이다.

그러나 세계평화유지기구가 지명한 명사들은 한결같이 "나는 알지 못하는 일"이라고 펄쩍 뛰었고, 프랑스의 우주 통신 기사들이나 미국의 미네소타호의 해리슨 선장이나, 킵셀 무선기사는 자기들이 WPO의 가맹인이긴 하나 WPO가 원래 점조직으로 되어 있어서 자기 외 조직원의 존재는 일체 모른다고 우기는 것이었다.

그럼, "누구의 권유를 받고 조직원이 되었으며, 조직원이 되는 목적은 무엇이며, 회비를 내거나 공작금을 받는 경우는 어떤가?" 하고 물으면, 미네소타호 선장 제임스 해리슨의 경우는 다음과 같이 해명했다.

"약 3년 전에, 시애틀 어느 카페에서 새로운 친구를 사귀었는데 그 친구 말이 '세계의 평화를 유지하는 데에 UN은 틀렸다. 양심 있고 용기 있는 사람끼리 유대를 맺어 한마음 한뜻의 지구촌을 만들어야 한다. 당신은 어떻게 생각하느냐고 묻기에 동감이라고 대답하니 '그럼 서로 인연을 맺자. 나의 조직 이름은 N12이고 별명은 텍사스의 스넥이다. 나를 만나려면 이 집에 와서 텍사스의 스넥을 찾아라. 그럼 주인이나 종업원이 언제 내가 이곳에 나타날지를 알려줄 것이다. 조직의 가입금은 1달러 이상 5달러 이내로 자유로 하라. 나를 통해 지령이 나갈 경우도 있으나, 이에 응하고 말고는 당신의 자유다. 당신의 조직 번호는 J13이다. 당신이 내가 하는 식으로 조직원을 늘릴 때, 그 사람의 조직명은 그 사람 이름이나 성의 첫 글자와 당신의 암호 숫자의 다음 숫자가 신가입 회원의 암호명이 될 것이다.'

이렇게 해서 나는 2달러를 내고 조직원이 되었고, 작년에 시애틀의 카페에서 N12를 만났다. 이때 나는 그사이에 포섭한 무선기사 해리 킵셀에게 H14라는 암호명을 주고, 1달러의 가입금을 받은 것을 N12에 전했다. N12는 그때, '차후에 누구든지 당신을 찾아가 N12-J13이라 자칭하거든 우리 조직원으로 알고 흉금을 터놓고 얘기하라. 앞으로 좋은 일이 있을 것이다.'라고 말하고 헤어졌다.

지난번 7월 30일, 내 배로 어떤 일본인이 와서 선장을 찾기에 내가 만났더니 N12-J13라고 암호를 대기에 내가 고갤 끄덕였더니 문제의 테이프를 맡기고 갔다. 나의 행동이 법에 저촉됐다면 벌을 받아도 좋다. 그러나 나는 내가 한 일이 세계평화에 도움을 준 것임을 믿고 있다."

해리슨 선장은 무선기사 해리 킵셀 외에 자기 배의 갑판사관 월

리엄 세니톤을 포섭하여 S15의 암호명을 주고 1달러를 받았음을 자백하였다.

H14의 해리 킵셀이나 S15의 윌리엄 세니톤은 아직 다른 인물을 포섭하지 않은 상태라고 했다.

5
전범자 처단재판

앵글램트리호의 내부 개조는 순조롭게 끝나, 8월 20일 드디어 가와사키랜드라는 명칭 아래 개업 테이프를 끊었다. 새로 만든 상갑판의 반은 풀장, 반은 베이비 골프장으로 만들어 오색찬란한 만국기로 선체를 휘감고 화려한 개업식을 벌였다. 두 달 전부터 신문 광고에 개업 예고를 크게 낸 탓인지 예상외로 입장객이 많이 몰려 대성황이었다.

이렇게 겉모습은 화려했으나 우리의 내부 사정은 매우 심각했다. 우선 우리의 정체가 당분간은 드러나지 않아야 했다. 일본뿐 아니라 전 세계를 떠들썩하게 큰일을 벌여 놓고 일신상의 안전을 기대한 건 아니었지만, 애당초 목적한 일본 정부의 응징은 어느 정도라도 성취한 후에 탄로가 나도 나야 하지 않겠는가.

그런데 가장 어려우리라 예측했던 일본 각료들의 납치는 성공하였고 재판정도 마련이 되었는데, 정작 국제재판을 관리할 맥도널드 박사를 비롯한 유럽의 국제법 대가들이 언제 온다는 소식도 없이 시일만 흐르고 있어 답답하기 짝이 없었다.

문제는 또 있었다. 우리가 구금한 일본 각료들은 대부분 고령자들로, 13명의 평균 연령이 62세였다. 가장 젊은이가 48세의 체신장관이고 최고령자는 72세의 관방장관이었다. 나이에 비해 한 가닥 하던 인물들이라, 구금할 당시에는 제법 꿋꿋했으나 20일이 지나는 동안 건강이 차차 눈에 띄게 저하돼갔다.

우리는 감방마다 욕실을 마련하고 환기 덕트도 설치하고, 다다미도 고급품을 쓰고, 텔레비전과 오디오도 갖춰놓고 식사도 장관 수준에 맞추느라 애를 썼다. 그러나 그들이 받은 충격은 물론 컸을 것이고, 좁은 감방 안을 서성거리는 게 고작 한정된 운동이고 보니 건강이 좋을 리 없었다. 두 사람이 류머티즘 증세를 나타내고 신경통이니 두통이니 하고 호소하는 사람이 하나둘씩 늘어갔다. 우리는 우리와 뜻이 통하는 이와노프라는 캐나다 출신의 내과 의사를 찾아내어 전속 의사로 삼았다.

또 한 가지 신경 쓸 일이 생겼다. 스미다 호텔 현장에서 주역을 맡아 활약한 유동규가 가와사키랜드 개업 다음 날 아침 내게 들렀다.

"나, 평양에 좀 다녀와야겠소." 그는 불쑥 이렇게 말했다.

"아니 왜?" 나는 깜짝 놀랐다.

"조총련 간부 친구들이 나의 본심을 몰라 갈팡질팡하는 모양이에요. 그 친구들은 이번 사건을 한국 정부의 공작으로 보고 있는데, 민단 내부의 염탐꾼으로 위장전향시켜 투입된 내가 이번 사건의 중요 역할을 해내는 걸 보고 의심이 생긴 거죠. 거기다가 이번 사건이 세계적으로 큰 파란을 일으키고 UN 안전보장이사회까지 열리는 걸 보자, 어떻게 대처해야 할지 몰라 쩔쩔매다가 책임을 평양으로 넘긴 거 같아요. 2, 3일 중으로 조총련 사무장 정태성이란 친구가 나와 함께 상하이 경유로 평양에 갑니다."

"혹시 유동규 동지를 강제 압송하는 게 아닐까?" 내가 물었다. 골수 좌익분자였던 유동규는 과연 어느 면이 진짜고 어느 면이 위장한 것인지, 판단하기 어려운 인물이었다. 내가 걱정하자 유동규는 "그야 가봐야 알죠." 남의 말 하듯 태평이었다.

"만일 유 동지가 못 돌아오게 되면 일이 난처하게 될 텐데…. 어떻소, 아주 이 기회에 민단으로 전향한 걸 선언해버리는 게 깨끗하지 않을까요?"

"그것도 좋지만, 그렇게 되면 조총련은 이번 사건이 한국 정부의 짓이라고 크게 떠들 겁니다. 비밀 특공대 젊은 사람 몇을 희생물로 삼아 일본 경찰에 자수시킬지도 모를 일이고."

"조총련이 그래 봤자, 우리가 잡아떼면 되잖소. 증거는 없으니까. 아무래도 유 동지의 평양행은 불안한데요." 나는 걱정했다.

"혁명 사업에 이만한 불안이야 다반사죠. 나는 시침 딱 떼고 가보겠소. 그 친구들이 어찌 나올 거라는 짐작은 대강 짚고 있으니 김 형은 과히 걱정하지 마시오."

이리하여 유동규는 우리 앞에서 자취를 감췄다. 자, 유동규가 진짜 조총련으로 되돌아가 우리를 궁지에 몰아넣을지 어떨지는 전혀 짐작 못 할 노릇이었다.

앵글램트리호의 개조 공사가 일단락되고 가와사키랜드가 화려하게 개장하는 걸 계기로, 우리는 유럽에서 법률 전문가가 오기 전에 구금 중인 일본 각료들에 대한 예비 심문을 개시하였다.

심문은 대만의 왕 따이기, 프랑스의 미셸 드 프레보, 일본인 이노우에 다케조 세 사람이 담당하고, 심문관마다 배석 서기와 통역을 배치했다. 서기와 통역은 모두 한국인으로 했다. 한국인보다 외국인이었으면 하는 아쉬움이 있었으나 인원 구성이 자유롭지 못해 어쩔 수 없었다.

예상했던 일이지만 일본 각료들은 우리 측의 심문에 순순히 응하지 않았다. 13명 중 네 사람은 숫제 입을 꽉 다물고 일절 발언을 거부했고, 나머지 9명도 우리 측을 무시하는 태도로 나왔다. 그들의 반항 요지는 대개 다음과 같았다. "연회장을 습격하여 강제로 사람을 납치한 것은 중대한 범죄다. 또 여기가 어딘 줄도 모르는 곳에 구금하고 행동의 자유를 뺏고 있으니 역시 범죄 행위다. 하물며 우리는 일본 정부를 대표하는 행정장관이다. 이러한 무례가 있을 수 있겠는가. 즉각 원상복귀를 하라. 그다음은 법에 따라 처리하여야 한다. 세계평화유지기구라는 존재는 듣지도 보지도 못 한 존재다. 대화를 원할진대, 자기의 정체를 상대가 납득하도록 밝혀야 할 게 아닌가."

이에 대해 우리 측은 주장했다. "지금 당신들과 우리 사이는 전쟁상태에 있다. 일반적인 국내법은 존재하지 않는다. 당신들은 불법으로 납치당하고 구속당하고 모욕당하고 있다고 생각하나 그것은 당신들의 인식 부족 내지 오해다.

우리는 적어도 과거 20년 이래 당신네로 인하여 막대한 정신적, 육체적 고통을 받아왔다. 따라서 당신들은 우리를 괴롭히고 있는 가해자요, 현행범이다. 전쟁상태 중인 상대편의 행정책임자는 체포의

대상자로 될 수 있고, 조사 결과 우리에게 범죄를 저지른 사실이 입증되면 전범자로 취급하게 된다.

지난 20년간 우리의 경험과 조사한 바에 의하면, 당신들은 전쟁범죄자들이다. 전범자들은 마땅히 처벌되어야 한다.

그러나 전쟁범죄의 상황판단이나 이에 따르는 처벌을 우리는 일방적으로 결정하지 않겠다. 세계의 모든 상식인이나 지성인들이 인정할 수 있는 국제법의 대가들로 구성된 국제재판을 통하여 결정하겠다. 당신들에게도 자기변호의 기회를 충분히 제공하겠다.

당신들은 우리, 즉 세계평화유지기구의 실체를 모른다고 하니, 우리와 일본 간의 전쟁상태도 부인하려 들지 모르겠으나, 그것은 억지주장에 불과하다. 이미 당신들은 우리와의 실전(實戰)을 통하여 이렇게 구속되었으며, 당신들의 영토인 하코다테 항은 우리의 선전포고 직후에 폭파되었다. 지금 이후 당신들이 우리에게 항복이나 타협을 하지 않는 한 일본 영토는 계속 파괴될 것이며, 인명의 피해가 따르게 될지도 모른다.

지난번의 하코다 대항구 폭파의 경우 인명의 피해는 전혀 없었다. 이것은 우리의 인도주의 정신에 의한 결과다. 앞으로도 가능한 한 인명의 피해는 없도록 고려하겠으나 보장은 할 수 없다."

우리 주장에 대하여 일본의 나가노 총리는 말했다. "당신들은 일본에 선전포고를 했다 하고, 따라서 전쟁 중이라 말하나 나로서는 실감이 안 가는 말이다.

나는 당신들이 누군지도 모르는데 전쟁이라니 어처구니없다. 과거 20년을 두고 일본이 당신들을 괴롭혔다고 하나 이 역시 나에게는 기억에 없는 일이다. 당신들은 나에게 항복이나 협상할 것을 요구하나 현실적으로 나나, 나의 각료들은 그렇게 하려도 할 수 없는 일이 아닌가. 우리는 다만 누군지도 모르는 곳에 붙잡혀 있는 자유 잃은 몸이다. 아무것도 모르는 내가 할 수 있는 게 무엇이 있겠는 가. 우리와 대화를 나눌 의사가 있으면 7월 31일 이전 상태로 환원하라."

나가노 총리로서는 당연한 주장이었고, 우리도 예상했던 그들의 대꾸였다. 더 이상의 대화는 시간의 낭비일 뿐이었다. 우리는 준비한 프로그램을 차례로 실행해야 했다. 이제는 빨리 맥도널드 박사 일행이 이곳으로 와줘야 했다. 그런데 유럽에서는 아무 기별이 없었고, 뉴스는 전 세계가 온통 WPO 관계자 찾기에 분주함을 전할 뿐이었다.

"유럽에서 박사들이 온다고 해도 별로 신통한 일은 없을 걸세." 박만운의 말이었다. "국제법이 어쩌니저쩌니하고, 입담만 벌이다가 결국은 이곳이 탄로 나 꼴사납게 끝장날 거야. 뻔하지. 그렇게 되느니보다는 우리 전원이 결사대가 되어 일본을 때려 부수는 데까지 때려 부숴보는 거야, 속 시원하게 말이야."

"그건 만용이라는 거야. 일본이 우리에게 타격을 받은 만큼의 타격이 한국에 되돌아오게 마련이야. 꾹 참고 이성을 잃지 말아야 해. 일본의 항복을 받아야 해." 나는 주장했다.

"그 독종들이 항복할 거 같아? 어림없지. 빨리 결단을 내리게. 공연히 시간만 끌지 말고."

"일본이라고 별수 없어. 8·15를 못 봤나? 항복만 잘하더군. 나는 자신을 갖고 있어."

"그때는 미국의 원자폭탄이 있지 않았나!"

"그때로부터 40년이 지난 오늘일세. 원자폭탄은 이제 장난감에 불과할 뿐이야."

"그런 게 있다면 냉큼 써보자고. 계속 이러다간 죽도 밥도 다 그르게 돼."

나는 성미 급한 박만운을 달래며 맥도널드 박사 일행이 오길 기다렸다.

기다리던 맥도널드 박사는 8월 25일에야 도착하였다. 변호인 역을 맡은 독일의 요한 릴케, 이탈리아의 조반니 라벤나, 오스트리아의 안토니 만, 세 사람도 맥도널드 박사와 하루 앞장서니 뒤서거니 하여 도착하였다.

도착한 그들의 얘기를 듣고 보니 각자 본국을 빠져나오는 데 이만저만한 고충이 아니었다. 첫째, 그들의 정부가 출국 허가를 안 해주어 애를 먹었다고 했다. 그리고 많은 기자와 각국 정보원들이 24시간 따라다니는 데 혼이 났다는 것이었다.

할 수 없이 비상수단을 썼다고 했다. 네 사람은 각자 자기의 대리역을 할 사람들을 만들어 집 안에 꾹 들어앉아 있게 하고 별도로 도쿄로 여행가는 네 사람의 가공인물을 만들어 가짜 여권으로 본국을 탈출하여 도쿄까지 오는 데 성공했다. 그러니까 우리가 7월 31일, 스미다 호텔에서 한 변장술을 그들도 써먹었던 것이었다.

도쿄의 네 군데 호텔에 제각기 투숙한 이들은 하룻밤을 묵고, 하와이와 홍콩, 싱가포르로 가는 비행기 편으로 도쿄를 떠나는 체 공항까지 나와 혹시 있을지 모를 미행자를 따돌리기 위하여 공항 화장실에서 변장하고 시내로 되돌아와 가와사키랜드에 관광객을 가장하고 나타났다.

이렇듯 교묘하게 먼 곳에서 이곳까지 온 것은 좋았는데, 이들은 우리가 꾸며놓은 전범재판 형식을 반대하고 나와 우리와 승강이가 벌어졌다.

물론 그들이 지구의 반대편에서 그 먼 이곳까지 어려운 역경을 헤치고 와준 것은 우리를 돕기 위한 것임은 틀림없으나, 지금 구금 중인 일본 각료들을 전범자로 취급할 수는 없다고 했다. 법 이론상 불가능하다는 것이었다. 그들은 한 걸음 더 나가 각료들을 포로나 피고로도 취급할 수 없다는 이론을 내세웠다. 일이 까다롭게 됐다.

"내가 뭐라 그랬어! 그 법률가 친구들은 말 잔치만 하다가 아무 것도 못 할 사람들이라고!" 박만운이 말했다.

"전쟁범죄자의 명목으로 체포한 일본 각료들을, 전쟁범죄자로도, 전쟁 책임의 피고로서도 취급할 수 없다면, 그냥 놔주란 말이야? 그렇다면 당신네는 뭣 때문에 유럽에서 지구의 반대편까지 달려온 것인가?" 우리 행동대원들은 맥도널드 박사를 위시한 릴케, 라벤나, 만 등 소위 세계의 석학들에게 따졌다.

이에 대한 학자들의 대구는 다음과 같이 실로 알쏭달쏭한 것이었다. "우리가 이곳에 온 것은 물론 일본 각료들의 잘못을 논하러 온 것이다. 오늘날 일본무역의 신장세를 그대로 내버려둘 때, 앞으로 5, 6년 동안에 일본이 보유한 유휴 달러는 2천억 달러 수준을 돌파할 것이다. 전 세계 모든 국가는 달러 부족으로 망할 것이고, 일본은 과잉자본으로 쓰러질 것이다. 그러나 이것이 어찌 일본 혼자서 책임질 노릇인가. 책임은 가난해진 나라와 상대적으로 부자가 된 나라 쌍방에 고루 있는 것이다.

그러니 우리는 무릎을 맞대고 위기를 넘길 방도를 찾아야 한다.

그래서 우리는 이 재판을 전범자 처단재판이라 할 게 아니라 전쟁 수습 공동위원회 형식으로 열어야 한다."

중국인 모우 싱싱이 벌컥 화를 내며 대꾸했다. "뭐라고? 무릎을 맞대고 방도를 찾자고? 한심한 사람들이군그래. 백 년을 두고 무릎을 맞대고 얘기해보라지. 만 가지 문제 중에 단 하나라도 해결되는 게 있나. 그따위 일은 당신네나 하시오. 우리는 실력행사로 일본의 항복을 받을 거요."

박만운도 나섰다. "모우 동지 말이 옳소. 박사님들은 곧 돌아들 가시오. 우리는 우리 방식대로 해치우겠소. 일본을 쑥밭으로 만들어버리든지, 일본에 제대로 된 민주정권이 들어서면 그들과 손을 잡든지 하겠소."

맥도널드 박사가 말했다. "그렇게 해서는 안 되오. 일이란 감정을 앞세워 함부로 해치우고 나서 결과를 기다리면, 백번이면 백번 모두 실패로 끝나고 마는 거요. 좋은 결과를 얻으려면 좋은 전략을 세워야 하오."

결국 내가 나섰다. "박사께 좋은 전략이 있으면 말씀하시오. 들어봅시다."

"당신들이 일본 각료 전원을 생포한 것은 대단히 잘한 일이오. 하코다테 항을 파괴하면서 인명에 손상을 안 준 것도 성공적인 전술이오. 만약에 당신들이 무자비한 전략으로 일본 각료를 처단하고, 일본 영토를 짓밟는다면 그 행위는 통쾌할 수도 있겠으나, 현재의 국제정세는 싹 달라질 거요. 일본의 국내 사정이 불안해지면 미소 양국은 서둘러 일본의 분할 점령을 노릴 것이고 전 세계의 개발도상국가는 유럽의 선진국을 등에 업고 후진국들을 장악하느라 곳곳에서 무질서한 분쟁이 쉴 새 없이 터질 거요. 이를 어찌 처리할 작정이오?" 맥도널드 박사가 물었다.

"그렇다면 박사의 계획을 말씀해보시오."

"구금한 일본 각료들을 다시 7월 31일 이전의 권위 있는 자리로 되돌아가게 해야 하오. 되돌아가되 일본의 일개 각료로서가 아니라, 세계 정치의 현재와 앞날을 책임질 자각자로서, 지도자로서 되돌아가게 해야 하오."

"그들에게 우리와 같은 사상을 갖도록 하겠다는 겁니까?"

"그렇소."

"세뇌 공작을 말하는 거요?" 중국인 모우 싱싱이 물었다.

"세뇌라?" 맥도널드 박사는 고개를 갸웃했다. "세뇌란 옳은 표현이 아니오. 오늘날 전 세계의 정치가나, 국가의 지도자들은 세계 정세를 올바로 보지 못하고 있소. 따라서 세계는 위험 궤도를 달리고 있는 거 아니겠소. 한 사람이 책임 있는 정치가가 오늘의 현실에 눈을 뜬다면, 일반 민중 기백만 명의 깨우침보다 월등히 가치 있는 일이오.

1960년대를 고비로 갑자기 급성장하고 걷잡을 수 없이 비대해진 일본은 곧 세계 제일의 부국이 될 것이고, 이에 따르는 세계질서의 파괴에 따라서 지구의 파멸이 올 것이 뻔한데 일본인들은 이 증세를 자각 못 하고 있소.

이러한 위험천만한 궤도를 일본이 수정하는 날 일본은 세계 안정의 유일한 효과적 존재가 될 것이오. 이래서 나나, 여러분들이 세계 강대국 중에서 일본을 골라 수술대 위에 올려놓은 게 아닙니까. 물론 쉬운 수술이 아니지요. 그러나 기대를 걸고 정성을 다해야 하는 수술입니다. 이번 사업에 한국의 여러분이 다른 나라 분들보다 많이 동원된 건 우연한 일이 아닙니다. 지정학적으로 근거리에 있는 것도 이유의 하나이나 역사적 유대 관계, 나쁘게 말해 원한 관계, 좋게 말해 인연 관계에 얽혀 있기에 책임과 성의를 쏟을 수 있는 것입니다. 그러나 우리 사업에 개인이나 민족적 감정 그리고 아집은 지양되어야 합니다. 우리는 자신감과 보람, 그리고 인내심을 갖고 일본인들과의 대화에 임해야 합니다."

결국, 맥도널드 박사의 주장이 대세를 휘어잡아, 그의 생각대로 협의회가 벌어지게 되었다.

우선 재판정 모습이 달라졌다. 재판정 정면 높은 곳에 재판장이 자리 잡고, 그 밑에 증인과 변호사, 원고 자리들이 있고, 한단 아래 피고석이 있고, 맨 뒷줄에 방청석과 기자석이 있게 된 기존 배치를 백지화하고 재판정을 좌우로 구분하여 왼편이 일본인 각료석, 오른편이 우리 자리로 크게 양분되고, 중앙은 통로 끝에 재판장과 서기, 그리고 법무관 자리가 마련되었다. 통로 반대편에는 방청석과 기자석이 배치되었다.

우리는 재판 과정을 녹화 중계할 계획에 따라 몇 가지 속임수 장치를 마련하였다. 좁은 선박 내부라는 느낌을 속이기 위해 사면 벽에 복도 출입문과 높은 들창 등을 그린 포장을 두르고 천장은 깊은 주름을 접어 넣은 천으로 가렸다. 그리고 주름 사이에 거울을 끼워 카메라로 잡힐 때는 높고 넓은 공간으로 보이게 하였다.

카메라 렌즈도 거리감이 멀리 나오는 걸 사용했다. 카메라의 다리도 바닥에 고정시켜 배의 동요가 화면에 영향을 안 주도록 하였다.

여기서 한 가지 문제점이 남았다. 협의회 과정을 취재 또는 촬영한 기사와 필름을 어떤 방법으로 〈파리통신〉으로 보내느냐 하는 것이었다.

이 문제는 우리의 상상을 넘는 희한한 방도로 처리되었다.

미네소타호 선장으로 있다가 해임된 제임스 해리슨이 가와사키 랜드에 놀러 온 모습으로 나타나 나를 만나자고 해서 만났다. 해리슨 선장이 말했다. "필름은 계속 우리 배로 보내시오. 내가 책임지고 외부로 보내리다."

"당신은 이미 파면되었고, 그 배에 아직 있긴 해도 CIA의 감시를 받는 것으로 아는데…." 내가 의아해하니 해리슨 선장은 빙그레 웃으며 말했다.

"바로 그 CIA 친구가 시키는 거니 걱정하지 말아요. CIA가 나를 배에서 내리게 하고 우주중계를 못 하게 해봤자, 당신들이 딴 수단으로 연락을 취할 것으로 보고 기왕이면 편히 앉아 WPO의 일을 거들어주면서 정확한 내막을 알아내는 게 서로 좋겠다는 거요. 걱정하지 말고 원고를 보내시오. 내 말대로 되나 안 되느냐는 곧 알게 될 거 아니겠소."

"그러면 일본이 전파를 또 가로채가지고 시비를 벌일 텐데." 내가 의문을 제기하자 해리슨 선장이 배짱 좋게 말했다.

"아니, 차후는 우리 배에서 무선을 치는 게 아니라 군용기로 필름을 운반하여 로스앤젤레스와 파리에서 동시에 방송이 나가도록 하겠답니다." 듣고 보니 그럴싸한 얘기였다. CIA는 "우리 손안에서 놀아봐라." 하는 배짱이었고, 우리로선 "모로 가도 서울만 가면 된다."는 배짱이었다.

그럼 모든 준비는 끝났으니 재판인지 협의회인지를 열어야 했다.

그러나 이에 앞서 벌어진 일본 국내 사정을 기록해둘 필요가 있다.

일본 정부로서는 각료 전원의 행방불명이라는 큰 충격에서 벗어나기 위하여 국가의 전 기능을 각료 구출사업에 투입한 건 당연한 일이었다. 군경은 물론 단체별로 지역별로 그리고 국민들에겐 집집마다 이웃마다 조 편성을 하여 정보 색출, 혐의자 색출에 총력을 기울이도록 하였다.

사건 해결의 실마리가 되는 작은 정보라도 제공만 하면 5천만 엔 이상의 보상금을 주겠노라고 발표하였다. 비상대책본부는 각처의 크고 작은 폭력단체에도 협력을 청했다. 사건 해결에 공을 세운다면 20억 엔의 상금을 주겠다고 약속했다.

외국도 그렇지만, 경찰이란 왕왕 사건이 미궁에 빠지면 그 지방의 건달패나 갱들에 협조를 청하여 사건 해결을 보는 사례가 많다.

비상대책본부가 협조를 청한 뒷거리의 폭력단들의 세력이란 우리가 쉽게 말하는 건달패, 깡패 따위와는 차원이 달랐다.

일본의 야쿠자 하면 천 년 가까운 역사적 전통을 지닌 막강한 존재였다. 아마 이탈리아의 마피아, 대만의 방(幇) 조직과 비교할 때도 절대 뒤지지 않을 것이다.

그들은 인원도 엄청나게 많았다. 재력도 많았다. 따라서 권세도 당당했다.

정치에도 깊이 관여했다. 일본 근대사에 있어 그들의 존재를 제외할 수는 절대 없었다. 명치유신이 그랬고, 한국침략과 중국침략이 그랬다.

크고 작은 분파가 많아 서로 반목하고 싸우고 죽이기를 다반사로 하지만 때에 따라서는 일치단결하여 적대세력에 대항해왔다.

비상대책본부가 폭력단에게 협조를 요청함으로써 일본 전 국토는 긴장의 도가 한층 더 높아졌다. 거리마다 사람 모이는 곳마다 폭력단 조직의 눈망울이 번뜩였다. 폭력단들은 대부분 범인이 한국계나 조총련계, 아무튼 조선인들일 거라고 짐작하고 소위 '조센징'의 뒤를 쫓아다녔다.

분위기는 마치 1923년의 관동대지진 당시처럼 음산하였다.

드디어 8월 22일. 도쿄의 몇몇 폭력단들이 대낮에 한국 대사관을 비롯하여 거류민단 본부, 조총련 본부, 한국인과 조총련 계통의 상공회의소, 각종 집회소, 각급 학교, 대형 상점 등, 한국인계건 조총련계건 가릴 것 없이 불시에 무작정 난입하여 저희 멋대로 파괴와 수색, 약탈을 마음대로 했다.

일본 경찰은 폭력단들이 행패를 부리고 간 후 몇 시간 지나서 두서너 명이 나타나 형식적으로 피해조사랍시고 얼굴을 내밀고 가는 게 고작이었다. 폭력단들은 20억 엔의 현상금에 눈이 뒤집혀 날뛰는 것이고 경찰은 혹시 단서나 얻을까 하여 따라다니는 것이었다.

이런 만행은 도쿄뿐이 아니었다. 8월 22일부터 사흘에 걸쳐 요코하마, 고베, 오사카, 나고야, 교토 등 많은 도시에서 동시에 소동이 벌어졌다.

교포들의 피해는 엄청나게 컸다. 재산의 피해뿐 아니라 사망이 8명, 중경상이 5백여 명이나 되었다.

한국 정부의 엄중 항의가 일본 정부에 전달된 건 물론이었다. 남북한 한국인들은 거류민단, 조총련 단체별로 모여 만일의 사태에 대비하여 비상경계 태세를 취했다.

한국인들 모두의 얼굴에는, 62년 전 관동대지진 때 사람 백정으로 변한 잔인한 일본인들에게 아무 잘못도 없이 개나 고양이처럼 마구 도륙당한 선대 조선인 생각이 떠올라, 비장한 결의가 번뜩였다.

사흘 동안이나 폭력단들은 난장판을 벌였으나 저들이 찾는 단서는 아무것도 얻지 못했다. 저들의 야만적 행위가 세계에 알려지자 각처에서 배일운동이 터졌다. 미국 각지에서는 우리 교포와 재미 일본인 사이에 크고 작은 충돌사고가 있었고 세계 도처에서 그곳 국민들의 일본공관 습격, 일본상품 불매운동, 일장기 소각 사건이 연이어 일어났다.

당황한 일본 정부는 서울에 정식 사과 특사를 보낸다, 한국인이나 북한인에 대한 위문과 손해배상을 약속한다 하며 수선을 떨었다.

일본 경찰은 체면상 십여 명의 폭력단 조무래기들을 검거하고 자기네들은 결코 배후조종한 바 없다고 엄살을 떨었지만, 보도기관들은 20억 엔 현상금 내용까지 폭로하면서 비상대책본부의 졸렬성을 비난하였다.

그렇다고 일본 언론이 우리를 두둔하고 있는 것은 아니었다. 자기 나라 각료 전원이 정체불명의 불법 집단에 납치된 지 20여 일이 지났지만 소재파악도 못 하는 실정에 불만을 표시하는 것이었다. 세계평화유지기구라는 단체가 예상한 것과 달리 대규모의 국제 조직체라는 것이 인정되느니만큼 섣부른 마구잡이식 수사방침을 버리고 국제 외교에 힘을 기울여, 세계 각국의 협조를 얻어 정체불명인 상대의 실체를 먼저 알아내야 할 것이지, 이렇게 중대하고 거창한 국제 문제를 폭력단에 의존하다니 될 말이냐고 비상대책본부의 잘못을 공격하였다.

UN 안전보장이사회에서 일본이 주장한, UN 회원국이 공동 주관하는 국제 테러단체 규제안은 중국 정부의 거부권 행사로 좌절되고 말았다.

세계의 여론은 중국 대표의 입장을 지지하고 있었다. 테러집단의 규제보다 일본의 잘못부터 따져야 한다는 것이었다.

나는 일본 폭력단이 난무하는 것을 보고 한때는 몹시 걱정했다. 이것은 우리가 예기치 못했던 상황이었고, 우리의 불찰이었다.

60만 우리 일본 교포들의 생존에 관한 중대한 위기였다. 다행히 세계와 일본 국내 여론이 일본 정부의 폭력단 조종책을 맹렬히 비난하고 나섬으로써 사태는 진정되었다. 우리는 정의는 반드시 이긴다는 확신을 하게 되었다. 교만 방자한 일본 정부를 이 기회에 단단히 기를 꺾어놔야 한다고 우리의 결심은 더욱 굳어졌다.

이런 판국에 일본에 도착한 맥도널드 박사 일행이었지만, 그들은 법학도로서 지성인으로서의 주장을 조금도 굽히지 않아 결국 우리가 마련한 전범자 재판은 일본 각료들과 우리 사이의 협의회 꼴이 되고 말았다.

8월 27일, 전 UN 사무총장 존 F. 맥도널드 박사가 주관하는 일본 정부 각료 납치 구금사건의 협의회가 열렸다.

정면에 사회자와 법무관들, 중앙의 긴 통로를 중심으로 서로 마주 보게 배열된 오른편은 우리, 반대편은 일본 각료들, 정면의 반대쪽 끝에는 기자석과 방청석이 배치되었다.

정면과 좌우 삼면의 벽에는 만국기가 장식되었다. 조명도 휘황찬란했다. 기자석과 방청석에는 우리가 선택하여 참석시킨 15명가량의 인원이 있었고, 세 대의 카메라도 동원되었다. 그런대로 회의장 분위기는 짜였다고 볼 수 있었다. 맥도널드 박사가 일성을 토했다. "지금부터 금세기 후반에 일어난 불행한 사태를 수습하기 위해 회의를 시작하겠습니다. 나는 존 맥도널드, 영국의 일개 시민입니다. 나를 이 자리에 초대한 것은 오른편에 자리 잡은 세계평화유지기구의 여러분들입니다. 이분들은 나에게 세계 인민의 평화와 복지를 파괴하는 전쟁범죄자들을 심판하는 재판정의 지휘관으로 일해 달라고 요청했습니다. 그러나 나는 그 요청을 거절했습니다. 지금 왼편에 자리하고 있는 일본 정부 각료 열세 분은 대부분이 내가 잘 알고 있는 유명한 분들입니다. 이제까지의 나의 지식으로는 저분들을 전범자로 볼 수 없습니다. 오른편의 여러분은 저분들로부터 전쟁 피해, 그것도 불법적이고 부도덕한 전쟁행위로 인한 피해를 보았다고 주장하고 여러 가지 피해사례와 증거를 나에게 제시하였습니다.

솔직히 말해 나는 그런 호소가 과연 진정한 것인가, 허위의 것인가를 조사할 자격이 없는 사람입니다. 아니, 조사 여부보다 그러한 호소를 접수할 자격도 없음을 말해둡니다.

얼마 전 나는 갑자기 일본 정부의 현직 각료 열세 분이 어느 세력에 의하여 강제로 납치당한 뒤 행방이 묘연하고 생사도 알 수 없게 되었다는 뉴스를 들었습니다. 나는 몹시 놀랐습니다. 오늘날 세계를 구성하고 있는 가장 중요한 국가 중의 하나인 일본에 이러한 불행한 일이 일어났다는 현실에 놀라지 않을 사람은 한 사람도 없었을 겁니다.

그러자 사건 며칠 후 지금 이 자리에서는 이름을 밝힐 수 없는 세계적으로 명망 있는 신사 한 분이 저를 찾아와 세계평화유지기구의 이름이 인쇄된 한 장의 서찰을 내놓았습니다. 이 서찰의 내용은 잠시 전에 내가 말한 전범에 관한 호소문이었습니다. 나는 즉석에서 이 서찰을 반려했습니다. 그리고 흥분한 나는 외치듯 큰 소리를 냈습니다. '나를 어찌 보고 이런 서찰을 내미시는 거요. 테러단체의 부탁을 받고 그들의 꼭두각시 노릇을 하라는 거요?'

우리 두 사람 사이에는 장시간의 논쟁이 벌어졌습니다. 나를 찾아온 신사는 이렇게 말했습니다.

'내 청을 들어줄 사람은 맥도널드 씨 당신밖에 없소. 이 세상에서 당신만이 그 자격을 소유하고 있기 때문이오. 세계평화유지기구라는 명칭이 당신에게는 생소하게 들리는 모양이나 이 단체는 범세계적으로 20만 명 이상의 회원을 지닌 단체이고, 그들이 추구하는 사업은 그들 단체의 이름 그대로 세계평화를 위함입니다. 이 사람들과 일본 정부 사이에 분규가 발생하여 지난 7월 31일 이후 두 차례의 놀라운 뉴스가 전 세계에 전달됐소.

이대로 방치한다면 비극은 확대일로로 번져갈 것이오. 결국 어느 쪽이나 쌍방 모두가 심한 타격을 입을 것으로 짐작돼요. 여러 나라의 국적을 가진 사람들이 관련된 사건인만큼, UN이 개입하면 좋겠으나 UN이란 바로 맥도널드 박사 당신이 여러 해 동안 사무총장으로 일해봐서 잘 아시다시피 국제분쟁에는 전적으로 무능한 기관이에요.

이번 사건은 힘의 대결로 풀기보다는 이념의 대결, 즉 대화로써 갈등을 풀어나가야 더욱 빨리 그리고 더욱 희생이 적게 수습되리라 봐요.

이 사건은, 어느 쪽의 이익을 추구하는 음모가 아님을 떳떳이 역사 앞에 증언하기 위하여 재판 과정의 전말을 생방송이나 녹화방송으로 전 세계에 공개할 예정이오.'

나는 곰곰 고려한 끝에 이 사건에 참여하기로 결심했습니다. 단 네 가지 조건을 붙였습니다. 첫째, 재판이란 형식과 이름을 버리고 단순한 심의회 형식으로 할 것. 둘째, 내가 추천하는 세 분을 나와 함께 사무를 보도록 해줄 것. 그 세 분이란 독일 법무상을 지낸 요한 릴케 박사, 이탈리아의 로마시장을 지낸 조반니 라벤나 씨, 그리고 오스트리아의 교육상을 지낸 안토니 만 박사. 셋째, 회의장의 지휘는 나에게 맡길 것. 넷째, 회의기간 중 일본 정부 각료 전원과 사무 종사자인 우리 네 사람의 신변안전을 보장할 것 등, 이상 네 가지 조건은 회의 개최를 요구한 세계평화유지기구 측에서 승낙되었습니다. 이상 내가 이 자리에 나오게 된 내력을 말씀드렸습니다. 이제부터 쌍방의 의견을 듣기로 할까요.”

　“맥도널드 박사!” 맥도널드 박사의 인사말이 떨어지기가 무섭게 의자에서 벌떡 일어나 날카롭게 외치는 사람이 있었다. 나가노 총리였다.

　“오, 나가노 총리, 오랜만이군요. 이런 자리에서 이렇게 만날 줄이야. 건강은 어떠시오, 나가노 총리.”

　“맥도널드 박사. 인사 말씀은 뒤로 미루고 한마디 물어봅시다. 여기는 도대체 어딥니까?”

　“…….”

　내가 손을 번쩍 들었다. 박사는 나에게 발권을 주었다.

　“회장께서는 여기가 어디라는 것을 우리의 상대편에게 아직은 말씀하지 마십시오. 저 사람들이 우리의 자격을 제대로 시인하고 회의진행을 원만히 진행시킬 의사표시가 있을 때까지 말씀이오.” 내가 이렇게 말했으나 나가노 총리는 내 말을 무시한 채 한층 목청을 돈우어 맥도널드 박사에게 외쳤다.

"맥도널드 박사. 도대체 여기가 어디요?"

박사는 난처한 표정을 짓기만 했다. 나가노 총리는 계속 질타했다. "우리는 스미다 호텔에서 봉변을 당한 후 의식을 잃은 상태에서 어째서 이 자리에 있게 되었는지 그 경로를 전혀 모르고 있소. 여기가 어디요? 말해 주시오."

맥도널드 박사가 말했다. "나가노 총리의 말씀은 잘 알겠습니다. 모든 것을 속 시원히 알려드리지요. 그러나 약간의 시간을 좀 주셔야겠소. 나가노 총리뿐 아니라 이 자리에 계신 열세 분은 다 똑같은 심정일 겁니다.

'여기가 어디냐?', '왜 내가 여기 이렇게 앉아 있어야 하느냐?', '나는 근 한 달간이나 자유를 뺏기고 지냈다', '가족 면회도 못 했다.' 네, 잘 알고 있습니다. 지금 내 마음 같아서는 여러분에게, '왜들 이러고 계시오? 자! 밖으로 함께 나가 신선한 공기를 마십시다. 그리고 댁으로 돌아가서 고단함을 푸시오!'라고 말하고 싶습니다.

그러나 시간적 여유가 필요합니다. 그러면 나는 여러분에게 자유 회복을 선언할 것을 약속하겠습니다."

이 말을 받아 이번에는 다카기 상공장관이 큰 소리로 외쳤다. "맥도널드 씨. 자유회복을 지금 선언하시오. 자유회복 없이 무슨 회의란 말이오." 이에 합세하여 각료 서너 사람이 함께 외쳤다. "그렇다. 지금 선언하시오. 사람을 가둬두고 무슨 놈의 협의야." 나머지 각료들도 제멋대로 이렇게 떠들었다. 바로 난장판이었다. 맥도널드 박사는 골치가 아프다는 듯, 고개를 외로 꼬고 자리에 앉아버렸다.

우리 측에서 일본인 이노우에 다케조가 일어나서 사회석을 향하여 외쳤다. "박사님들 보시오. 우리가 저들을 전범자로 고발했는데 박사님들은 대등한 자격으로 협의회로 하자고 하니 이 꼴이 아니오. 책임을 져야 하오."

좌우 양편이 모두 투덜거리고 더러는 삿대질까지 하며 시끄럽게 됐다.

"잠깐." 두 손을 번쩍 쳐들고 일어선 사람은 요한 릴케 박사. 독일 법무상을 지낸 사람이었다. "모두 조용히 합시다. 양쪽 다 내 말을 들으시오." 장내가 약간 조용해졌다. 릴케 박사가 계속 말했다. "한쪽에선 전범재판으로 진행하자 하고, 한편에선 재판이 다 뭐냐, 우리는 자유다! 이렇게들 하면 우리는 애써서 끼어들 필요도 없소. 모두 맘대로 해보시오." 그러고는 장내를 죽 훑어보았다.

잠시 사이를 두고 나서 릴케 박사는 목청을 한 옥타브 낮추어 순한 어조로 말했다. "잘 들으시오. 우리 세 사람은 법률 전문가요. 사회를 맡으신 맥도널드 박사는 여러분이 잘 아시듯, 과거 8년간이나 UN 사무총장으로 일하신 분이오. 우리가 할 일이 없어 멍청하게 이 자리에 나온 건 아니오. 이 사건의 중대성을 인식하고 예측할 수 없는 사태의 악화를 막기 위하여 우리 나름대로 단단한 각오를 하고 이 자리에 나온 겁니다. 우리 네 사람도 이 자리의 양편에 있는 여러분 못지않게 위험한 위치에 있어요. 생명의 위험은 물론이려니와 우리 네 사람의 언행 하나하나에 현대사의 나침반이 흔들리고, 후세의 비판의 무서움이 있음을 절실히 인식하고 있습니다. 우리 네 사람은 이 자리에 나서기 전에 서로 다짐했습니다. 첫째, 정의에 어긋나지 말자. 둘째, 평화를 위하여 성의를 다하자. 셋째, 위협에 굴하지 말자. 이상 세 원칙에 따라 우리는 행동할 것이니 이

자리의 여러분은 우리를 믿고 정정당당히 자기주장은 하되 자질구레한 이론이나 엉뚱한 고집이나 억설에 매달리지 말고 문제 해결의 열쇠를 찾아봅시다. 어떻소?"

좌우 양편 아무도 말하는 사람이 없었다. 오스트리아의 교육상을 지냈다는 안토니 만 박사가 "에헴!" 기침을 하고 일어섰다.

릴케 박사는 제자리에 앉고 만 박사가 대신 연설을 시작했다. "지금 우리는 모두가 비상사태하에 있음을 명심합시다. 바꿔 말해서 우리는 정상적인 법질서가 무너진 상황에 처해 있습니다. 법이 무너졌으니 누구나 맘대로 행동해도 좋아요. 그러나 이러한 자유는 비상사태를 절망 속으로 몰고 갈 뿐입니다. 현대의 최고 지성인들인 여러분은 그런 어리석은 짓을 안 하겠지요. 무너진 법 속에서도 지성인은 질서를 찾습니다. 그리하여 비상사태를 정상 상황으로 전환시킵시다. 질서를 찾는 데는 구심점이 필요합니다. 자, 여러분, 우리는 맥도널드 박사를 구심점으로 하여 질서를 세웁시다."

좌우 양편은 여전히 묵묵부답으로 있는데 방청석 쪽에서 십여 명의 박수 소리가 울렸다.

"양편 다 이의 없죠?" 하고 만 박사는 좌우 양편을 훑어보았다. 좌우 양편에서 몇 사람이 고갤 끄덕였다. 나도 그랬다. 만 박사는 맥도널드 박사를 보며 "회장님, 사회를 계속해주십시오." 하고 묵례를 한 후 자리에 앉았다.

맥도널드 박사가 다시 일어섰다. "일본 정부의 각료 열세 분은 불의의 사고로 본의 아니게 이 자리에 있게 된 것으로 본인은 알고 있습니다. 오른편 자리에 있는 세계평화유지기구의 여러분은 상당한 시일을 두고 사전 모의와 준비를 한 후 지난 7월 31일 스미다 호텔을 습격하여 왼편에 있는 열세 명의 일본 정부 각료를 납치하여 지금 현재까지 구금상태에 있게 하였고 지난 8월 4일에는 하코다테 항시설을 폭파했습니다. 오른편의 여러분은 어떤 목적으로 이런 행위를 했습니까? 세계평화유지기구는 이상의 행위를 전쟁행위라고 이름 짓고 전쟁을 선포한 이유를 문서로 우리에게 제출하였는데 이 자리에 나온 일본 정부 각료 여러분도 듣도록 어느 한 분이 대표로 나서서 구두 설명을 해주시오." 하고 우리 측을 둘러봤다.

내가 일어섰다. "나는 우리 조직에 속한 평회원 김기식이오. 우리 세계평화유지기구는 지난 7월 15일에 일본 국내 하코다테에서 발행하는 〈홋카이도 타임스〉에 유료 광고로 일본 정부에 대한 경고문을 보냈습니다. 일본 정부가 우리의 경고문을 무시하기에 우리는 일본 정부에 선전포고하고 전쟁행위를 개시한 것입니다. 왜 전쟁을 했느냐는 회장님의 질문에 대한 답변으로 7월 15일 자 우리의 경고문과 8월 7일 일본의 각 신문사에 발표한 성명서를 읽겠습니다." 하고 나는 그 경고문과 성명서를 죽 읽었다.

맥도널드 박사는 나의 낭독이 끝나자 일본 각료들을 보며 말했다. "지금 세계평화유지기구의 일원인 김기식 씨가 낭독한 서류는 이미 7월 15일과 8월 7일에 여러분이 읽어본 것으로 나는 알고 있습니다.

나는 이를 더욱 확실하게 하려고 일본어와 영문 대역으로 된 인쇄물을 여러분께 이틀 전에 보내드렸습니다. 이에 대하여 여러분의 의견이 있을 것으로 압니다. 그러나 나는 우리 법무관들과 세계평화유지기구 간의 질의와 응답을 듣고 난 다음 여러분에게 의견 진술의 기회를 드리겠습니다."

릴케 박사가 일어나 우리에게 물었다. "당신네는 40년 전의 일본 군벌과 오늘의 일본 산업계를 같은 성질의 침략자라고 규정했는데, 이것은 논리의 비약이며 잘못된 편견이라고 나는 봅니다. 이 점 어찌 생각하시오?"

나는 대답하였다. "릴케 박사야말로 사실을 잘못 보고 있구려. 40년 전에는 군화를 신고 탱크와 군함으로 밀어붙였고, 오늘날에는 자유무역의 평화스러운 상거래뿐인데 어찌 동일시하느냐? 하는 말씀인데 그건 일반 강도와 목사의 탈을 쓴 강도가 똑같은 강도임에 불구하고 목사의 탈을 썼으니 그건 강도가 아니라는 논법과 다를 바가 없소. 강도가 다녀간 집이나 목사의 탈을 쓴 강도가 다녀간 집이나 피해의 정도는 다를 게 없어요."

릴케 박사가 물었다. "그 비유는 현실에서 어긋나는 억지 비유에 지나지 않소. 40년 전의 일본 군벌이 저지른 것은 분명한 불법 행위였으나 오늘의 일본 실업인이나 산업가들은 법의 테두리 안에서 정상적인 상행위를 했을 뿐인데 어찌 목사의 탈을 쓴 강도라고 비유한단 말이오?"

내가 답했다. "백인들이 미국을 개척할 때 그들은 결코 총으로 인디언을 죽이고 땅을 뺏지 않았어요. 담배와 옷감 또는 금화를 주고 인디언의 땅을 샀어요. 인디언들은 백인이 하는 짓을 이웃끼리의 선물 정도로 알고 넓은 땅에서 공존 공생하는 것으로 알았지요. 그러나 백인은 담배와 바꾼 땅의 소유권 등기를 하고 인디언들을 강제로 몰아냈어요. 그 결과 백인은 번창하고 인디언은 멸종됐어요. 백인들은 결코 법을 어긴 일이 없지요. 오늘날 일본의 자본주의자들, 상인들의 하는 짓이 바로 백 년 전의 백인들이 하던 짓과 다름이 없어요. 산업 수준이 낮은 이웃 나라에 대한 속임수의 상거래가 바로 목사의 탈을 쓴 강도가 아니고 무엇이오."

릴케 박사가 말했다. "2백 년 전의 인디언은 무지했으니까 백인한테 당했지만, 자유 평등한 오늘날 일본 상인과 밑지는 거래를 안하면 그만 아니오."

나는 화가 나 소리를 버럭 질렀다. "릴케 박사님. 당신은 왜 잘 아는 사실을 감추고 억지를 쓰는 거요. 산업 수준이 낮은 나라일수록 선진 공업국으로부터 차관이다, 외상 수입이다, 기타 온갖 수단에 끌려다니는 걸 못 봐서 그런 소릴 하는 거요?"

릴케 박사는 "그렇다면 현대 자본주의 체제를 부인하겠다는 겁니까?" 하고 나를 노려봤다.

"그렇소. 모순된 자본주의는 뜯어고쳐야 하오. 우리는 멸종된 인디언의 전철은 밟지 않겠소. 멸종되기 전에 그릇된 상거래의 수정을 요구하겠소. 오늘은 18세기가 아니오. 21세기를 몇 날 안 남기고 있는 20세기의 종반 시대요. 불공정거래 시대는 지났소. 과학이 발달하고 교육 수준이 균등화한 현대에서 일방적 희생을 감수할 사람이 어디 있겠고 일방적 비대화와 사치화를 방관할 사람이 어디 있겠소?"

릴케 박사는 머리를 긁적거렸다. "불공정거래를 안 받아들이겠다? 음… 그건 자유지요. 차관도 받지 말고 수입도 하지 말고 하면 되겠군. 그러나 그건 더욱 산업의 후진성을 재촉하는 길이 될 텐데…."

"그러니 선진공화국은 자기네가 잘나서 선진국이 된 줄만 알지 말고 이웃 나라의 희생과 피폐가 자기 나라 성장의 밑거름이 된 것을 자각해야 하오. 이웃을 희생시킨 부강은 참된 부강이 아닙니다. 18세기 이전에는 부의 축적이 행복의 척도가 되었지만 20세기 중반, 과학 발달이 눈부신 오늘날에 부의 축적은 생명의 단축을 뜻하는 거외다."

릴케 박사는 "알겠소. 우리 철학 문답은 그만합시다." 그는 자리에 앉았다. 나도 앉았다.

조반니 라벤나 씨가 나섰다. 얼마 전까지 로마시장을 한 사람이었다. "세계평화유지기구가 발행한 7월 15일 자 경고문과 8월 7일 자 성명서에는 일본 정부에 대한 선전포고를 거론했는데, 이것은 상대방의 수용가능성을 무시한 일방적 행위로 경고문이나 선전포고문의 기능을 상실한 것으로 나는 봅니다. 왜냐하면 선전포고란 대립하는 실존 국가 간에 쓰이는 말이고 경고문 역시 상대방의 실행가능성을 고려한 범위 내에 구체적 사항을 요구하여, 이에 불응할 경우 이쪽에서 실행 가능한 벌을 줄 것을 상대방에게 사전 통지하는 것이 상례인데 이번 사건의 경우 세계평화유지기구라는 호칭이 국가가 아님이 명료할뿐더러 경고를 받은 일본이나 일반 세계인들에게도 생소한 이름이라 실체가 애매한 상대방의 주장은 자연히 의혹감으로 대하게 되니 위에 말한 경고문이나 선전포고는 기능을 상실했다고도 볼 수 있다는 것이 나의 주장입니다.

나의 주장을 더욱 뒷받침해주는 것이 있으니 경고문의 요구사항 제1조는 마치 승전국이 패전국에 부과하는 무거운 벌칙으로밖에 안 보이니 이는 경고문으로 볼 수 없어요. 그러니 지금이라도 이상 경고문과 선전포고 부분은 취소하고 대신 실제 사실에 부응하는 요구를 제출함이 옳겠다고 본인은 생각합니다. 내 주장에 대한 의견을 말씀하시죠."

그의 이론은 매우 조리 있고 깐깐했다.

"내가 대답하리다." 일어선 것은 이노우에 다케조, 조금 전에 맥도널드 박사에게 대들던 일본인이었다. "나는 이노우에 다케조라 합니다. 현재 일본 국적을 갖고 있고 저기 우리의 전범자인 나가노 총리 행정 관할하에 있는 사람입니다.

라벤나 씨의 말씀은 조금 전 만 박사의 말씀과는 거리감이 있군요. 만 박사는 이 자리가 일단 법질서가 무너진 상태이니 피차 이성을 갖고 새 질서를 찾자고 말씀했는데 라벤나 씨는 로마시장을 역임하신 분답게 통상적 법조례와 행정문서상의 해석으로 우리의 약점을 노리셨습니다.

그러나 라벤나 시장님의 해석은 현실적으로도 틀렸습니다. 첫째, 선전포고라는 용어는 대립하는 실존 국가 간에 쓰는 거라 하셨는데, 그건 틀린 사고입니다. 과거 19세기 제국주의가 판을 친 시대에 대영제국에 의하여 멸망한 많은 피압박 유랑민족들이 허다하게 지하단체를 조직하여 과감하게 대영제국에 선전포고를 한 예가 허다합니다. 그중의 많은 민족이 고국의 영광을 되찾아 오늘날 어엿한 독립국으로 행세하는 걸 라벤나 씨도 잘 아실 겁니다. 무명 단체의 선전포고는 기존법과는 무관합니다. 무명 단체의 선전포고는 오히려 그 기개의 씩씩함을 높이 평가해야 합니다.

경고문에 관하여는, 우리는 일본 정부가 현실적으로 범하고 있는 죄과를 지적하고 이에 대한 반성이 있기를 충분한 기한을 주어 요구했으며 이에 응하지 않을 경우 우선 하코다테 항만시설을 파괴할 것을 예고하고 이를 실행했습니다. 이렇게 명백한 경위와 실행이 있는데 라벤나 씨의 수용 가능성 및 실행 가능성에 대한 이론은 하등의 가치가 없습니다.

그리고 경고문의 요구 사항 제1조는 마치 승전국이 패전국에 부과하는 가혹한 벌칙이니 이는 경고문으로 볼 수 없다고 말씀하셨는데 라벤나 시장님은 중대한 착각을 하시고 계시는 거 아닙니까?

승전국이면 당연히 부과해도 좋지만 승전국도 아닌 주제에 어찌 이런 부당한 요구를 하느냐, 그런 말씀인데 과거 역사를 돌이켜 볼 때, 승전국이라 하여 반드시 옳지만은 않았고 패전국이라고 해서 반드시 잘못한 게 아니었습니다.

과거 아편전쟁 당시 영국은 만인이 용서 못 할 범죄를 저지르면서 청국에 승전의 대가로 영토를 강탈한 경우를 라벤나 씨는 어찌 보시는지요?

우리의 경고는 힘의 강약에 의한 요구가 아닙니다. 정의의 입장에서 부도덕한 국가가 저지른 죄악상을 고발하고, 이에 상응한 벌칙을 부과한 것입니다.

경고문의 제1항을 가혹하다고 할 게 아니라 보기에 따라서는 지나치게 가벼운 성질의 것입니다. 현재 일본 정권은 경제동물이란 욕을 먹어가면서 천억 달러 이상의 돈을 거머쥐고 있습니다. 이 돈을 쓰라는 게 뭐가 가혹하고 실행 가능성이 어쩌니저쩌니하는 겁니까. 거듭 말하거니와 우리의 경고문은 지나치게 허약했어요. 오늘 태국에서 우리에게 한 장의 항의문이 들어왔어요. 내용인즉 일본에 보내는 경고문에 어째서 아시아에서 겪고 있는 난민들의 구제 문제를 제외했느냐는 공박이에요.

태국 난민촌에는 현재 캄보디아와 라오스, 베트남 등지에서 몰려온 피난민이 70만 명에 이르고 그 수효가 날로 늘어만 가고 있는데 이들 난민들은 한 톨의 곡식도 없이 당장 알몸에 걸친 천 조각 한 장으로 기아와 병마에 시달려 매일 수백 수천 명씩 목숨을 잃고 있는 참혹한 지경에 있다고 합니다. 태국의 양곡과 재정은 이들을 감당할 길이 없습니다. 아시아 제일의 부자나라이며 이들 난민들의 국토를 군화로 짓밟았던 일본 정부가 왜 기아민의 구호를 안 하느냐는 거예요.

따지고 보면 내 나라 일본 정부는 너무 지독합니다. 자, 우리의 문서상에 꼬투리를 잡을 것이 있으면 더 잡아보시오."

장내는 숙연하였다.

오스트리아의 교육상을 지냈다는 안토니 만이 일어섰다. "이노우에 씨, 당신의 얘기는 구구절절 정당합니다. 그러나 라벤나 씨의 말씀을 오해해서는 안 됩니다.

라벤나 씨는 저편 일본 각료 여러분이 말할 수 있는 것과 속에 품고 있는 생각들을 정리하여 발표함으로써 회의 진행을 원활히 하자는 데 있고, 일본 각료들 여러분들의 자유가 제한된 상태이니만큼 중립을 표방한 우리는 법의 원칙에 따라 약자의 편의를 도모할 의무가 있는 것입니다. 나 역시 법무관의 입장에서 세계평화유지기구의 여러분에게 몇 가지 의견을 말하겠습니다.

당신들은 경고문에서 당신네의 경고가 실효를 거둘 그 날까지 일본에 연속적인 타격을 가하겠다고 그랬는데 이 점은 좀 지나친 표현 같군요. 일본 정부가 과거 부도덕하고 잘못을 저질렀다고 가정할 때 그런 잘못을 반성하고 수정하고 또 경우에 따라 여러분의 요구조건을 양해하고 처리할 기관이 바로 당신네 맞은편에 있는 일본 정부 각료들 아닙니까.

저분들의 자유를 속박하고서 크나큰 일을 하라는 건 모순이죠. 어떻습니까. 당신네가 말하는 전쟁, 즉 일본에 대한 타격을 계속하든 유예하든 그것은 잘 의논들 해서 하시고 일본 정부의 핵심체인 각료 열세 분에게는 자유선언을 하시죠. 이게 온당한 방법이라고 나는 생각합니다."

우리 측에서 모리 간타로가 답변에 나섰다. "그건 안 됩니다. 지금 일본 정부는 우리 세계평화유지기구를 하찮은 테러단체로 보고 있습니다. 각료 전원이 우리의 전쟁포로가 된 것도 어쩌다 경비소홀로 인한 납치사건으로 보고 있습니다. 이 시점에서 저분들을 방면하면 그들은 의기양양하여 우리에 대한 공격에 열중할 겁니다. 그리되면 시간은 오래가고 쌍방의 피해는 가중될 뿐이죠. 일본 정부는 좀 더 우리의 실력과 전투력을 경험한 후에야 생각이 달라질 겁니다.

우리는 얼마 전에 하코다테 항 시설을 파괴했지만 일본 정부의 반성이 보이지 않으면 우리는 곧 다음 조치를 취할 예정입니다. 다음 조치는 도쿄와 오사카의 봉쇄작전입니다. 모든 준비는 완료된 상태입니다. 일본 정부의 장관 각하 여러분. 여러분은 내 말을 소홀히 듣지 말기 바랍니다. 도쿄와 오사카의 운명은 당신들이 생각하기에 달렸습니다. 우리의 실력을 의심하지 마시기 바랍니다."

장내는 다시 긴장되었다. 일본 각료들은 이마의 땀을 씻느라 손놀림이 쉴 사이가 없었다. 에어컨 장치가 되어 있지만 천장이 얕아 공간 용적이 작은 데다가 많은 전등이 실내를 무덥게 하는 것이었다. 땀 흘리는 건 일본 각료들뿐만이 아니었다. 회의장 안의 사람들은 거의 비슷한 상태였다. 텔레비전 촬영반의 발전기 도는 소리가 더욱 짜증스럽기만 했다.

맥도널드 박사가 일어났다. "오늘은 여기서 휴정합니다."

6
비상대책본부

8월 27일 낮에 있었던 회의는, 처음에는 전범자 재판의 형식을 취했던 것인데 진행과정에서 묘하게 양상이 달라져 재판인지 토론회인지 이름 붙이기도 이상하게 되었다.

이름을 어떻게 붙이든 이날의 회의진행 녹화방송이 서울 시간으로 28일 밤 10시에 전 세계에 방영되자 세계는 또 한 번 깜짝 놀라게 되었다.

놀랄 수밖에. 설마 했던 일이 실제로 나타났으니 놀란 것은 당연했다. 세계평화유지기구가 일본 정부 각료 전원을 납치한 것만도 놀랄 노릇인데, 전범자 재판을 공개 실시한다고 예고하더니 과연 방영까지 했으니 정말 기가 차도록 놀랐을 것이다. 물론 대중 앞에 실시간으로 공개한 게 아니고 녹화방송의 공개이긴 하지만 말이다.

특히 놀란 건 설마 했던 UN 사무총장 맥도널드 박사를 비롯한 릴케, 라벤나, 만 박사 등 세계 정상급 인사들의 등장이었다.

이렇게 세계 사람들의 이목을 깜짝깜짝 놀라게 하는 것이 처음부터 우리의 작전, 즉 전시효과와 위력시위를 노린 것인데 뒷날에 와서 돌이켜 볼 때 이러한 작전은 무리한 것이었으며, 따라서 잘못 짠 각본이었다.

전시효과와 위력시위도 좋지만 적에게 우리의 실체를 정면으로 노출하는 위험천만한 허세였다. 그야 세계의 시청자들은 "야! 재미있다." 하고 흥분을 했겠지만, 적 진영의 신경을 필요 이상 자극하는 거였고 방영된 화면 한 컷 한 컷이 수사의 단서가 될 수도 있는 것이었다.

당장 영국과 독일, 이탈리아, 오스트리아의 정부는, 자기 나라의 중요인사가 이 사건에 개입한 증거를 본 이상 "나 몰라라" 하고 잠자코 있을 형편이 못되게 되었다. 맥도널드 박사 등의 출국 경로와 행선지, 현재 위치 등에 관하여 일본 정부의 조회와 항의와 관계없이 수사에 나서게 되었다.

일본의 비상대책본부 요원들은 28일 밤 10시에 방영된 화면을 놓고 이것이 일본 국내냐? 외국이냐? 하는 판단에 각 방면 전문가들의 의견을 청했다. 반수 이상이 일본 국내라고 판정을 내리고 약간명이 동남아시아 아니면 일본 국내라고 했고 국외를 주장하는 사람은 한 사람도 없었다.

일본 국내로 보는 근거는 화면에 나타난 장면이 장소가 협소하고, 천장이 얕고, 이러한 점을 위장한 게 눈에 띄었고, 이동 촬영이 전혀 없었으며, 등장인물이 거의 일본인이거나 한국인이라는 점 등이었다. 세계평화유지기구가 언급한 스위스의 세계사법재판정은 물론 아니라는 것이었다.

비상대책본부는 그래도 혹시나 해서 수사반을 국내와 국외 둘로 나눠 각기 독자적 수사를 펴도록 하였다. 국외반은 화면에 나타난 외국 명사의 가정방문과 아울러 그곳 경찰에 협조를 부탁하는 한편 각 방송국을 찾아가 그들 필름의 입수 경위와 필름 실물 한 컷을 얻어서 필름의 제조회사를 알아내는 것이었다.

국내반은 방영된 화면장소의 크기를 추산하여 전국 각 동 단위로 이와 비슷하거나 큰 건물과 가건물, 선박 등을 이 잡듯이 조사하도록 하고 화면에 나타나는 각 인물의 얼굴을 컴퓨터에 입력시켜 전국 행정 및 사법기관에 기록된 인물사진과 비교하여 신원을 대조하도록 하였다.

특히 자기 이름을 밝힌 이노우에 다케조의 경우 사진과 아울러 성명 추적도 함께 한 건 물론이었다.

이러한 비상대책본부의 움직임은 공개수사인만큼 신문에도 나왔지만, 신문에 앞서 우리끼리 시청한 녹화방송 때 모두 "아차!" 하고 실수를 저질렀음을 자인하였다.

나와 박만운 등 가짜 야리가다케 등산대원들과 하코다테 파견대 등 21명의 신원은 일본 정부가 한국 정부로부터 이첩받은 자료로 뻔히 알고 있었는데 이들이 화면에 노출된 것이었다.

하지만 그건 문제가 아니었다. 이미 일본 전국에 지명수배 중인 우리야 별로 겁낼 일은 아니었다. 문제는 화면에 나타난 두 일본인이었다. 한 사람은 이노우에 다케조라고 성명까지 밝힌 사람과 성명 발표는 안 했지만 인상이 정면으로 찍힌 모리 간타로, 이들 두 사람이 문제였다.

이상 두 사람은 일본사회에 널리 알려진 인물들이었다. 이노우에 다케조는 사회당의 중견간부로 있던 사람이었고, 모리 간타로는 유명한 무정부주의자로 지명수배 중인 인물이었다.

우리가 경솔했던 점은 또 있었다. 우리는 우리의 포로가 된 일본정부 각료와의 강제협상 기간을 고작 15일간으로 잡았는데 실제는 준비공작에만 한 달을 소비해야 했고 별로 신경 안 쓴 미국 CIA에게도 이미 꼬리가 잡힌 상태가 아닌가.

우리는 새로운 상황에 대처하기 위한 회의를 열었다.

"내가 깜박한 게 실수였어요." 모리가 침통한 얼굴로 말했다. 그의 말에 의하면 얼굴이 노출된 건 아무 걱정될 바 아닌데 문제는 자기의 과거 기록이 검토될 때 함께 입건된 동지들의 명단이 나타날 것이고 그중에는 이곳 가와사키랜드의 책임기사로 있는 요시무라 다다시가 끼어 있어 탈이라는 것이었다. 요시무라 다다시는 가명이고 본명은 기무라 고이치였다. 녹화현장에는 나타나지 않았지만 모리 간타로의 주변 인물 사진이 전국 수사계통에 좍 돌 때 이곳 가와사키랜드에 왔던 50명의 수사요원 중의 한두 사람 이상에게 지적당할 가능성은 충분했다.

"별걸 다 걱정하는군, 흥." 퉁명스레 말한 건 박만운이었다. "일본 수사진도 멍청이가 아닌 이상 우리의 정체가 언제 탄로 나도 나게 돼 있는데 뭣들을 걱정하는 거요. 설마 끝까지 노출 안 되고 이 배 밑창에 숨어 있기만 하다가 이겼다! 하고 만세 부르며 나가려 한 건 아니겠지? 자, 걱정할 거 하나도 없다고. 선전포고한 이상 숨어서만 할 게 아니라 각처에서 게릴라전을 벌여 한판 붙어보는 거야. 동지들 안 그렇소?" 그리고 박만운은 일동을 못마땅한 눈초리로 죽

둘러보는 것이었다.

"옳소."

"좋아요." 손뼉 치며 맞장구치는 사람들도 있었다.

내가 제안했다. "좋소. 박 군 말이 옳아. 겁낼 것도 기가 죽을 것도 아니오. 그러나 성급히 미리 서둘러 뛰쳐나갈 필요는 없어요. 일본 수사진이 텔레비전 화면을 단서로 이곳까지 더듬어 오려면 빨라도 닷새 이상은 걸릴 것이니 그동안에 일본 각료들의 심사를 끝내고 봅시다. 그때까지 일본 정부가 수그러들지 않으면 총공세를 펴기로 합시다."

요한 릴케 박사가 말참견을 했다. "협의회 형식을 좀 바꿔야겠어요. 어제는 원고 측의 의견을 청취했고 내일은 피고 격인 일본 각료들과 일문일답을 해야겠는데 일본 각료 전원을 한 자리에 모아놓고 얘기를 나누면 각자 체면과 책임감 때문에 각자의 심중을 솔직히 발표하길 꺼릴 거예요. 그러니 법무관으로 나선 우리 네 사람이 내일부터 각자 자기 사무실에서 일본 각료들을 한 사람씩 불러내어 단독면담 식으로 설득작전을 하는 게 어떻겠소?"

"그게 좋겠소." 맥도널드 박사나 라벤나 로마시장, 안토니 만 박사 등도 찬성하여 그렇게 하기로 하였다.

이때 맥도널드 박사가 우리 측의 모리 간타로에게 물었다. "어제 모리 씨가 말한 도쿄와 오사카 봉쇄작전이란 것은 뭐요? 이런 큰 도시를 어찌 봉쇄한단 말이오? 허풍으로 한 얘기 아니오? 우리도 알아야 그네들과 단독 면담 때 이용할 수 있는 거라면 이용할 텐데…."

"그것은 약간 허풍기도 있지만, 진짜는 진짜요. 인구 천만의 도시를 완전히 봉쇄하는 건 아니고, 두 도시의 식수원을 가상봉쇄하는 거죠." 모리가 대답했다.

"가상봉쇄라니?" 맥도널드 박사가 물었다.

"수원지에 모의독소를 뿌려 두 도시의 시민들이 한동안 식수를 사용 못 하게 하는 거요."

"생명에 큰 지장은 없을까요?"

유럽의 신사들은 겁먹은 안색이었다.

"생명에는 털끝만 한 지장도 없어요. 하지만 우리가 유해독소를 조합해서 투입한다고 겁을 준 다음 로켓포로 쏴 넣으면 시민들은 아예 먹을 생각을 못 할 것이고, 방역당국에서 정밀검사를 한 후 무해로 판정하고 식수사용을 허가할 때까지는 보통 소동이 아니리다. 나중에 우리는, 이번만은 특별히 시민들을 위하여 모의독소를 사용했지만 정부의 반성태도가 미흡하면 진짜 독소를 사용할 거라고 엄포를 놓는 거죠."

"좋소. 우리도 이 속임수를 각료들과의 면담에 이용하겠소. 가능하면 내일 모의독소 작전을 하도록 하시오." 맥도널드 박사가 말했다.

다음 날 아침, 8월 29일 오전 9시에 가와사키랜드가 개장하자마자 미네소타호의 무선기사 해리 킵셀이 구경꾼을 가장하고 우리를 찾아와 내가 만났다.

킵셀에게는 동행자가 있었는데 동행자는 일부러 거리를 두고 떨어져 한눈을 파는 체하면서 나를 노려보는 것이 아무래도 이상했다. 동행자가 누구냐고 킵셀에게 물었다. 킵셀은 아무 말 않고 자기 손바닥에 C자를 그려 보였다.

CIA! 나는 섬뜩했다.

"아무래도 일이 심상치 않소." 킵셀의 목소리는 떨렸다. "CIA가 이곳을 알아냈어요. 워싱턴에서 연락이 왔는데 구금된 일본 각료들의 구출작전을 전개할 모양이오. 우리 해리슨 선장은 한사코 말리는 중이오. WPO는 결코 일본 각료들에게 신체상의 손상은 입히지 않을 것이다, 하코다테 폭파사건만 봐도 그들의 인도주의와 조심성이 증명되지 않았는가 하고 맞섰어요. 그러나 CIA가 걱정하는 건 일본의 불안상태가 오래가면 예측할 수 없는 국제적 변고가 발생하지 않을까 하는 거죠. 미네소타호에 와 있는 CIA 책임자가 나더러 저 사람과 함께 가와사키랜드를 가보고 오래서 온 거요."

걱정한 대로 시간을 너무 끈 동티가 나기 시작하는구나 싶어 입맛이 썼다.

"알았소. 걱정하지 마오. 그러지 않아도 어젯밤 회의에서 일본 각료들을 방면하고 철수하기로 결의가 되었소." 내가 말하자 킵셀이 다그쳤다.

"언제 철수해요. 오늘요?"

"오늘이야 안 되지. 준비도 있으니 닷새 정도 걸릴 거요. 어때? 내가 저 친구하고 직접 얘기를 나눠볼까?"

"마음대로 하구려."

나는 킵셀의 동행자에게 이리 오라고 손짓을 했다. 상대는 노려만 보고 서 있었다.

"좋은 아침이오." 나는 활짝 웃는 얼굴로 인사말을 던졌다.

"좋은 아침이오." 상대도 대답했다.

나는 자연스러운 걸음걸이로 상대편에 가까이 갔다. 그리고 속삭이듯 말했다. "아무 걱정하지 마시오. 우리는 닷새 안에 이곳을 떠

나요. 그 전에 일본인들은 석방되오. 그들은 모두 건강이 좋소. 어떻소? 한번 둘러봐도 좋은데….″

"내가 누군지 알고 그런 농담을 하는 거요?" 상대는 깜짝 놀라는 시늉을 하며 물었다.

"누구긴 양키지. 그리고 우리 친구고, 안 그래요?" 나는 웃으며 말했다.

상대는 킵셀에게 나를 가리키며 물었다. "책임자인가?"

킵셀은 주저주저하다가 대답했다. "아마 그런가 봐요."

"좋소, 우린 그만 가야겠소. 킵셀 씨 갑시다." 남자는 발꿈치를 돌렸다.

두 사람이 계단을 내려가 부두를 50미터 가량 걸어가는 뒷모습을 보자, 나는 생각나는 게 있어 "여봐, 거기 좀 있어."라고 소리치고 계단을 뛰어 내려갔다.

나는 킵셀의 동행자에게 나지막하게 말했다. "알릴 일이 있어서 그래요. 오늘 우리는 도쿄와 오사카 두 도시 수원지에 독약을 투입한다고 일본 정부에 전할 참이오. 독약은 거짓말이고 실상은 식용 색소지. 일본 정부로부터 양보를 얻기 위한 수단이오. 양해하고 있으면 좋겠소."

"당신은 어느 나라 사람이오? 이름은?" 동행자가 물었다.

"한국, 미스터 김. 당신은?"

"나는 그저 본드요." 하고 희쭉 웃었다.

나는 "잘 가시오. 바로 미네소타호로 가지 말고 미행자를 조심하시고." 하며 두 사람의 등을 툭툭 쳐주고, 허허허 너털웃음을 웃고 헤어졌다.

자, 이 일을 동지들에게 알려야 하나, 말아야 하나, 나는 망설였다. 알렸다간 모두 놀라서 허둥댈 거 같고, 잠자코 있자니 무슨 사태가 돌발할지 예측할 수 없는 일이었다.

결국, 나는 3인 위원회의 모리 간타로와 비셀 드 프레보에게, 미네소타호의 무선기사 해리 킵셀과 CIA 요원으로 보이는 사람과 만난 일을 얘기했다.

두 사람 다 충격을 받았으나 모리가 말했다. "너무 걱정할 건 없을 거 같소. 해리슨 선장이 정 위급하면 빨리 피하라고 했을 텐데 위험예고만 한 걸 봐도 시간 여유는 있을 거 같군. CIA도 그렇지, 일본 정부에 알리지 않고 동정을 보고 오란 것을 보면 아직은 방관적 입장을 지키고 있을 모양 아닐까?"

비셀 드 프레보는 조장급 간부와 법무관 일행에게는 통보하는 게 좋다고 말하여 우리는 그의 의사를 따랐다. 여러 사람이 모여 의론이 분분하자 전 로마시장인 조반니 라벤나가 말했다. "오늘내일 이틀 사이에 나가노 총리를 주물러 양보를 받아낼 수 있는 데까지 받아서 메모라도 받고, 모레 오후에 그들을 석방하고 우리도 이곳을 뜨기로 합시다."

도쿄와 오사카의 수원지 공격은 어찌할까? 하고 의견들이 분분했으나 내가 강력히 주장했다. "일단 입 밖에 낸 일이고 또 행동대원들이 이미 공작에 들어갔으니, 별수 없이 강행해야 하오. 현지에 나간 행동대원들을 소환하느라 수선을 떠는 일은 더욱 위험하오." 그리고 모두 이에 따르기로 했다.

✳

오늘도 좋은 날씨 덕분에 가와사키랜드의 상갑판에는 많은 시민
이 몰려들었고, 휘날리는 만국기 사이로 흥거운 경음악이 흘렀다.

선상에는 낙원이 벌어졌으나 선창 속에서는 숨 가쁜 줄다리기가
벌어지고 있었다. 맥도널드 박사 등 네 사람의 법무관이 각자 한 사
람씩 일본 각료를 설득하는 중이었다.

나가노 총리는 맥도널드 박사가 맡았다.

"나가노 총리 각하, 이런 봉변이 또 어디 있겠소. 진심으로 동정
하오." 맥도널드 박사가 위로하는 말로 시작하였다.

"운으로 돌려야죠. 정치의 길이란 항상 이런 게 아니겠어요. 그런
데 맥도널드 박사께선 어째서 이 판에 끼어드셨는지요? 피할 수도
있으셨을 터인데." 나가노 총리는 고개를 갸웃거렸다.

"나야 엊그제 말한 바대로, 어쩔 수 없다고 체념하고 나선 게 아
니겠어요. 나 아니면 이번 사건을 수습하기 어렵다는 권유를 받고
서야, 어찌 가만히 있을 수 있겠습니까. 나도 정보를 얻기 전에는
일본에서 일어난 이번 사건이 단순한 테러단체의 납치사건이겠거
니 했는데, 알고 보니 미국과 소련은 제 나름대로 세계평화유지기
구에 줄을 대고 마음대로 조종할 수 있다고 믿고 있고 세계평화유
지기구의 최고 간부들은 그들대로 미소 양대 진영을 자유자재로 이
끌고 나갈 수 있다고 과신하고 있어요. 이러한 정세는 바로 세계대
전의 착화점이 되고 말 거요.

내 생각으로, 일본 정부는 이 기회에 세계평화유지기구, 즉 WPO
의 기본입장에 깊은 이해를 갖고, 아시아 여러 나라와의 경제, 문화

전반에 걸쳐 상호평등 개방정책을 채택하여 미국과 소련 어느 쪽이나 넘보지 못할 지역권, 즉 아시아 태평양을 엮어 커다란 공영권을 만들어 주도해나가야 합니다.

얼핏 듣기에 40년 전의 일본 군사정부가 내세운 대동아 공영권 정책 같지만, 실제는 일본 정부의 영웅적 희생정신이 확고해야 하는 거죠.

예컨대 동남아시아 중국국경 일대에 난민구호지역을 선포하고 아시아 연합의 경찰군을 배치하는 겁니다. 일차적 비용은 일본 정부가 부담하는 거죠.

그리고 인도양, 남중국해, 류큐제도, 일본열도를 한 줄로 잇는 공동 자유어장을 형성하여 지역 인민들에게 제공하는 겁니다. 동시에 이는 아시아 방위권의 동부 라인이 되는 거죠.

그리고 일본, 한국, 중국, 대만, 싱가포르, 홍콩 등 여러 나라의 항공사들을 하나로 묶어 공동운영하는 겁니다. 그리고…." 여기서 나가노 총리가 맥도널드 박사의 얘기를 중단시켰다.

"맥도널드 박사께선 일본 정부더러 아시아를 몽땅 가지라는 말씀입니까? 아니면 일본의 금고를 모두 털어 아시아의 가난한 나라들에 나눠 주라는 겁니까?"

"글쎄요. 왜 그런 질문을 하시죠? 그렇다면 나도 그런 식으로 총리에게 묻겠어요. 현재처럼 치열한 자원쟁탈과 무역경쟁보다 강력하고 처절한 무기생산 경쟁을 하다가, 공동자멸의 날을 기다리느냐? 아니면 평화스러운 아시아, 자랑스러운 아시아를 건설하여 미소 양대진영마저 아시아의 모범을 뒤따르게 할 것이냐? 어느 쪽을 택하시겠습니까?"

"박사님은 지금 꿈을 꾸고 계시는군요. 현실은 유토피아를 받아주지 않습니다. 잘 아시다시피."

이런 문답을 하고 있는데 밖에서 문을 노크하는 사람이 있었다. 맥도널드 박사는 들어오라고 말했다. 한 젊은이가 문을 반쯤 열고 "뉴스를 들어보세요." 하고는 문을 닫았다.

박사는 탁상의 텔레비전 버튼을 눌렀다.

"관동지방과 관서지방의 국민 여러분께 긴급보도를 드립니다. 국가비상대책본부 보도국은 지금부터 즉시 관동지방과 관서지방의 국민 여러분은 절대로 상수돗물을 먹거나 사용하지 말 것을 부탁드립니다. 거듭 말씀드립니다. (경고 반복) 오늘 오후 2시와 2시 30분 사이에 도쿄와 오사카의 상수도용 수원지에 정체불명의 포탄이 각각 세 발씩 날아와 폭발했습니다. 폭발 직후 괴전화가 국가비상대책본부 보도국에 걸려왔는데, 자기들은 세계평화유지기구의 행동대원으로 자기들이 도쿄와 오사카 두 도시의 수원지에 극약을 대량 투입하였으니 일반시민에게 즉시 알리라고 전했습니다. 자위대와 경찰은 즉시 현장에 출동하여 현장 상황을 조사 중입니다. 수도국과 방역국도 담당 기사들과 직원들이 긴급출동하였습니다."

담화 중이던 두 사람은 입을 다문 채 계속 나오는 뉴스에 귀를 기울였다.

"도쿄 지방 수원지 속보를 전해드립니다. 수원지에 떨어진 포탄은 모두 세 발로 근거리에서 50밀리미터 로켓포로 발사한 것으로 보입니다. 폭탄은 다행히 여과지나 정수 시설물에 명중한 건 없고, 세 발 모두 일차 저수지에 낙하하여 폭발과 동시에 자줏빛 액체가 빠른 속도로 번지고 있습니다.

수도국 직원은 사고 즉시 수원지 토출구 수문을 차단하여, 여과 시설 계통에는 오염수의 침입이 없는 것으로 판명되었습니다.

수도국 기사의 말은 이번 사건에서 아무런 손상을 입지 않은 종말 수조에는 15만 톤의 저수량이 있어, 당장 단수조치는 취하지 않겠으나 시민 여러분은 긴급 불가결한 용도 외의 용수는 사용을 자제해달라고 합니다.

국립위생시험소와 시 방역국의 기사들은 수원지의 오염실태를 조사 중에 있으며, 경찰은 천여 명의 경찰을 동원하여 수원지 부근 일대를 포위, 범인 체포에 나섰습니다."

"드디어 그자의 말대로 일을 저지르는군요."

나가노 총리는 27일 회의 때 WPO 측 일본인 한 사람이 협박하던 말이 생각나 괴로운 표정을 했다. 맥도널드 박사도 언짢은 얼굴로 말했다. "수도국 직원이 수원지의 수문을 빨리 막았다니 불행 중 다행이군요." 박사는 이어 "우리 법무관 네 사람이 저 사람들을 잘 타일러 우선 열세 분의 자유회복을 위해 노력해보겠습니다."

"그 사람들이 그리 호락호락 박사님들의 말을 들을까요?"

"우리 네 사람이 아침에 의견을 교환해봤는데, 그 사람들이 무지막지한 무뢰한들은 아닐 거라는 견해의 일치를 봤어요. 그들은 일종의 이상주의자일 겁니다."

"박사님은 그들을 관대하게 보시는군요."

"총리 각하도 그들의 주장을 들으셨으니 짐작하실 겁니다. 그 사람들의 요구조건은 이상주의의 표본 아닙니까."

"그렇지요. 현실적으로 실행 불가능한 표본이기도 하구요."

"나가노 씨. 미래사회에서는 인류의 이상주의를 살려야 합니다.

그렇지 않으면 인류는 자멸하고 마는 거예요."

"나도 가끔 그런 회의에 빠져보기도 합니다. 일국의 행정책임자로서 또는 세계정치의 일각을 짊어진 입장에서 그런 유토피아적 단꿈을 꿔보기도 하지요. 하지만…."

"하지만 현실이 용서하지 않더란 말인가요?"

"그렇습니다."

"나는 UN 사무총장직을 8년 동안 지키고 있어봤지만, 절실히 나의 무력함을 느꼈어요. UN이야말로 헛것입니다. 사무총장의 경력이 부끄러워요."

"박사님은 노벨평화상까지 받으셨는데…."

"그러니 더욱 부끄럽지요. 그것은 모두가 허상이에요. 단순한 외교사령(外交辭令)이고, 웃지 못할 희극이죠. 우리는 새로운 방도를 찾아야 합니다."

"어떤 방도?"

"유토피아를 만들어 현실이 이에 따라오게 해야죠."

"그런 힘을 가진 사람이 어디 있습니까?"

"일본 정부의 총리 같으신 분이면 그런 힘이 있지요."

이때 뉴스 속보가 나왔다.

"수원지에 투입된 폭탄에서 쏟아진 물감은, 식용 색소라는 게 판명되었습니다. 인체에 아무런 해가 없는 물질이라 합니다.

그러나 수도국은 아직 수원지의 수문을 열지 않고, 수원지의 몇군데에서 샘플을 더 거두어 시험을 계속한 후, 수문의 개폐 여부를 결정한다는 신중한 자세입니다. 한편 범인을 수색 중인 경찰은 아직 아무런 단서도 얻지 못하고 있습니다."

"허, 그 사람들 사람 놀라게 하는군." 맥도널드 박사는 어이없다는 표정이었다.

"맥도널드 박사님은 WPO에 대하여 많은 지식이 있으시죠?" 나가노 총리가 물었다.

"그 조직은 좀 이상해요. 여러 갈래가 있는 성싶어요. 과격파 집단이 있는가 하면 단순한 살롱클럽 같은 것도 있고, 또 유럽 여러 나라의 영세 상인들은 세계평화가족 모임이라 해서 현금 없이 구두 언약만으로 거래를 아주 멋지게 하고들 있지요. 그들은 이것이 몰락한 서구문명을 구해줄 동양의 양심이라고 믿고 있어요."

"거, 재미있군요."

"나가노 총리. 세계정치 무대에서 멋진 선수를 한번 써보세요. 세계를 구하는 길은 오직 당신 손에 달렸는지도 몰라요."

"……." 나가노 총리는 잠자코 있었다.

"현대의 정치가들은 모두 자기주장이라는 게 없어요. 미국의 대통령이고 소련의 공산당 서기장이고, 모두 다 그래요. 탁류에 빠진 사람들 모양 물결에 밀리는 대로 떠내려가고 있어요. 멀지 않은 곳에 폭포가 있어, 종말이 가까워지고 있다는 것을 알면서…."

"그건 나도 솔직히 시인합니다. 정치의 탁류, 한번 발을 들여놓으면 빼낼 수 없는 거센 물결이죠. 그래도 우리는 이것이 애국의 길이요, 경세의대도(經世之大道)이거니 하고 자위하고 있습니다."

"나가노 씨. 빠를수록 좋습니다. 세계정치의 흐름을 바로 잡아봅시다."

"……." 나가노 총리는 눈을 지그시 감았다. 잠시 후 그는 눈을 떠 맥도널드 박사를 똑바로 바라보며 물었다.

"박사님, 여기가 어디죠? 일본 국내죠?"

"그렇소. 도쿄 시내요."

"역시 그렇군. 저 사람들은 우릴 어찌하겠다는 건가요. 인질로 잡고 버틸 건가요?"

"그렇습니다. 일본 정부의 각료 전원이면 큰 인질거리죠."

"그런데 박사님은 저들을 설득해보겠다고 말씀하셨는데…."

"해볼 겁니다."

"혹시 박사님이 저들의 지도자는 아니신지…."

"천만에. 유럽에서 온 우리 네 사람은 결코 한 사람도 저들의 조직원이 아니에요. 다만 중간에 든 사람에게 설득당한 거죠. 저 사람들의 동조자는 전 세계에 광범하게 널려 있으나 단일 조직체를 구성하진 못하고 있는 성싶어요. 개중에는 과격파도 있지만, 대개는 온건한 이상주의자들인 모양입니다."

"박사님들이 설득한다고 저들이 우릴 석방해줄까요? 어떤 대가를 요구하겠지요?"

"그들의 요구조건은 경고문에 적힌 5개 조항 아닙니까."

"그걸 내가 어떻게… 각료회의를 거쳐 국회동의가 있어야 하는 걸, 내가 어떻게…."

"저 사람들은 그런 법절차를 취하라는 거죠."

"그때까지 우릴 인질로 잡고서요?"

"그건 안 될 말이죠. 그 점은 우리가 설득하겠어요."

"하지만 그들의 요구조건은 각의 통과도 어렵고, 국회통과는 더욱 안 됩니다. 현실적으로 일본내각은 이미 경질되었고, 나는 이제 일개 시민에 불과합니다."

"따지기 시작하면 한이 없지요. 하지만 하려고 들면 아주 쉬운 것이 혁명입니다."

"혁명이라고 말씀했습니까? 박사님."

"그렇소. 지구촌을 살리는 길은 오직 혁명, 이 길뿐이오."

"혁명이라? 박사님, 우리 일본에서의 혁명이란 생각할 여지도 없이 불가능합니다. 국민 전체가 전통적으로 보수 사상이고, 현재 우리 일본은 매사가 순조롭게 진행 중인데 혁명이 먹혀들어 가겠습니까?"

"나가노 씨, 매사 순조롭게 진행될 때 주변을 돌아보라는 격언이 있습니다. 이번 사건도 결코 우연히 돌발한 사건이 아니라는 걸 고려하셔야 합니다. 당연히 터질 것이 터진 것뿐이에요. 일본은 무작정 앞으로 내달리기만 했지 둘레에서 일어나고 있는 일들에 지나치게 무관심했어요. 안 그렇소? 나가노 씨."

"그 점은 반성하고 있습니다. WPO의 저 사람들은 우리를 석방한 후에도 계속 그들의 소위 경고문의 조항을 주장할 건가요?"

"그렇겠죠."

"피차 희생이 많을 텐데…."

"나가노 씨, 조그만 일에 구애받지 말고, 더욱 크고 더욱 밝은 내일의 설계도를 그려봅시다."

"혁명 말씀이군요. 그게 어디 나 한 사람의 힘만 가지고 될 문젠가요?"

"혁명이란 나로부터 시작하는 것 아닙니까. 나 한 사람으로부터."

"설사 일본 정부가 정책 수정이나 변경을 하더라도, 세계정세가 그걸 용납 안 할 겁니다. 소련이나 미국은 우리 변경노선의 허점을 무자비하게 찌르고 들어올 겁니다."

"나가노 씨는 왜 그렇게만 생각합니까? 소련이나 미국은 이미 21
세기의 변화에 대응하고 있습니다. 뒤지고 있는 건 아마 일본뿐일
걸요. 한 가지 예로 나를 보시오. UN 사무총장을 8년이나 한 내가
오늘 여기서 일본 총리 나가노 씨와 이런 담화를 하고 있지 않아요.
또 WPO 같은 단체가 과거에 있어본 적이 있었나요?"

"박사님. 이런 현상이 무엇보다 위험합니다. 북극곰 소련은 자유
진영의 이런 틈바구니를 호시탐탐 노리고 있습니다. 박사님은 아까
태국 국경 난민수용지대에 일본이 손을 쓰라고 하셨는데 그런 조
치는 바로 소련군의 홋카이도 침입을 초래하는 신호가 될 겁니다."

"허허허." 맥도널드 박사는 크게 웃었다. "나가노 씨, 혁명의 바람
이란 어느 지방에만 부는 게 아닙니다. 소련도 예외일 수 없지요. 아
마 혁명의 바람은 소련에서 더욱 거세게 불지 모르죠."

"소련에 변화가 있을 수 있나요? 저 육중한 크렘린 성벽 안에 틀
어박혀 얼음덩이처럼 차가운 그 친구들에게 변화를 기대하다뇨?"

나가노 총리는 고갤 저었다. 맥도널드 박사는 빙그레 웃으며 말
했다. "시대에 역행하는 무리들, 바람을 안고 가는 무리들에게 바람
은 더 거세게 맞서는 법이오. 만약 소련이 홋카이도에 진주한다면
그날은 소련이 무너지는 첫날이 될 겁니다."

"박사님은 소련을 지나치게 소홀히 보시는군요. 소련은 막강합
니다."

"나가노 총리. 소련공산당이 분해과정에 들어간 지는 이미 오래
됐습니다. 따라서 소련 역시 해체과정에 있습니다."

"예?"

"소련은 핀란드에서 상처받기 시작하여 폴란드에서 한쪽 다리를 잃고, 체코에서 팔을 꺾였지요. 중국과의 결투에선 귀 한쪽이 잘려 나가고, 아프가니스탄에서는 코뼈가 부러졌어요. 만신창이의 소련이 무섭다니 나가노 총리답지 않은데요."

"……."

"내 말을 못 믿겠거든 이곳에서 나가는 즉시 정식으로 모스크바를 방문하시오. 크렘린의 친구들은 나가노 총리를, 차르가 사용하던 옥좌에 모시고 극진한 환영연을 베풀 거외다."

"……."

"그래도 이해가 안 되오? 소련의 전성기는 지났어요. 세계는 새로운 사상, 새로운 체제의 시대로 접어들었어요. 맹목적인 군비 확장, 맹목적인 경쟁은 무엇을 의미합니까? 지구의 종말, 인류의 소멸 외에 무엇이 있겠어요? 우리는 UN을 개편해야 합니다. 평화주의자들의 호소에 귀를 기울여야 합니다."

7
조총련의 음모

동해의 동남부를 큰 활대 모양으로 둘러싸고 있는 일본열도. 같은 일본열도지만 태평양을 향한 남쪽은 1년 내내 밝은 햇볕과 따뜻한 해류로 해서 기후가 온화하며 인구도 조밀하지만, 일본열도의 남쪽 끝에서 북쪽 끝까지 줄기차게 뻗어있는 높고 험준한 산맥이 햇살을 가로막고 있는 동해연안은, 항상 음산하다. 거기다 북해에서 흘러들어오는 찬 해류로 해서 기후도 냉랭하며 겨울이면 날마다 퍼붓는 눈이 쌓이고 쌓여 늦은 가을부터 이른 봄까지 세 계절이 눈 속에 파묻혀 있다. 그곳은 인가도 드물어 몇 군데 어촌을 빼고는 전 해안선이 한산하고, 곳에 따라서는 무인지경도 흔히 볼 수 있다.

이렇게 인적 드문 곳이긴 하나, 이런 곳을 단골로 삼아 자주 내왕하는 사람들이 있었다. 이곳이 바로 일본과 북한을 연결하는 간첩 루트였다.

이날 8월 30일에도, 밤 10시께 한 척의 쾌속정이 경도 135도선을 따라 북에서 남으로 전속력으로 남하 중에 있었다. 태풍권의 영향으로 하늘은 먹구름에 뒤덮였고, 바다는 높이 5미터에 가까운 성난 파도가 요동쳐, 이런 험상궂은 밤에 항해하는 배가 있으리라 생각하는 사람은 아무도 없었다.

그러나 남하 중인 쾌속정은 가랑잎처럼 파도에 나부끼면서 항해를 계속했다. 물론 항해등도 켜지 않아 칠흑 같은 어둠 속이라 바로 옆에 감시선이 있더라도 알아볼 수가 없었다. 일본 경찰은 이 일대를 거의 비우다시피 하고 있었는데 최근에는 괴선박이 더욱 자주 나타난다는 주민들의 신고와, 부근 주민 중에 행방불명자가 발생하는 경우도 잦아, 혹시 북한으로 납치돼 가는 게 아닌가 하는 풍문이 나돌기 때문에 가끔 순찰차가 해안도로를 순찰하기도 했다. 하지만 밤에 순찰하는 경우는 드물었고 이런 악천후의 밤에는 순찰도 일반인의 통행도 일절 없었다.

쾌속정의 선장은 이 루트가 단골길이긴 하지만 이렇게 사나운 풍랑 속에선 정말 목숨을 건 모험이 아닐 수 없었다. 선실 유리창을 통해 앞을 내다보고 있긴 했으나 모든 것이 깜깜 절벽이라, 해안선이 어느 정도 가까워졌는지 전혀 감이 안 잡혀 초조하기만 했다.

원산항을 떠날 당시의 약속은 이날 밤 10시 정각 해안선에 대기 중인 신호수가 해안선 2킬로미터 거리에 쾌속정이 접근하면 플래시 등을 두 차례 점멸하는 신호를 보내기로 되어 있긴 했으나, 풍랑이 워낙 심해 배가 제 코스에서 밀려나기 일쑤였고, 시간도 이미 1시간이 지나 11시나 되고 보니 마중꾼과의 연결이 제대로 이어질지도 의심스러웠다.

날씨 나쁜 것이 간첩선에 오히려 호조건이 되는 것이긴 했지만, 이 밤의 경우는 정도가 심했다. 원산 부두를 떠날 당시에도 상황은 출항 불가능의 기상이었다. 그래도 특수공작부의 지도자는 되풀이 떠들었다. "무슨 일이 있더라도 오늘 밤 안으로 그곳에 상륙해야 한다." 상륙시킬 일꾼은 세 사람. 그 사람들의 얼굴에는 필사의 빛이 역력했다.

"뭔가 있구먼. 그러기에 십중팔구 가라앉고 말 억지 출항을 시키는 거지. 저 사람들이야 그럴 만한 이유라도 알고 죽음의 길로 나서지만, 나는 이게 뭐야. 까닭도 모르고 물귀신이 돼야 한다니."

선장은 혼자서 푸념이었다. 이때 부선장이 소리를 질렀다. "저기 신호등이 보입니다!" 과연 반딧불만 한 불이 깜박였다. "됐다. 360도 회전." 선장이 외쳤다. 삼각파도에 배가 뒤집히지 않도록 쾌속정은 큰 원을 그리며 이물과 고물의 위치를 바꿨다. 고물 뱃전에 묶여 있는 길이 2미터의 어뢰 모양의 물건을 선원들이 풀기 시작했다. 이 물건들은 모양이 어뢰같이 생겼지만 실은 일인용 잠수정이었다. 선실에서 세 사람이 갑판으로 나왔다. "줄을 꼭 잡아." 파도에 빼앗길까 봐 선장이 소릴 질렀다.

잠수정의 뚜껑을 열고 한 사람씩 들어갔다. "줄을 풀어!" 선장의 외침과 함께 어뢰형 상자들은 물속으로 떨어졌다. 아니, 파도가 낚아 갔다.

"앗!" 하는 비명이 성난 파도 소리에 섞여 선원들의 귓전에 들렸다. 갑판 위의 일꾼 한 사람이 파도가 후려치는 바람에, 몸의 중심을 잃고 미끄러진다고 느낀 순간 어둠 속에 이미 흔적도 없었다.

"북, 0도 전속력." 선장은 냉엄하게 외쳤다. 물속에 들어간 세 척의 잠수정이나, 실종한 선원의 운명 따위는 선장의 뇌리에 이미 존재하지 않았다. 운이 좋으면 원산으로 돌아가는 것이고, 아니면 물고기 밥이 될 것이다.

이곳은 수심 6미터, 바닥은 자갈. 파도에 휩쓸린 세 척의 잠수정은 한 줄 로프로 연결돼 있고, 그중 한 척에는 이곳 내왕 20여 차례의 베테랑 안내원이 타고 있었다. 이 사람이 앞서 나서서 한 줄에 딸린 나머지 두 사람을 인도하는 것이었다.

이들 잠수정의 특징은 동력 엔진이 없고, 물갈퀴 모양인 두 개의 노를 인력으로 돌리며 추진하는 데 있었다. 수중에 떠가는 게 아니라 바다 밑을 기어가는 거라, 감시원의 눈을 피하기는 십상이나 힘은 무척 들게 되어 있었다.

1시간 반이나 걸려 세 척의 잠수정은 물가에 도달했다. 몇 시간 전부터 미리 대기하고 있던 두 사람의 마중꾼이 달려들어, 기진맥진한 세 사람을 잠수정에서 끌어낸 다음, 이 세 개의 쇠상자들은 근처 적당한 은닉처로 끌고 가 바닷물을 가득 채워 바다 밑에 가라앉혔다.

이들 다섯 명은 숨 돌릴 겨를도 없이 곧바로 절벽 길을 기어올라 절벽 위 지방도로를 가로질러 숲속으로 숨어들었다.

그곳에는 승용차가 숨겨져 있었다. 바닷속에서 나온 세 사람은 이곳에서 일본 옷으로 갈아입었다. 마중꾼의 한 사람이 빙그레 웃었다. "동무들, 이제부터 안심해도 좋소. 자, 갑시다."

1시간가량 후에, 이들은 제법 인가가 조밀한 지방도시의 거리로 들어섰다.

네온사인이 달린 집도 여러 채 보이는 품이 낮에는 제법 북적거리는 곳 같은데, 지금은 한밤중이라 거리는 캄캄하고 썰렁했다. 한 곳, 외등이 켜진 큼직한 3층 집 앞에 차가 멈췄다. 간판이 눈에 띄었다. 조총련 아미노시 지부.

"참 용케들 오셨소. 풍랑이 심해서 배가 못 뜰 거라고 봤는데."

"큰 고생들 하셨소."

여러 사람이 바다를 건너온 세 사람을 반가이 맞았다. 몇 시간 전부터 기다리고 있었던 모양이었다. 그중 이곳 간부로 보이는 사람이 "아이고, 정태성 선생 아니십니까?" 하고 깜짝 놀랐다. 정태성은 조총련 사무장이었다. 그는 겨우 고개를 돌려 아는 체만 할 뿐, 사지를 축 늘어뜨린 채 말도 못했다. 무리도 아니었다. 50이 넘은 사람이 15시간이 넘게 풍랑에 시달렸으니 목숨이 붙어 있는 것도 다행이라 해야 할 것이다.

그의 동행인 유동규는 장사로 이름난 사람이지만 그 역시 안색이 새파랗게 질리고 수족도 제대로 못 놀렸다. 이들 두 사람을 이끌어 온 안내원 일꾼도 손을 내저으며 겨우 죽어가는 소리로 "죽는 줄 알았소." 하고 마루에 픽 쓰러졌다. 과거 20여 차례 남북왕래의 경력이 붙어 아미노의 물귀신이란 별명이 붙은 이 사람이 이 정도니, 이번 항해가 얼마나 무리한 항해였는지는 이곳 지부원들도 짐작이 갔다. 그리고 그들은 이토록 험한 날씨를 무릅쓰고 결사의 잠입을 한 까닭이 있을 거라고 수군거렸다. 더욱 정태성 사무장은 조총련 최고 간부 중 서열 여섯 번째의 거물이 아닌가.

아미노의 지부장은 의사를 불러라, 미음을 끓이라는 등 세 사람을 극진히 보살폈다.

정태성 사무장은 다음 날 오후 1시까지 내처 잠에 빠졌다가 정신이 들자마자 지부장을 찾았다. "도쿄 소식 들었소? 각료들은 어찌 되었소? 찾아냈소?"

지부장이 말했다. "아직도 소식이 묘연합니다. 여기 있다, 저기 있다 하는 전화나 투서는 하루에도 수십 통씩 있는데 모두 헛것이래요."

"우린 빨리 도쿄로 가야 하오, 이것 봐요." 정태성이 지부장의 귀에 대고 무어라고 속삭이자, 지부장은 놀란 표정을 하더니 즉시 밖으로 뛰어나갔다.

잠시 후 세단이 집 앞에 나타났다. 정태성과 유동규, 지부장이 뒷좌석에 타고 앞자리에 기사와 힘깨나 쓰게 생긴 청년 한 사람이 탄이 차는 도쿄로 전속력으로 달렸다.

오후 7시에 조총련 중앙본부에 도착했다. 동행한 아미노 지부장과 청년은 빠지고 정태성과 유동규 두 사람만 총재실로 안내되었다. 총재실에는 6, 7명의 간부가 모여 무엇인지 한참 숙의 중이었다.

조총련 총재 이길상은 70이 넘은 노인이나, 두 눈에는 총기가 영롱했다. 이길상 총재는 열심히 주재하던 회의를 잠시 멈춘 채 두 사람을 맞아들였다.

"수고들 많았소. 정태성 동지, 유동규 동지." 이 총재는 두 사람을 한꺼번에 얼싸안았다. 그러자 회의 중이던 사람들도 우르르 일어나 정태성과 유동규를 맞아 어깨를 얼싸안는다, 악수를 한다 하며 한참 법석을 떨었다. 모두 잘 아는 사이들이었다.

"자, 반가운 인사는 이쯤하고…." 이길상 총재가 떠들썩한 공기를 가라앉히고 나서 정태성 사무장에게 말했다. "사무장 동지, 일본 각료들의 거처가 알려졌소."

"네?" 정태성은 깜짝 놀랐다. 그러면서도 옆 유동규의 표정을 살폈다. 유동규의 안색에는 변화가 없었다.

이길상 총재는 말을 계속했다. "아직은 절대 비밀이오. 일본 정부도 극비에 부치고 있소. 아직 구해내진 못했으니까."

"어디 있답니까? 어떻게 알게 됐죠?" 정태성 사무장이 흥분해서 물었다. 이길상 총재는 입을 꽉 다물고 정태성을 똑바로 바라보기만 했다. 정태성은 총재의 안광이 눈부신 듯 그를 피해 좌석의 여러 사람을 휘둘러보았다. 자기의 질문이 너무 경솔했음을 깨달았는지 안색이 붉어졌다. 그러고는 변명하듯 중얼거렸다. "그 일 때문에 풍랑을 무릅쓰고 결사적으로 달려온 건데…."

"아직 구출되기 전이니깐, 백 프로 확정적이라고는 말할 수 없겠지. 그러나 우리 정보가 틀림없을 거이다. 정보는 오늘 정오에 들어왔는데 일본 군경이 움직이는 모습이 정보대로니까 틀림없어." 이길상 총재가 말했다.

정태성은 맥 빠진 얼굴로 유동규를 바라보았다. "우리가 늦었구려. 죽을 고비를 넘기면서 왔는데." 그는 공을 놓치게 된 게 무척이나 아쉬운 모양이었다. 유동규는 묵묵부답인 채였다.

"정태성 사무장! 아직 실망할 일이 아닐지도 몰라요. 평양에서 어떤 지시를 받았는지는 모르지만 말이오." 이길상 총재는 말하면서 정태성과 유동규 두 사람을 보았다.

"우리가 받은 지령은, 우리의 조직을 총동원하여 일본 정부 각료들의 거처를 알아내는 것이 첫째 과업이고, 그다음은…." 정태성은 말끝을 맺지 못하고 어물어물했다.

"그다음은?" 이길상 총재가 재촉했다.

정태성 사무장은 울상이 되어 대답했다. "그다음 지시는 일본 각료의 거처 찾아내기에 연결되는 것인데, 이미 일본 경찰이 알고 있는 이상 별 의미가 없습니다."

"아니, 반드시 그렇지만도 않을 거요. 아직 구출되기 전이니 평양의 지시가 무엇인지…." 하고 이길상 총재는 궁금하다는 듯 고개를 들었다.

"저…." 정태성은 주저하다가, "총재님, 저 좀 보시죠." 하고 총재를 옆방으로 인도했다. 총재가 따라가자 정태성은 유동규를 불렀다. "유 동지도 이리 오시오."

"평양의 지시는 다음과 같습니다." 정태성은 세 사람뿐인 옆방에서 총재에게 보고했다. "평양에서는 이번 사건이 남반부 우리 반동단체의 장난으로 보고들 있습니다. 한국 정부가 음성적으로 밀어주고 있을 가능성도 있다고요. 납치장소도 아직은 일본 내에 있다고 봐요. 그래서 일본 각료가 일본 안에 있는 한, 조총련이 총력을 기울여 그들이 납치된 장소를 알아내야 한다는 겁니다. 왜 조총련 50만 조직이 그런 것쯤 못 알아내느냐는 비판입니다. 희생이 있더라도 빨리 알아내 각료들을 구출하여 일본 정부의 호감을 사서, 앞으로 대일교섭에 크게 이용되도록 하라는 지시입니다. 그리고 경우에따라서는 우리 측의 큰 희생을 감안하고서라도 다수의 병력으로 납치장소에 난입하여 반동세력을 근본적으로 분쇄하도록 하라는 명령입니다. 이 과정에서 일본 각료의 희생은 염두에 둘 게 없습니다.

그리고 이것은 극비지령으로, 만일 일본 각료들의 납치장소를 알아내고 또 이것이 남반부 반동 아이들의 짓이 명백할 경우 우리 측에서 반동단체원을 가장해 어쨌든 수단을 가리지 말고 납치장소에 잠입하여 일본 각료들을 모두 없애버리라는 겁니다. 그리고 한국 정부의 짓으로 몰아붙이는 거죠."

"음⋯." 총재는 고개를 끄덕였다.

"총재님, 일본 각료들을 찾아낸 건 어느 편입니까. 우리인가요?" 유동규가 물었다.

"아니. 일본 경찰이 알아낸 모양이더군. 경찰 내부의 우리 프락치가 연통해주었어."

"어디랍니까?"

"가와사키랜드." 총재가 대답했다.

"네? 바로 코앞에 두고 몰랐군요." 유동규는 속으로 뜨끔했으나, 겉으로는 태연한 척했다.

"그런데 평양의 지시는 누구의 책임으로 시행하랍디까?" 총재가 물었다.

"유동규 동지가 책임져야 한다고 못을 박더군요." 정태성이 대답했다.

"그럼 유 동지에 대한 오해는 풀린 거군, 그렇지?" 총재는 찜찜한 안색이었다.

정태성이 설명했다. "오해는 풀렸다고 봐야죠. 단, 조건부라고 하더군요. 평양에서는, '유동규 동무는 당연히 일본 각료의 거처를 알아내야 하는 건데, 일만 죽도록 하고 비밀의 핵심에서는 슬쩍 따돌림을 당했으니, 그야말로 죽 쒀서 개 준 셈 아니오. 누가 봐도 유동규 동무는 조직에서 의심받을 만한 오류를 범했소. 유 동무가 인민영웅훈장을 받은 사람이 아니었다면 당장 숙청의 대상자가 됐을 거요. 이번에 일본에 돌아가서 지난번의 과오를 보상하도록 해야 하오' 하고 주의를 받았습니다."

"음, 그렇군요." 이길상 총재는 고갤 끄덕였다.

"일본 군경이 지금쯤은 가와사키랜드를 포위하고 있겠군요?" 유동규가 물었다.

"아마 그렇겠지."

"각료들을 붙잡고 있는 쪽은 역시 세계평화유지기구니 하는 그들이겠군요?" 유동규가 또 물었다.

"그렇다고 봐야겠지." 이길상 총재는 엉거주춤한 대답이었다.

"그럼 일은 다 끝난 거군요." 유동규는 정태성 사무장과 이길상 총재를 번갈아 보았다.

"좀 일찍 와야 했는데." 정태성은 아직도 분한 모양이었다.

"정 선생이야 뭐 걱정하실 게 있습니까. 안된 건 저의 입장이죠. 이번에 공을 세워야 전번의 오류를 보상하는 건데." 유동규는 말하면서 정태성을 흘겨보았다.

"명예회복의 길이야 얼마든지 또 있겠지." 이길상 총재가 위로했다.

"그런데 일본 경찰은 왜 당장 구출에 나서지 않고 포위만 하고 있을까…." 유동규가 혼잣말처럼 중얼거렸다.

"아마, 상대편하고 협상 중이 아닐까요? 각료들이 인질로 잡혀 있으니 섣부른 짓도 할 수 없겠고." 정태성이 말했다.

"혹시 협상이 오래 끌든지, 협상결렬로 불상사가 날 우려도 없지는 않겠는데요." 유동규가 총재의 의견을 물었다.

"글쎄, 그럴 경우도 예상되는군."

"이렇게 하면 어떨까요. 제가 결사대 1개 중대 정도만 인솔하고 현장 근처에 나가서 관망을 하다가 평양의 지시에 부합되는 장면이 나오거든 한번 나서보죠." 유동규는 양미간에 비장한 결의를 내보이며 말했다.

"글쎄." 이길상 총재는 어정쩡한 표정이었다.

"아니면, 이건 어떨까요." 정태성이 나섰다. "그네들끼리 협상이 성립되어 일본 각료들이 풀려나올 때 우리 특공대가 적당한 곳에 매복하고 있다가, 일본 각료들을 몰살하면 협상 내용을 아는 것은 자기네뿐이니까, 일본 측에선 상대편이 배신한 것으로 볼 겁니다."

"그건 너무 단순한 생각이에요. 일본 각료들이 풀려나올 때는 자위대가 3중 4중으로 에워싸고 있을 텐데, 특공대가 나설 틈이 어디 있겠어요. 설사 특공대가 기습공격을 했다고 가정해도, 특공대 중에서 몇 명의 부상자나 포로가 생길 건 뻔한데 뒷감당을 어찌해요." 이번에는 유동규가 반대했다.

"그래, 그건 위험한 생각이야." 이 총재도 유동규 의견에 편들었다.

"그렇다면, 일본 각료들이 빠져나간 후 외부에서 형편을 지켜보다가, 일본 경찰이 정전협상을 지키느라 포위망을 푸는 틈을 타서, 우리 특공대가 가와사키랜드에 뛰어들어 반동분자들을 몰살시키면 어떨까?" 정태성이 계속 아이디어를 내놓았다.

"사무장님은 왜 이리 경솔하시오." 유동규가 핀잔을 주었다. 자기를 의심하고 평양까지 연행한 정태성이 얄미운 유동규는 이길상 총재 앞이건만 정태성에게 무안을 거침없이 주었다.

"일본 각료들이 빠져나갔다고 일본 경찰이 철수할 거 같아요? 가와사키랜드가 있는 연안 일대를 차단하고 개미 새끼 한 마리 얼씬도 못 하게 할걸요. 그랬다가 배 안에서 두 손 들고 나오든지, 반항

하고 나오든지, 아니면 협상 외의 시간을 끌든지 하면 그때는 사정 없이 뛰어들어가 체포하든 죽여 없애든 할 텐데 외부 사람이 어떻게 들어갈 수 있단 말씀입니까?"

정태성은 할 말이 없었다. 그러나 유동규는 화가 덜 풀려 공격을 계속했다. "사무장님은 가와사키랜드의 그 사람들을 반동분자라고 말씀하지만 반동분자인지, 우리와 맥이 통할 수도 있는 사람들인지 어찌 아시오. 그 사람들의 성명서를 보더라도 일본 자본주의를 근본적으로 배척하고 나왔고 그들의 행동만 하더라도 우리가 경탄할 만한 일을 해내고 있는데 내가 보기에 반동의 티라고는 하나도 없는 것 같습니다."

"하지만 유 동지. 그자들은 민단계통 아니오. 민단 줄을 타고 유동지도 그들과 함께 일한 거 아니겠소. 그럼 민단 애들도 반동이 아니란 말이오?" 정태성이 토라져 나왔다.

"민단은 반동이지만 그 사람들이 민단을 이용한 건지도 모르죠. 그래서 민단에서 응원 나간 나에게까지도 그들의 본거지인 가와사키랜드를 알려주지 않은 거 아닙니까. 그것 때문에 내가 평양까지 소환당해 갔지만, 너무 이상하게만 보지를 마시오. 그런 식으로 본다면 스미다 호텔 습격 당시 출동한 우리 측 특공대원들도 모두 반동으로 처리해야 할 거 아니오." 유동규는 화를 벌컥 냈다.

"우리 특공대는 유 동지가 평양의 특명이라고 설치면서 끌고 갔지, 누가 내보내기나 한 거요? 그래서 당신이 혐의를 받게 된 거 아니오." 정태성도 지지 않으려고 맞섰다.

"나를 민단에 위장전향시켜 집어넣은 건 누구요? 기왕 위장하고 들어간 이상 공을 세워야겠기에, 평양에 청해서 특공대를 출동시킨

거 아니겠소. 그래서 일본 각료 전원을 몽땅 체포한 거 아니오. 특공대 아니면 누가 그 일을 치러요. 민단 친구들이 흉내나 낼 노릇인 줄 아시오? 죽도록 일만 한 나를 이중간첩이니, 회색분자로 몰려고 하니 이거야 원…." 유동규의 언성이 높아졌다.

"아니, 왜들 이러는 거요. 이러다간 정말 시비 나겠소. 자, 이러지들 말고 우리 차분히 작전을 세워봅시다." 이길상 총재는 두 사람의 등을 어루만졌다. "자, 우리 저 방으로 가서 간부 회의 석상에서 계속 토론하자고."

이길상 총재는 두 사람을 회의실로 데리고 나왔다. 이때 전화벨이 울렸다. 간부 한 사람이 받아 몇 마디 듣더니만 급히 수화기를 총재에게 넘겼다.

"나, 총재요. 뭐… 그래, 벌써 그리됐어… 알았소. 계속 현장 소식을 알려주시오." 이길상 총재는 전화내용을 여러 사람에게 알렸다. "일본 각료는 나가노 총리 이하 전원이, 오늘 저녁 7시 정각에 가와사키랜드에서 나와 대학병원으로 이송됐어요. 맥도널드 박사 등 외국인도 함께 병원으로 갔답니다. 가와사키랜드에는 몇 사람의 일본인과 한국인들이 남아 있는데, 이들에 대한 조치는 내일 오전 10시에 비상대책본부 보도국 발표로 자세히 알리게 된답니다. 지금 현재 가와사키랜드가 있는 연안 일대는 교통차단으로 일반인은 물론 보도진의 출입도 금지되고, 자위대의 탱크와 중기관총 부대가 삥 둘러싸고 있다는 거요."

8
가와사키랜드 탈출 작전

맥도널드 박사 등 네 사람의 법무관은 8월 29일과 30일 양일간 일본 각료들을 구슬려, 우리 WPO 측과 정전협정 비슷한 동의서나 성명서를 작성할 예정이었으나 일본 각료들이 우리의 의도함을 눈치챘는지, 의외로 고자세로 나와 설득이 잘 먹혀들지 않아 애를 먹었다.

그렇다고 그들을 죽일 수도 없고, 더 이상 가와사키랜드에 잡아놓고 버틸 수도 없는 우리의 처지라, 할 수 없이 많은 걸 우리 측이 양보하는 내용의 공동성명서를 작성한 후 그들을 석방하고 우리 측도 철수하는 선에서 매듭을 짓기로 하였다. 그런데 공동성명서라는 것이 여러 가지로 말썽을 부려 문안 작성하는 데만 무려 6시간을 잡아먹었다.

법무관들이 중립적 입장에서 초안을 잡아, 우리 측과 일본 측에 보여 동의를 구했는데 일본 측은 '공동성명서'가 아니라 그냥 '성명서'로 하자고 표제부터 이의를 다는 것이었다.

글자 한 자, 문구 하나 그냥 넘어가는 일 없이, 법무관들과 일본 각료들이 서로 밀고 당기고 하는 걸 보고 기가 찰 뿐이었다. 그뿐인가, 우리 측에서도 이론가인 모리 간타로가 사이사이 끼어들어 한마디씩 뇌까리고, 박만운은 불쑥불쑥 볼멘소리로 "그렇게 까다롭게 굴려거든 성명서고 뭐고 다 집어치워!" 하고 떠들어, 몇 차례씩 회담을 정지시키기도 했다. 아무튼, 골치가 띵할 정도로 시간을 잡아먹었다.

결국 전문 26개 조의 성명서가 완성되고 보니, 영문으로 80장에 달하는 방대한 것이어서 그걸 다 여기에 옮길 필요는 없겠고, 요점만 골라 일반 문투로 바꿔 적으면 다음과 같다.

〈성명서〉

1. WPO는 7월 31일 스미다 호텔사건이 자기들의 불법행위였음을 시인하고 일본 정부와 국민들에게 사과한다.

2. 입회자(맥도널드 박사 등 4명)들은 WPO가 불법행위를 자행하면서도 인명피해가 없도록 조심한 사실과, 그들의 이번 행동이 자기네들의 집단 혹은, 개인의 이득을 위함이 아니고, 세계평화에 이바지하고자 함에 있음을, 피해자인 일본 요인들에게 설명하였다. 일본 요인은 이 설명을 긍정적으로 받아들였다.

3. WPO는 7월 15일에 발표한 경고문과 8월 7일에 발표한 성명서는, 계속 유효함을 명백히 주장하였다. 이에 대하여 일본 요인들은, 이는 일본법에 어긋남으로 받아들일 수 없음을 명백히 하였

다. 입회인은, 이 항목은 쌍방이 현행법의 차원을 떠나 서로 호의적으로 이해함으로써 절충 타협될 수 있는 문제라고 설명하여 쌍방은 이를 귀담아들었다.

4. 일본 요인, WPO 및 입회인은 오늘날 세계의 정치 불안 및 군사 불안의 원인이 세계강대국들의 상호불신과 지나친 자국 우선주의에 있다는 점에 동감을 표시하였다. 동시에 오늘날 많은 나라에 수억에 이르는 기아민이 있음은 인류문명의 수치이며 기아민 구제 문제는 몇몇 강대국의 실행 가능한 조치로 조속히 해결할 수 있는 문제라는 점에 의견을 같이하였다.

5. 일본 요인은 8월 31일 오후 7시를 기하여 완전한 자유행동을 취할 것을 선언하였다. WPO는 이의 당연성을 인정하였다.

6. 일본 요인은 9월 1일 오후 7시까지 WPO의 가와사키랜드 내부에서의 행동 자유를 인정하며 지정시한 내의 자진 무장해제와 보호 요청의 의사표시를 할 경우 호의적으로 이를 처리할 것을 분명히 하였다. 지정시한 경과 후는 법에 의하여 처리될 것이라는 점도 아울러 밝혔다. WPO는 9월 1일 오후 7시 이후 자신들의 일은 자신들이 알아서 처리할 것임을 밝혔다.

7. 일본 요인은 입회인이 출국을 희망할 경우, 적극적으로 협조할 것을 보장하였다.

이상이 80장 설명서의 요점으로, 성명서 끝에 날짜를 넣고 일본 요인 13인을 대표하여 나가노 총리가 서명하고, 우리 측은 내가 대표 서명하였으며, 입회인은 4인 전원이 서명하였다.

성명서 작성이 끝난 시간이 오후 5시, 석방까지 2시간 남았기에 우리는 맥주와 정종을 내다가 이별주를 나누자고 했다. 일본 각료들은 사양하겠다고 하여 우리와 입회인끼리 마셨다.

가와사키랜드의 갑판 위에서 육지 쪽을 보니, 일본의 자위대가 탱크부대를 비롯한 중무장 군대를 포진하고 있어 장관이었다. 바다 쪽도 마찬가지였다. 불과 백 미터의 거리까지 우리에게 접근한 경비정이 수없이 널려 있었다. 이런 광경은 어제 오후부터 시작된 것이었다. 이제 우리는 독 안에 든 쥐꼴이 된 것이다.

정각 7시가 되자 우리 측에서 승강계단을 안벽 위에 내려놨다. 나가노 총리가 앞장서서 계단을 내려갔다.

나는 맥도널드 박사에게 권했다. "네 분께서도 일본 각료들과 함께 떠나시는 게 좋겠습니다."

"그게 좋을 것 같아서 우리도 준비를 하고 있었소. 그러나 섭섭해서 어쩌지." 맥도널드 박사는 그러면서 내 손을 잡았다.

"뭘요. 곧 또 만나게 될 걸요." 나는 말하며 웃었다.

"무리가 없도록 잘하시오." 박사는 우리에게 이런 주의를 주고, 일본 각료들의 뒤를 따랐다. 다른 세 사람의 법무관들도 우리와 악수를 하고 계단을 내려갔다.

떠날 사람들이 다 떠나자 우리는 승강계단을 끌어 올렸다. 안벽 부두에는 세단과 구급차, 경호차 등 많은 차들이 붐볐다. 보도진들의 카메라가 백 대도 더 몰려 있었다. 아무튼 대단한 인파였다.

그런 혼잡도 잠시 후에는 다 사라졌다. 몇몇 기자들이 메가폰을 들이대고 우리와 얘기 좀 하자는 패가 있었으나, 우리는 손을 저어 물러가도록 했다.

육상의 자위대와, 해상의 파일럿 보트들은 물러가지 않고 있었다. 아마 내일 오후 7시 시한을 목표로 포위진을 친 모양이었다.

"아! 속 시원하게 됐다." 박만운이 큰소리를 쳤다.

"뭐가 그리 시원한가?" 옆 사람이 물었다.

"맥도널드니 뭐니 하는 친구들이 없어져 시원하단 말이야. 그 친구들 우리 편인지 일본 편인지 통 분간할 수 있어야지." 박만운이 투덜댔다.

보기에 따라서는 박만운의 불평도 일리는 있었다. 박만운 말고도 성명서 내용을 못마땅하게 생각하는 동지들이 적지 않았다. 그러나 나는 이번의 성명서로 일단 마무리를 짓게 한 것은 맥도널드 박사 일행의 공이라고 감사하게 생각했다.

우리는 식당에 모여 최후의 만찬회를 열었다. 일본 측이 우리에게 준 유예시간은 24시간뿐이었다. 앞으로 우리가 취할 길을 토의하고 실행해야 했다. 인원을 세어보니 전원 45명이었다. 이 중에는 우리의 정식 조직원이 아닌 사람이 7명 끼어 있었다. 이들 7명은 건축기사 요시무라가 임시 채용한 노무자들이었다.

나는 나를 포함한 3인 위원회의 두 위원, 일본인 모리 간타로와 프랑스인 비셀 드 프레보와 상의하여 이 기회에 우리 측 전원에게 자유선택의 권리를 주어 우리가 선전포고한 대일 전쟁을 밀고 나갈 것인가, 일본 측에 보호요청, 즉 투항할 것인가를 택일하게 하도록 하였다.

그리고 저녁 식사가 끝나자, 나는 전원에게 엄숙하게 선언하였다. "우리는 지금 일본군대에 완전히 포위된 상태다. 그러나 우리에겐 저들의 포위망을 뚫고 빠져나갈 한 가지 방도가 있다. 물론 위험이 따른다. 성공률은 반반으로 본다. 용케 목숨이 붙어 탈출한 동지들은 도시와 산악지대를 번갈아 드나들며 게릴라전을 계속한다. 이 것 역시 죽음을 각오한 모험이다. 정신적 각오뿐 아니라 육체도 강철같이 단단해야 한다.

이토록 위험한 일이기에 여러 동지에게 억지로 권하지는 않겠다. 개인적 사정이 있거나, 육체적 자신이 없는 동지는, 되도록 전쟁참가를 사양해주기 바란다. 시간이 없으므로 이 자리에서 거수로 결정한다. 전쟁을 계속할 사람은 손을 들라."

쭉, 쭉, 손들이 위로 치켜 올랐다.

"다음. 전쟁을 사양할 사람은 손을 들라." 뜻밖에 한 명도 없었다. 나는 놀랐다. "이러면 안 되오. 남이 손 드니깐 나도 드는 식이면 곤란하오. 자, 다시 한 번 사양할 사람은 손 드시오." 나는 되풀이 말했으나 결과는 마찬가지였다.

할 수 없이 나는 모리와 프레보와 다시 의논을 했다. 우선 비조직원인 요시무라 산하의 7명을 제외하도록 요시무라에게 맡겼다. 다음은 한국인과 일본인이 아닌 제3국인에게 사퇴를 권했다. 게릴라전 때 쉽게 발각될 우려 때문이었다. 여기에는 중국, 필리핀, 프랑스계로 네 사람이 있었다.

"농담하지 마시오. 내가 빠지다니." 3인 위원회의 비셀 드 프레보가 빙그레 웃으며 말했다. 중국인 왕 다이기와, 모우 싱싱도 펄펄 뛰었다. 필리핀의 파농 노인마저 막무가내였다.

"여보, 파농 씨. 70이 다된 노인이 왜 이러시오." 내가 핀잔을 주었다.

"나이 많다고 안 된다? 흥, 좋아. 누구든 이리 나서봐. 나하고 팔씨름해서 이길 놈이 이 안에 있나 보자." 파농은 화를 내며 좌중을 훑어보았다. 모두 피식하며 웃고만 있자 "우선 미스터 김, 자네와 붙어보자." 하고 내 손을 잡아끌었다. "아얏!" 소리가 내 입에서 절로 나왔다. 파농 노인의 손은 마치 강철처럼 단단하고 힘이 세었다.

"늙은이 손이 왜 그리 매섭소. 항복이오." 나는 손을 들었다.

요시무라 수하의 젊은이 7명도 배에서 안 내려가겠다고 버티는 걸, 요시무라가 그들의 가정 사정을 잘 아는 터라 3명은 간신히 타일러 납득시키고 4명만 참가시키는 선에서 낙착되었다. 결국 42명이 남게 되었다.

"아차, 잊었다. 한 사람은 남아야지." 프레보가 외쳤다. 정말 모두 큰 실수를 할 뻔했다. 한 사람은 꼭 남아서 전원탈출 후에 뒷마무리를 하는 것이 우리 탈출 작전의 일부였다. 뒷마무리작업은 중요한 것이기에, 남기로 예정된 젊은 사람 세 사람은 쓸모가 없었다.

자, 누구를 남겨두느냐? 이게 문제였다. 뒷마무리작업은 까다롭고 위험하고, 기술이 필요했다. 그리고 뒷마무리작업의 성질상, 일본 자위대에 보호요청이 적용 안 되고 포로로 되어 탈출의 비밀 등 상당히 어려운 취조대상이 되어야 했다.

"내가 남으리다." 내가 나섰다.

"아냐, 내가 남겠어." 모리도 나섰다.

프레보가 단호하게 말했다. "내게 맡기시오. 나는 유죄선고를 받아도 버젓하게 내 나라로 돌아갈 수 있어."

"어떻게?"

"그건 비밀이야." 프레보는 싱글싱글 웃기만 했다. 결국, 그의 뜻대로 프레보가 뒷마무리꾼으로 남게 되었다. 실내등을 환하게 밝히고, 오디오를 크게 울리며 댄스파티가 벌어졌다.

밤 11시께부터 푸른색과 검은색 페인트를, 뱃전 바다 밑 아래 방수구를 통하여 조금씩 바다에 쏟아 넣었다.

수면이 검은색으로 덮이자, 우리는 절대 필요한 물건만 허리에 두르고 잠수복을 입은 후, 뱃바닥에 마련해둔 두 개의 물빼기 구멍의 마개를 열고 바닷속으로 빠져나갔다. 갈 곳은 가와사키랜드에서 5백 미터 떨어진 곳에 있는 우리의 아지트였다. 가와사키랜드에서 이곳까지는 해저 케이블이 장치되어, 우리는 여태껏 이를 이용하여 비밀통화와 녹화방송을 전달했던 것이었다.

해저 케이블을 붙잡고 기어가기 때문에 누구나 빨리 움직일 수 있어 41명 전원이 아지트까지 빠져나오는 데 2시간 반밖에 안 걸렸다. 41명이 배 밑창 방수구로 빠져나갈 동안 프레보는 배수 펌프를 가동하여 솟구쳐 들어오는 바닷물을 밖으로 퍼내고 마지막 41명째 동지가 비밀 아지트에 도착했다는 사실을 케이블 전화로 확인한 후, 기중기를 이용하여 해저 케이블선 5백 미터 전부를 회수하여 하갑판까지 끌어 올렸다.

이 작업은 남아 있기로 된 일본인 젊은이 세 명이 거들어 비교적 손쉽게 끝낼 수는 있었으나 시간은 다음 날 새벽 4시나 되었다. 프레보는 일본 청년 세 사람과 함께 빵과 고기, 술로 배를 채우고 "이제 이 배에서의 마지막 잠이나 실컷 자세." 하고 침대에 쓰러지자마자 코를 골았다.

9월 1일 날이 밝자, 가와사키 조선소 앞 해안선 일대와 부근 해상을 포위하고 있는 일본자위대와 경찰은 가와사키랜드의 동정을 살피느라 신경이 날카로웠다.

일본 국내외 천 명에 가까운 보도진들도 이른 새벽부터 나와 있었다. 아무튼 전 세계의 이목은 가와사키랜드에 총집결되었다 해도 과언이 아닐 정도였다.

사나흘 전까지만 해도 단순한 오락장이었던 가와사키랜드가 갑자기 세계의 뉴스메이커인 세계평화유지기구의 본부로 변하였고, 이곳에서 일본 각료 전원이 한 달이 넘도록 구금돼 있었다는 사실, 그래도 일본의 모든 정보기관이 까맣게 모르고 있었다는 사실, 가와사키랜드는 주야로 베이비골프다 수영이다 하고 흥청거리면서, 포스트나 안테나도 없이 전 세계에 일본 각료와의 흥정 광경을 녹화방송까지 한 사실, 어제는 일본 각료들과 공동성명서를 발표하고 각료들을 석방한 사실, 모두가 믿어지지 않는 사실이었는데 수수께끼 덩어리의 가와사키랜드는 아무런 인기척도 없이 의젓하게 안벽에 육중한 몸을 기댄 채 조용하기만 했다.

일본 정부가 보호요청의 명분으로 항복할 수 있는 기회를 준 시한은 오후 7시였다. 그러니 아직 10여 시간의 여유는 있었다.

그런데도 벌써 육지에는 자위대와 세계 각국의 보도진들이 들끓고 아우성인데, 눈앞의 가와사키랜드는 조용하기만 했다. 밤사이 도망간 건 아니냐고 중얼거리는 사람도 있었으나, 그건 곧 우스갯소리가 될 뿐이었다. 밤새도록 대낮처럼 불을 밝혀놓고, 연안에는 자위대가, 바다에는 해상경비정부대가 밤을 새운 사실을 모두가 알고 있었기 때문이다.

9시가 되자 가와사키랜드에서 갑자기 경쾌한 음악이 확성기를 통하여 우렁차게 퍼지기 시작했다.

상갑판이나 선창의 유리 창문을 통하여 여러 사람이 왔다 갔다 하는 것도 보였다. 참으로 배짱 두꺼운 사람들이라고 포위진을 치고 있는 군경들이나, 보도진들이나, 모두 혀를 내둘렀다.

가와사키랜드 안에 사람이 많이 있어 보이는 것은, 실은 비셀 드 프레보와 세 명의 일본 청년들이 두꺼운 종이로 인형을 만들어 창가에 세우기도 하고 들고 다니기도 하여 밖에서 많은 인원으로 보이게 한 것이었다.

정오가 지났는데도 가와사키랜드는 음악잔치만 했다. 보호요청의 기색은 도무지 없었다.

이때쯤 프레보는 하갑판에 끌어올린 해저케이블 덩치에 기름을 잔뜩 칠해놓고, 갑판에서부터 배 밑창까지 3백여 개의 폭발물을 배치하느라 비지땀을 흘리고 있는 판이었다.

오후 2시 반께, 청년 한 명이 갑판에 나타나서 자위대 사람들에게 소리쳤다. "아래로 뛰어내릴 터이니 매트를 깔아주시오."

온종일 기다리던 소리였다. 자위대와 보도진들 사이에서 '와!' 하고 환호성이 터졌다. 당장 매트가 준비되었다. 청년은 뛰어내렸다.

"다치지 않았느냐?"

"잘 나왔다. 딴 사람들은 어떻게들 하고 있는가?"

뛰어내린 청년이 말했다. "항복하느니 못 하느니 하고 시비를 하고 있어요. 나는 더 기다릴 수 없어 나왔죠. 내 뒤에 계속 나올 겁니다."

과연 또 한 청년이 매트를 향해 뛰어내렸다. 자위대들은 일제히 박수를 쳤다. 그러면 그렇지, 독 안에 든 쥐들인데 별수 있나 하고 입을 놀렸다.

탈출한 두 청년은 곧 군용차로 후송되었다.

그러나 기대한 후속 탈출자는 나타나지 않았다. 얼마 안 있어 배

안에선 음악 소리도 사라졌다. 대신 실내마이크로 뭐라고 서로 주고받는 소리가 났으나, 그것도 잠시 후엔 멈추고 그저 고요하기만 했다.

오후 4시 조금 지나 또 한 청년이 갑판에 나와 외쳤다. "뛰어내리겠어요. 부탁해요."

"와!" 하고 자위대들은 환호했다. 이에 대항이라도 하려는 듯 가와사키랜드에선 음악이 다시 꽝꽝 울려 퍼졌다.

세 번째 청년도 군용차로 후송되었다. 그리고 1시간가량 공연한 시간만 흘렀다.

마지막 시한이 임박한 오후 6시 50분께, 갑판에 비셀 드 프레보가 나타났다. 그는 유창한 일본말로 "뛰어내려요." 소리 지른 후 매트로 점프했다.

자위대원들이 그를 둘러쌌다. "남은 사람은 어쩐답니까?"

비셀 드 프레보는 빗발치는 질문에도 아랑곳하지 않고 사람들을 쭉 훑어보더니 영관급 장교를 보고 "이리 좀 오시오." 하며 손짓으로 불러 배에서 떨어져 성큼성큼 걷기 시작했다.

따라오던 장교가 성난 목소리로 외쳤다. "거기 멈춰라."

그러나 프레보는 걸음을 더욱 빨리하면서 말했다. "당신네도 빨리 뛰어요. 배에서 기관포 사격을 할 거요."

"뭣이!" 장교는 옆에 부하들에게 "저자를 꼭 붙들어라." 이르고는 다른 부하들에게 메가폰을 들고 외쳤다.

"공격준비!" 모두 시계를 보았다. 오후 7시. 군인들의 얼굴에는 살기가 등등했다. 온종일 기다리게 하더니 기어이 발광이로구나 하는 표정들이었다.

갑자기 천지가 요동하는 듯한 굉음이 터졌다. 사람들의 고막이 터질 정도의 굉장히 큰 폭음이었다. 가와사키랜드 아랫갑판에서 불길이 치솟았다.

'따따따!' 분명히 배에서 선제공격의 총성이었다. 일본자위대의 기관총에서도 불이 붙었다.

"원자탄을 터뜨린다고 그랬다. 모두 도망가라." 프레보가 고래고래 소리 질렀다.

이 소리에 보도진은 썰물에 쓸려가듯 일제히 도망쳤다.

"엎드려라!" 지휘관이 호령했다. 가와사키랜드에선 연속 굉음이 터졌다. 불똥이 사방으로 났다.

"백 미터 후퇴!" 지휘관의 명령이었다.

해상의 파일럿 선단들도 뿔뿔이 흩어졌다. 그러나 그중 몇 척은 날아든 파편으로 동체가 날아가는 배도 있고 불이 붙은 배도 있었다.

"2백 미터 후퇴!" 지휘관이 절규했다. 후방에 있던 탱크가 전방으로 나오며 불타는 가와사키랜드에 포격을 가했다.

배에서는 폭탄이, 지상에서는 포격이 일 초도 쉴 사이 없이 터져 유황도(硫黃島) 격전이 바로 이런 거 아니었나 생각될 정도로 처절했다.

가와사키랜드에 장전된 폭탄은 TNT 200톤급도 있어 폭탄의 파편이 몇백 미터까지 날아갔다. 독 안에 든 쥐를 잡을 채비였던 자위대는 대혼란이 일어났다. 혼란은 군대뿐 아니라 부근에 밀집한 주거지역에도 아비규환의 혼란이 일어났다. 앞다투어 피난길에 나선 시민들로 해서 길은 꽉 메워졌다.

소동은 밤 9시 반이 지나서 가라앉았다. 12만 톤의 앵글램트리호, 가와사키랜드는 자취도 없이 사라지고 그 자리에는 바닷물이 지글지글 끓었다.

"그 외국인은 어디 있지?" 지휘관이 찾았을 때 비셀 드 프레보는 종적도 없이 사라진 후였다.

9
현상금 1억 엔과 게릴라전

비밀 아지트에서 하룻밤을 보낸 우리 일행 41명은 가와사키랜드에 혼자 남은 비셀 드 프레보와 세 사람의 일꾼이 뒷마무리를 잘 해주길 마음속으로 빌었다.

특히 프레보가 "나는 유죄판결을 받아도 버젓하게 내 나라로 돌아갈 수 있어." 하며 싱글싱글 웃던 얼굴이 눈앞에 어른거려 심사가 매우 착잡했다. 혹시 그는 마지막 시각에 이르러 가와사키와 운명을 같이 할 각오로 있었던 건 아닐지?

날이 밝자 우리는 삼삼오오 짝을 지어 거리로 나섰다. 오늘은 9월 1일. 1923년 이날 '관동대지진'이 일어났다. 일본인에게도 이날은 크나큰 역사의 시련이었으리라. 타죽은 사람이 11만 명, 불타 없어진 가옥이 31만 채였다. 전 세계 재앙사에 남을 큰 재앙임이 틀림없었다.

9월 1일, 이날은 우리 한국인에게 일본인과는 또 다른 의미로 가슴 깊이 뼛속 깊이 새겨진 아픔의 날이었다.

길거리에는 많은 한국인들이 도쿄 시내 곳곳에서 벌어지는, 군중대회에 참가하기 위하여, 총총걸음으로 걷기에 바빴다. 머리를 수건으로 질끈 동여맨 사람, 어깨에 격문을 쓴 띠를 두른 사람, 플래카드를 맞들고 가는 사람, 모두 입을 꽉 다물고 두 눈을 횃불처럼 번득이며 힘차게 걸어갔다.

거리마다 군경이 경비태세를 취하고 있으나, 한국인들은 누구나 그것을 무시하고 지나쳤다. 그 틈에 낀 우리 일행도 겁 없이 당당한 걸음으로 회합장소로 나갈 수 있었다.

1923년 9월 1일. 아, 어찌 잊으랴. 잊을 수 있으랴. 확인된 사망 수효만 6천 명. 행방불명, 생사불명의 머릿수까지 합하면 몇만이 될지 그 수효조차 헤아릴 수 없는 우리 동포들이 야수 같은 일본인들에게 총, 칼, 죽창, 몽둥이, 곡괭이 등으로 마구 살육당한 날이 오늘이었다.

눈이 뒤집힌 아귀들은 우리 동포들을 남녀노소 가리지 않고 닥치는 대로 죽였다.

왜 그랬을까? 절대다수의 일본인의 본성은 자상하고 착하다. 그런 일본인들이 어째서 인간성을 버리고 이런 아귀들이 되었을까?

그 당시 신문에 난 기사를 보면, 대지진의 혼란을 틈타 일부 불량한 한국인들이 수원지나, 우물에 독약을 넣었다는 소문이 돌아 흥분한 일본인들이 불상사를 저질렀다고 했다.

어떤 범죄고 간에 범인이 내세우는 핑계는 있게 마련이지만 독약 투입설은 가당치도 않은 핑계였다. 아무 예고 없이 불시에 땅이 갈라지고 불길이 솟는 대지진의 경우 어느 누가 저 살기도 바쁜 순간에 독약을 준비하고 투입하고 할 여유를 가졌을까 말이다.

도쿄 대지진 당시 일본인의 한인학살 원인은 일본인 머릿속에, 가슴속에 잠재한 죄의식의 갑작스러운 발동 그것이었다. 의학적으로 말하면 충격에 의한 정신착란증이었고, 심리학적으로 말하면 범죄자가 겪어야 하는 양심의 갈등이었다.

일본인들은 그 당시 자기들보다 역사가 오래되고, 문화 수준이 한 수 위인 독립국 한국을 강제로 빼앗아, 해마다 5백만 섬에서 7백만 섬에 이르는 쌀을 헐값으로 날치기해 가고, 굶주려 허덕이는 한국인들을 자기 나라 탄광, 토목현장, 공장으로 끌고 가, 싼 품삯으로 마구 부려먹었다.

국민의 대다수가 불교 신자이고, 천여 년 동안 악독한 군벌 밑에서 체념으로 살아온, 양순한 일본인의 뇌리에는 한국인에 대한 죄의식이 본인도 모르게 깔려 있었다.

그런 이들 일본인에게 갑자기 대지진이 터졌다. 일본인들보다 절대 소수인 한국인이고, 평상시는 하잘것없이 천대하던 한국인이었건만 천재지변을 당하자 일부 일본인들의 죄의식은, 과거 자기가 저지른 범죄의 피해자인 한국인이 무서운 복수자로 변하여 자기에게 덤벼드는 착란증을 일으켜 상상도 할 수 없는 만행을 저지르게 된 것이다. 그로부터 60여 년, 이제 새삼 원인탐구가 무슨 약이 되리오. 그러나 역사는 언제고 간에 반드시 올바로 알고 넘어가야 한다. 한국인은 마냥 망국민의 슬픈 사연으로 돌리기만 해도 안 되고 일본인은 반드시 자기네의 죄악을 철저히 규명해서 맑고 밝은 마음씨를 되찾아야 한다. 1919년의 3·1 운동 학살사건, 1920년의 간

도학살사건, 1923년의 관동대학살사건, 1937년의 남경대학살사건.

아! 일본이여, 당신네의 근대사는 왜 이리 잔인하기만 한가?

우리는 어젯밤 아지트에서 앞으로의 계획을 의논하였다.

우선 우리 41명이 한데 몰려 있을 게 아니라 여섯 조로 나눠, 오늘은 조별로 민단 주최 '관동대지진재희생한국인 위령제'에 참가하고, 민단 간부들이 주선해주는 대로 제각기 흩어져 있다가, 어제 저녁에 풀려난 일본 각료들이 어찌 나오나 그 태도를 지켜보고 우리 간부회의에서 통보하는 전갈을 받고 다시 모여, 그다음 행동으로 돌아가기로 하였다. 다음의 모임 예정은 9월 15일 전후가 되리라고 알렸다.

여섯 패의 조 편성은 다음과 같이 정했다.

1조는 조장 김기식(나), 박만운, 왕 따이기 외에 한국인 3명 일본인 1명. 계 7명.

2조는 조장 모리 간타로, 파농 외에 일본인 3명, 한국인 2명 계 7명.

3조는 조장 이노우에 다케조, 모우 싱싱 외에, 일본인 2명, 한국인 2명. 계 6명.

4조는 조장 장규호 외에 한국인 4명, 일본인 2명. 계 7명.

5조는 조장 최영철 외에 한국인 4명, 일본인 2명. 계 7명.

6조는 조장 요시무라 다다시 외에 한국인 4명, 일본인 2명. 계 7명. 이상 합계 41명.

이날 저녁 우리는 가와사키랜드의 폭발침몰 뉴스를 들었다. 뒤에 처졌던 네 사람이 폭발 이전에 빠져나온 건 다행이었지만, 비셀드 프레보의 행방불명설은 걱정거리였다.

이번 폭발사건으로 파편에 맞았거나, 혼란 중에 짓밟혀 죽은 사람이 8명, 중경상자 138명, 해상경비정 대파 5척, 부두파손 370미터, 건물파손 20동, 차량 파괴 32대, 가와사키랜드인 12만 톤의 앵글램트리호는 완전 침몰. 배 안에 잔류한 것으로 보이는 WPO의 대원 약 50명은 전원 몰사한 것으로 보인다는 신문기사였다.

전원 몰사한 것으로 된 우리가 이렇게 멀쩡한 건 좋았으나, 프레보가 어찌 됐는지 궁금했고 또 이번 폭발사고로 많은 희생자가 생긴 건 매우 유감스러웠다. 한 달 전 7·31사건 때에는 일본 각료 전원을 납치하는 대활극을 벌이면서도 인명손실은 단 한 명도 내지 않았는데, 이번에는 애꿎은 희생이 너무 많았다.

이날 일본국회는 어제 가와사키랜드에서 풀려난 내각 전원의 사표를 정식 수리하고, 그간 대리집무 하던 각료들을 정식으로 승인하였다. 새로 임명된 총리는 하라 겐이치.

새로 들어선 하라 내각은 9월 2일 그들의 시정방침을 국민들에게 다음과 같이 발표하였다.

1. 국내 질서안정에 주력하여 국민 생활에 불안이 없도록 하겠다.
2. 세계 각국과의 평화외교 정책을 강화하고, 특히 아시아 인접 국가들과는 문화·산업·정치 등 다방면으로 상호 원조를 도모하고 아시아 일체화를 목표로 하겠다.
3. 일본 정부는 보호무역정책을 반대하며, 이의 완전 철폐를 위한 세계무역회의 소집을 제의한다.

4. 일본 정부는 외국 또는 외부세력의 국내 내정간섭을 배격한다.

우리는 새 일본 정부의 시정방침 발표문을 놓고 신중히 토의하였다. 2항과 3항, 즉 이웃 나라와 서로 돕고 친하게 지내자는 조항과 보호무역정책을 반대한다는 조목은 분명히 나가노 전 일본 총리가 가와사키랜드에서 우리와 공동작성한 성명서와 정신이 담긴 것이긴 했으나, 3항의 뒷부분, 즉 세계무역회의 소집을 제의하겠다는 것은 전과 조금도 다를 바 없는 속임수에 지나지 않았다.

정말로 보호무역 철폐에 성의가 있다면, 일본 정부가 먼저 불공정 거래조항을 취소해야 했다. 회의소집은 일본의 상투적 기만술책이었다.

보라! 하라 정부의 시정방침이 실린 같은 날짜의 일본신문들의 경제란에는, 일본이 한국에 교섭단을 보내 연간 1억 달러에 불과한 한국의 대일본 섬유제품 수출을 자제하도록 하겠다는 기사가 나왔다.

연간 55억 달러 무역흑자를 내고 있는 일본이 한국에 대한 무역규제의 한 본보기였다.

그리고 우리의 신경을 건드리는 건 4항이었다. 이것은 두말할 것 없이 WPO를 겨냥한 성명이었다. 일본 국내 일에 간섭하지 말라는 것이다. 과연 이 신문의 한구석에는 내각 관방장의 담화가 실려 있었다. 한 신문기자가 "나가노 전 총리가 가와사키랜드에서 WPO 대표와 공동 서명한 성명서는 일본 정부의 공문서로 봐도 좋을까요?" 하는 물음에 대하여, 관방장은 "아니요, 그것은 절박한 처지에 빠진, 한 자연인의 자기방어수단이지, 외교문서도 각서도 아무것도 아닌 휴지에 지나지 않소." 하고 대답하였다.

"내 그럴 줄 알았어." 박만운의 말이었다.

"내일과 모레 사이에 저 치들이 가와사키의 잔해를 건져내 보고, 한 구의 시체도 발견 못 하면, 전원 몰사가 아니라 전원 탈출한 것을 알게 될 텐데 그때 그 치들이 어찌 나오나 볼만하겠다."

"그야 뻔하지. 발을 동동 구르며, 또 속았구나, 야 이놈의 새끼들아, 빨리빨리 모두 잡아와!" 왕 따이기가 웃으며 말했다.

과연, 9월 2일과 3일 양일에 걸쳐 일본 항만 당국은 20여 명의 잠수부를 동원하여 가와사키 부두 일대를 뒤졌으나 시체는 구경도 못 했고 인양선이 끌어 올린 여러 토막으로 찢긴 가와사키랜드의 어느 구석에도 시체는 없었다.

수사진은 그 배에서 뛰어내린 세 사람의 일본인 청년들을 들볶았으나 세 사람의 말은 한결같았다.

"그 사람들은 모두 선창 밑에 숨어 있었고요, 우리는 배 밑에 얼씬도 못 하게 했어요. 프랑스 사람이 우리를 지키고 있다가 시간을 보면서 차례로 내려가라기에 내려왔을 뿐이에요."

경찰은 행방불명된 프레보의 뒤를 쫓았으나 9월 1일 밤 혼란 중에 놓친 후 본 사람이 전혀 없었다. 일본 경찰은 눈을 까뒤집고 찾았고, 우리는 애타게 그가 무사하길 바랐는데 비셀 드 프레보 장본인은 사흘 후에 우리 민단본부에 전화를 걸어왔다.

"나 프랑코 총통인데 편안히 잘 있으니 친구들에게 전해주시오. 만날 순 없을 거요. 마드리드로 가서 총통 노릇을 해야 하니깐. 그럼 모두 잘 있어요."

프랑코 총통은 그의 별명이었다. 나는 그가 가와사키에서 도망친 즉시 프랑스 대사관으로 피신했다가 본국으로 돌아가게 됐음을 짐작했다. 이 소식을 듣고 우리는 모두 손뼉을 치고 좋아했다.

그러나 좋아만 하고 있을 우리의 처지가 아니었다. 일본 측 비상대책본부는 각 신문에 다음과 같은 경고문을 실었다.

〈경고문〉

소위 세계평화유지기구에 소속된 사람들에게 경고함.

1. 즉시 근처 군경 및 각 기관으로 가서 자수할 것. 자수할 경우 내국인은 훈방하고 외국인은 국외로 송출할 것을 국가가 보장함.
2. 정부기관 또는 민간단체나 개인과 접촉 시 반항하지 말 것. 이 경우는 첫째 항의 자수의 경우와 동일하게 처리함.
3. 테러행위를 계속하거나 검문에 불응할 경우는 현장 사살도 할 수 있음.
4. 범인을 은닉하거나 범인의 거처를 알고도 신고치 않는 내외국인은 범인과 동일하게 처리할 것임.
5. 범인을 체포 또는 거처를 당국에 알리는 사람에게는 관·민을 막론하고 2천만 엔 이상 1억 엔 이하의 상금을 지급함.

1987년 9월 10일

이쯤 되니 우리의 기분도 좋지 않았다. 그동안 우리에게 당할 만큼 당하고 혼쭐도 날 만큼 난 일본 정부인데 우리의 요구조건 따위는 일체 거론 않고, 가와사키랜드에서의 성명서 내용도 무시하면서 세계평화유지기구를 단순한 테러단체 정도로 가볍게 단정하여 금세 일망타진이라도 할 기세로 나오는 게 아닌가. 이제는 별수 없이 한번 붙어볼 수밖에 없었다.

게릴라전에 대비한 작전은 작년에 이미 짜인 바가 있었다. 중요 무기와 자금은 도쿄 만 밖에 올해 정월부터 머물러 있는 오시마 별 동대가 보관 중이었다. 이곳 조장은 과거 국가대표 축구선수인 서정 달이었고, 수하에 한국인 3명과 일본인 2명이 있었다.

이들 대원은 본직이 석공으로, 오시마에서 남쪽 70킬로미터 가 량 떨어져 있는 고즈섬에 '성녀 줄리아'의 기념석상을 세우기로 되어 있어 재료 반입 시 게릴라전에 필요한 물자도 함께 마련해 감추어 둔 것이었다.

'성녀 줄리아'는 한국에 잘 알려져 있지 않은 이름이나 일본에서는 널리 알려진 역사상 유명인물이었다. '성녀 줄리아'는 임진왜란 당시 왜군에게 끌려간 많은 조선사람 중의 한 사람으로, 당시 나이는 겨우 세 살. 전란 중에 부모는 왜군 칼에 맞아 죽고 고아가 된 이 소녀는 다른 조선인들과 함께 포로로 끌려다녔는데 다행히도 왜장 고니시 유키나가(小西行長)의 눈에 띄었다. 유키나가는 가엾은 이 소녀를 자기 양녀로 삼고 본국의 자기 집으로 보냈다.

유키나가와 그의 집안 식구는 크리스천이라, 줄리아도 크리스천이 되었다.

임진왜란이 끝난 후 왜란의 괴수 도요토미 히데요시가 죽고, 도쿠가와 이에야스가 히데요시의 대를 이어 장군이 될 욕망을 보이자 히데요시의 유신(遺臣)인 유키나가는 이에야스와 맞서 싸우다 전사하고 결국 일본은 이에야스의 것이 되고 말았다.

고니시 유키나가의 영토와 재산, 가솔은 모두 도쿠가와 이에야스의 소유물이 되고 말았다. 줄리아도 예외일 수 없었다.

도쿠가와 이에야스는 이때 71세의 늙은이였고 줄리아는 19세의 아리따운 나이였다. 늙은 이에야스는 주책없이 이 순진하고 청초한 소녀 줄리아에게 수심(獸心)을 품었다.

일본의 주인인 장군의 위세로 안 되는 것은 있을 수 없었다.

장군의 명령으로 줄리아에게는 호화스러운 별장과 금은보석의 꾸러미가 선물로 주어졌고, 소실 중에 높은 버슬을 받게 되었다.

그러나 줄리아는 그 모든 것을 뿌리쳤다. 장군의 영을 거역한 것이다. 장군은 대노하여 당장 죽이려 들었다. 줄리아는 죽기를 마다하지 않았다.

늙은 이에야스는 마음을 다시 돌려먹고 갖은 수단을 다하여 이 아리따운 여성을 자기소유로 삼고자 끈질긴 노력을 반년간이나 계속하였다. 결국 허사였다.

이에야스는 분이 터져 줄리아를 참수형에 처하라고 호령하였다. 줄리아는 태연하게 형장의 거적 위에 앉아 칼이 목에 닿기를 기다렸다. 이에야스는 신음하듯 중얼거렸다. "저 독한 계집을 오시마로 내다 버려라."

오시마는 에도(도쿄의 옛 이름)에서 남쪽 태평양에 105킬로미터나 멀리 떨어져 있는 외딴 섬으로, 토지는 작고 메마르며, 바람은 항상 사나워서 사람이 못살 곳이었다. 때로 극악죄인의 유배지로 쓰이는 그런 섬이었다.

늙은 이에야스는 끈질기게 1년에 한두 번씩 오시마에 사람을 보내어 꾀어봤다. 그때마다 줄리아는 고개를 내저었다. 그러면 이에야스는 줄리아를 오시마에서 더 멀고 작은 섬으로 내쳤다. 이렇게 하기 서너 번에 끝내 마지막 끝단 고즈섬에까지 줄리아는 유배되었다. 고즈섬은 오시마에서도 70킬로미터 더 먼 외딴 섬이었다.

소녀 줄리아는 이 섬에서 몇 명 안 되는 죄인들과 함께 40여 년간을 살다가 생애를 마쳤다. 이 섬에서 사는 동안 줄리아는 이웃들에게 하느님의 말씀을 전하며 항상 착하고 깨끗한 나날을 보내어 섬 사람들은 줄리아를 성녀로 높이 받들고 사랑하였다.

훗날 1867년 7월 2일 로마교황 비오 9세는 줄리아에게 '도나 줄리아'라는 순교복자의 이름으로 시복하였다.

이 '도나 줄리아'의 기념석상을 만든다는 소식이 전해지자 많은 신자와 보도진이 줄지어 먼 바닷길을 내왕하기에 이르렀다.

우리는 이러한 선편을 이용하여 우리가 필요한 군수품을 운반할 수 있었다. 우리는 석공작업장의 기지를 오시마에 두었다.

오시마 기지 외에도 우리에겐 일본본토 남단인 사쿠라지마에 우리의 별동대가 있었다.

사쿠라지마에는 미국인 물리학자 토머스 테네시아가 이끄는 8인조가 있었다. 미국인 3명, 일본인 3명, 한국인 2명으로 된 이들은 우리의 뒤를 튼튼히 받치고 있었다.

6개조로 나뉘어진 우리는 게릴라전 활동지역을 다음과 같이 구분했다.

1조는 도쿄도(조장 김기식)

2조는 오사카(조장 모리 간타로)

3조는 동북 지방(조장 이노우에 다케조)

4조는 나고야(조장 장규호)

5조는 교토(조장 최영철)

6조는 도야마(조장 요시무라 다다시)

인원은 불과 41명이지만 모두가 일당백의 용장들이고, 준비한 무기도 쓸 만한 게 많았다. 실제로 우리에겐 원자탄이 다섯 개나 있었다.

원자탄 하면 TNT 천 톤급 정도의 대형무기를 연상하기 쉬운데, 우리가 준비한 원자탄은 90밀리미터의 휴대용이었다. 고작 90밀리미터냐고 얕잡아 보았다간 큰코다칠 것이다. 사용하기에 따라서는 수천 명의 인명을 뺏을 수도 있었다.

우리는 게릴라전을 벌이되, 무조건 살상이나 파괴는 되도록 삼가고, 효과 위주의 심리작전을 기본방침으로 삼기로 하였다.

우리 작전의 또 하나 특징은, 우리는 잠자코 전투만 하고, 대외선전과 홍보활동은 유럽의 파리, 본, 마드리드, 로마 등지에 있는, 그곳 동지들이 맡아 하기로 되어 있는 점이었다.

일본의 새 내각이 9월 10일에 발표한 경고문에 대하여 영국의 맥도널드 박사가, 9월 12일로 파리로 날아와서 기자회견을 하고 성명을 발표하였다.

"이번에 새로 들어선 일본의 하라 내각은 지난 8월 31일 우리가 공동작성한 성명서를 완전히 무시하고 배신행위로 나왔다. 8월 31일의 성명서는 일본 정부와 WPO가 우리 입회인들의 권고를 받아들여, 서로 이해와 협상 절충으로 화해를 도모하기로 되어 있고 그런 조건으로 나가노 전 총리 이하 13명의 각료가 무사히 자유의 몸이 된 것인데 하라 내각은 일방적으로 상대편에게 자수 아니면 죽음을 택하라는 협박을 하니 이런 무경우가 어디 있겠는가. 이것은 국제관례를 무시한 부도덕하고 비겁한 행위로서, 전 세계인의 비난을 받아 마땅하다.”

박사의 성명 발표 후 나에게는 몇 통의 편지가 날아왔다. 그중 프랑스 WPO 파리지부와, 로마시 WPO의 성명은 다음과 같았다.

“일본에서 싸우고 있는 WPO의 전우들이여, 비겁한 하라 내각을 타도할 때까지 용감히 싸우라. 우리는 후원을 아끼지 않을 것이며, 의용군 파견을 위하여 지망자를 모집 중이다.”

다음은 마르세유와 암스테르담 부두노조의 전문이었다.

“우리 노조원은 내주부터 일본 국적의 화물선 물역취급을 거부할 것을 결의함.”

다음은 로테르담, 그다음은 싱가포르….

독일 주재 일본 대사관에는 협박장이 날아들었다.

“만일 일본에서 WPO 대원 중에 희생이 날 경우, 그 수에 해당하는 수만큼 독일 주재 일본외교관이 희생당할 것이다.”

일본 정부로서는 위의 국제여론의 압박 정도야 각오했으리라. 일본인들은 “우리가 패전의 잿더미에서 일등국가로 올라서니깐 시샘들 하느라 저 지랄들이야. 마음대로 지껄여보라지.” 하는 배짱으로 나가는 모양이었다.

하지만 그들도 9월 15일 날짜로 일본 국내 유력지마다 나온 유료광고를 보고선 침통한 표정들이었다. 광고주는 유럽 WPO 협의회이고, 광고 제목은 “일본인들은 주의하라”였다.

광고 내용은 다음과 같았다. “관동과 관서 지방의 시민들은 상수돗물을 먹지 마라. 일본에 있는 우리 WPO 대원들이 수원지에 독극물을 넣을 것이다. 지난달에는 경고용으로 식용색소를 투입했으나 이번은 진짜 독소다.

도쿄, 오사카, 요코하마, 고베 등 대도시의 도시가스 회사는 가스 저장탱크를 항상 비워라. 우리 WPO 대원이 탱크를 파괴할 것이다. 신칸센의 운행을 단념하라. 어느 때 탈선될지 모른다. 고속도로의 교량과 터널은 파괴될 것이다."

자, 이런 광고가 나오니 일본 국민들은 불안하지 않을 수 없었다. 수돗물을 먹지 말라, 가스를 못 쓴다, 신칸센 기차를 타지 말라, 고속버스도 못 다닌다… 이러면 끝장 아닌가.

유럽 WPO 협의회의 광고는 마치 우리의 공격 목표를 지시하는 것 같았다. 우리는 상수도원 공격만은 피하고, 나머지 목표는 광고대로 공격하였다.

16일부터 18일까지 사흘 사이에 가스탱크 위협사격 3개소, 신칸센 철도파괴 6개소, 고속도로 터널 파괴 2개소, 고압선 전탑 파괴 10개소, 수력발전소 댐 1개소에 대한 공격이 있었다.

일본은 발칵 뒤집혔다. 사고 지역마다 비상경계령이 내리고, 전국 군경은 물론, 향토방위대까지 모조리 동원되어 주요 교통시설과 산업지대, 위험물설비 등에 24시간 경비를 늦추지 않았다.

그러나 우리의 공격은 하루도 빠지지 않고, 한 건 내지 세 건꼴로 계속되었다. 우리 측의 피해는 일주일이 지나도 한 명도 없었다. 일본 정부 측은 초조해지기 시작했다. 연일 주요시설이 파괴되어 산업구조가 마비되고 민심이 극도로 들떴다.

곳곳에서 막대한 피해사건이 발생함에도 불구하고 범인의 체포는커녕 범인의 발자국도 발견하지 못했으니 국민들의 초조감은 충분히 짐작할 수 있었다. 초조한 중에도 일본인들이 고개를 갸웃거리는 몇 가지 의혹감이 그들의 마음을 더욱 어둡게 하였다. 의혹감 중의 하나는 약 40군데의 폭파사고로 막대한 재산손해가 발생한 데비하여 인적 피해는 미미한 점이 그것이었다. 사망자 1명, 중경상자 15명에 지나지 않으니, 이것은 범인이 인적 피해에 세심한 배려를 하기 때문이라고 생각하지 않을 수 없었다.

의심 가는 또 다른 것은 위협공격 그것이었다. 도시가스 탱크의 경우, 가스가 차 있는 탱크를 피하여 상당 거리에 있는 관리사무실 옥상을 겨냥한 거라든지, 만수 상태의 수력발전소 댐의 수문을 피하여 백여 미터 떨어진 산허리에 큰 구멍을 뚫어놓은 것이었다. 그중에도 댐의 산허리에 난 구멍은 직경이 5미터에 깊이가 무려 3.6미터나 되었다. 이만한 위력을 지닌 폭탄이 수문을 겨냥했다면 수문은 말할 것도 없고 댐 전체가 허물어졌을 것이다. 그럴 경우 하류에 몰아닥칠 탁류의 피해는 천문학적인 숫자로 나타날 것은 불을 보듯 뻔했다.

가스탱크의 경우나, 댐의 경우나, 공격수의 실수는 결코 아니었다. 그 증거로 40군데 피해 장소의 착탄장소는, 명사수가 10미터 앞의 맥주병을 맞힌 거나 다름없는 정확한 것이었다.

지각 있는 일본인이라면 사고현장을 보는 즉시 "이건 어린아이와 어른의 싸움이야. 빨리 그만두는 게 옳다."라고 생각했을 것이다. 아마 그렇게 생각한 일본인이 대부분이었을 것이었다.

그만큼 우리 기술은 탁월했고 무기는 큰 파괴력을 갖고 있었다. 그래서 우리는 느긋한 자세로, 적의 눈을 피해 가면서 안전하고 여유 만만한 공격을 할 수 있었다. 예컨대 우리는 교량이나 터널을 폭발시킬 때, 현장에서 2킬로미터 가량 떨어진 근방의 높은 고지에 올라가 차량의 통행이 어떤가 충분히 살펴보고, 목표물의 폭발 시 인명피해가 없다고 확신이 갈 때 발포했다.

우리가 사용한 곡사포는 최신예 무기로 그 크기는 매우 작았다. 포신은 구경 3센티미터, 길이 1.5미터의 비닐 호스였다. 호스 한끝에는 탄환이 장전되고, 반대 끝에는 공기마개가 있었다. 공격수는 이 호스를 허리에 두르고 다니다가 적당한 위치를 잡은 후 바위나 나무그늘에 몸을 가리고 호스를 허리에서 풀어 꼬마 마개에 대고 입김을 몇 차례 불어넣는다. 호스 속의 공기압력은 0.1kgf/cm²이면 충분하다. 거의 압력이랄 것도 아닌 것이다. 압력이라기보다 바람을 불어넣는다는 게 적합한 표현이다. 공격수는 호스 앞에 꽂힌 탄환을 목표물에 향하여 겨냥을 마친 후 땅에 처져 있는 호스를 꽉 힘주어 밟는다. 밟은 충격으로 플라스틱 탄환은 호스에서 빠져나간다. 픽 소리도 안 나고 절로 빠지는 것이다. 빠르지도 않다. 한 칸 정도 떨어진 곳에 사람이 있어도 눈치 못 챌 정도였다.

그러나 이렇게 싱겁게 빠져나간 지름 3센티미터, 길이 12센티미터의 플라스틱 탄환 속에 조화가 담겨 있었다. 처음에는 싱겁게 빠진 탄환이 차츰 속력이 빨라져 2킬로미터 거리를 50초에 날아가 목표물에 부딪힌다. 그 순간 대폭발이 일어난다. 50톤 탱크도 날아가는 위력이 있었다.

탄환 속에는 최첨단 과학이 만들어낸 농축화약이 들어 있었다.

이런 병기니, 가지고 다니다가 들켜봤자 장난감이라고 핑계를 대면 그만이었다.

작전개시 열흘째가 되자 일본 국내의 혼란은 우리가 보기에도 민망할 정도였다. 눈에 보이지 않는 적과 싸우는 셈이니, 그 초조함과 피로함, 불안함이란 대단했다.

그러나 뜻하지 않은 사태가 우리 앞에 나타났다. 일본 전국에 걸쳐 대도시마다 원인 미상의 방화사건이 연일 수백 건씩 일어났다. 나는 원인불명이라 말했으나 일본인들은 이것이 모두 WPO 측, 즉 우리 짓으로 믿고 있었다.

우리는 갑자기 터진 방화사건 이틀째부터 비밀 연락망을 통하여 일제히 공격을 중지하고 사태를 관망하기로 하였다.

민단 측에 정보가 입수되었다. 방화사건은 조총련의 책동이라는 것이었다. 북한의 지령이었다. 일본정세가 불안한 차제에 아예 상처를 크게 입혀 일본을 망하게 하자는 의도였다. 일본이 망하면 남한은 고립상태가 되고 무력적화통일의 기회를 잡겠다는 것이었다.

사태가 심상치 않게 되었다. 경찰에 방화범이 여러 명 검거되었는데 범인들은 이구동성으로 세계평화유지기구의 행동대원임을 내세웠다. 그들은 모두가 한국인이었다.

민단 간부들이 나서서 일본당국에 적극적으로 변명하고, 방화사건은 조총련의 짓이라고 주장했으나 일본인들은 반신반의의 상태였다.

조총련이고, 민단 측이고, WPO고, 모두가 한국인이라고 일본인들은 흥분했다. 한일 두 민족 간에 충돌이 빈번하여 쌍방 간에 많은 피가 헛되이 땅을 적셨다.

국제정세도 다급해졌다. 갑자기 아무 예고도 없이, 미국 본토에서 일개 연대의 기갑부대가 한국에 공중 수송됐다. 미국 태평양 함대의 기함이 요코스카에 기항하고, 하와이 공군기지에는 미 본토 방위부대가 이동 배치되었다.

소련 군대의 극동군 증강이 가져온 대비책이었다. 한국군도 비상경계에 들어간 지 오래였다. 북한의 정예 특수 게릴라 공격사단 10만 병력이 비무장 중립지대에 바싹 다가와 대기 중이었다.

이럴 즈음에 런던에서 맥도널드 박사가 일본 정부에 공개성명서를 발표하였다. 내용인즉, 다음과 같았다.

"일본 정부는 국제정세의 급박함을 인식해야 한다. 일본에 있는 WPO의 행동대는 세계정세를 감안하여 일주일 이상 행동보류를 하고 있음을 일본 정부는 이해하고 있는가? 근자의 일본 국내 소요는 WPO의 행동이 아니다. 이 기회에 일본 정부는 WPO의 요구를 어느 선까지 받아들여 화해함이 좋겠다."

이 성명은 9월 25일에 발표되었는데 그다음 날 우리 측에 큰 사고가 생겼다. 동북지방을 전투구역으로 담당한 우리의 제3조가 조장 이노우에 다케조 이하 전원 6명이 일본 경찰에 검거되어 도쿄로 압송돼온 것이다. 중국인 모우 싱싱과 한국인 대원 한 사람이 후쿠시마 거리에서 불심검문을 당하여 꼬리가 잡힌 것이다. 제3조에는 휴대용 원자탄 한 개와 그 밖에 몇 가지 신무기를 소지하고 있는데 이게 탄로 났는지는 아직 몰랐다.

우리는 비상수단을 써서라도, 도쿄 자위대 육군형무소에 수감된 제3조 동지들을 구해내야 할 난처한 입장에 빠졌다.

나는 또 한 번 스미다 호텔사건 같은 모험을 궁리하였다. 그때는 나가노 총리 등 일본 각료 납치가 목적이었으나, 이번에는 군대형무소에 있는 동지들을 탈옥시키는 일이었다.

해볼 만하다는 생각이 들었다. 이럴 때 유동규가 있었으면 좋겠는데 그는 전혀 소식이 없었다. 유동규는 스미다 호텔사건 때, 조총련의 특공대를 이끌고 대모험극을 성공시키면서도, 납치한 일본 각료들의 행방을 모른다고 조총련 회장을 속인 혐의로, 평양으로 소환당해 갔는데 그 후론 알 길이 없었다.

나는 민단 정보계통에 부탁하여 유동규의 소식을 부탁했다. 회보가 왔는데 유동규는 평양에 가서 자기의 혐의를 충분히 해명했으나, 조총련 사무장이 유동규를 불신하여 조총련 본부 안에 반 감금상태로 있다는 것이었다. 반 감금상태로 있었기에 일본 경찰이 방화사건혐의로 조총련을 일제 검속할 때도, 그는 검거대상에서 제외되었다 했다.

나는 조총련에 출입하는 인쇄물 납품업자 한 사람을 사귀게 되었다. 이 업자도 물론 조총련 계통이었으나, 일본관청에도 출입하는 사람으로 사상성은 그리 진하지 않은 인물이었다.

나는 그에게 엔화를 두둑이 주고 유동규와의 접선을 부탁했다.

10
자위대 육군형무소 습격작전

유동규와는 생각보다 쉽사리 만나게 되었다. 부탁한 지 사흘 만에 내게 인쇄업자로부터 전화가 걸려왔다.

"지금 긴자의 글로리아 카페에 유 씨가 나와 있소." 너무 쉽게 접선이 이루어져 내심 의심이 가기도 했다.

지정시간은 오후 3시. 만일을 염려하여 동지 두 사람에게 엄호를 부탁하고 긴자거리로 나갔다. 택시 두 대를 잡아 나와 두 동지가 나눠 탔다.

글로리아 카페는 손님이 띄엄띄엄 눈에 띄어 한산한 편이었다. 유동규는 금세 나와 눈길이 마주쳤다. 그도 나를 기다리는 참이었던 것 같았다. 나는 그가 혼자 차지하고 있는 테이블로 가서 빈 의자에 앉았다.

"여, 미스터 야츠이, 왜 이리 늦었어. 어젯밤 술이 아직 덜 깼나? 허허허." 유동규는 큰소리로 나를 맞이했다. 제스처가 아주 능숙했다.

"음." 나는 고개만 끄덕이고 잠자코 있었다. 나를 엄호하는 두 동지는 30초 정도의 간격으로 뒤따라 들어와 근처 빈자리로 갔다. 유동규는 재빨리 두 사람을 훑어보고 나에게 새끼손가락을 내밀어 보였다. 나를 미행한 사람이냐고 묻는 것이었다. 나는 "아무것도 아냐, 칵테일 어때?" 하고 물었다. 동시에 "요즘 경기 어때? 여기도 잘되나?" 하고 물었다. 이곳은 안심해도 좋으냐고 눈을 껌벅여 보였다.

"좋아, 좋아. 신경 쓸 거 없어. 또 칵테일이야? 주스로 하지그래."

우리 두 사람은 주스를 마셨다.

"내가 필요하오?" 그가 물었다. 둘레에는 손님이 없어 얘기를 나눌 만하였다.

"필요하다면?" 나는 심각한 표정을 지었다.

"함께하는 거요?"

나는 그렇다고 고갤 끄덕였다.

"나가서 얘기합시다." 그가 먼저 일어나, 나는 따르는 도리밖에 없었다. 두 동지가 엉덩이를 들썩이며 어찌할까 망설이기에 나는 가볍게 손을 저어 따라올 필요가 없음을 알렸다.

거리로 나선 두 사람은 서로 궁금한 거부터 물었다.

"유 동지는 그곳에서 감금당하고 있다던데 언제 풀렸소?"

"감금이랄 것도 아니었어요. 다시 민단에 나가 있으라는 걸, 내가 의심받으며 그 짓 못하겠다고 일부러 배 퉁기고 버티었을 뿐이오. 총재는 나를 믿어요. 그래서 이렇게 나다니는 게 아니겠소. 하하하."

그는 언제나 여유만만했다. 그래서 믿음 직도 하지만, 그만큼 그의 깊은 가슴속을 짐작하기 힘들었다.

"후쿠시마에서 사고가 났더군?" 유동규가 먼저 물었다. 이 사람은 벌써 내가 자기를 찾아온 용무를 알고 있는 걸까?

"그곳에 나가 있던 여섯 사람이 다 걸렸어요. 지금 육군형무소에 있소."

"재판도 않고?"

"경찰 유치장에 두었다간 사고 날까 봐, 아예 철옹성을 쌓은 거겠지."

"꼭 빼내야 하오?"

"휴대용 원자탄과 몇 가지 신무기가 있어서…."

"그럼 입을 못 열게 하려고?"

"아니지. 살려내야지. 그래야 일본인들도 우리를 다시 볼 게 아니겠소."

"위험부담이 많은데…." 유동규는 눈을 껌벅였다.

"대담하게만 하면 백 프로 자신 있소. 유 형이 가담하는 조건으로 말이오."

"내일 오후 4시에 히비야회관 뒤 세븐다방에서 만납시다."

그는 내 어깨를 툭 치고 횡단보도를 건너 인파 속에 묻혀버렸다.

나는 못다 한 말이 많아 허전한 마음으로 슬렁슬렁 걸음을 계속하였다.

"어찌 됐소?" 등 뒤에서 말을 건 사람이 있어 돌아보니 나를 엄호하고 온 두 동지였다.

"글쎄…." 나는 어정쩡한 대답을 하며 머뭇거리다가 빈 택시가 옆에 와서 서기에 두 동지를 끌고 차 안으로 끌고 갔다.

다음 날 오후 4시에 세븐다방으로 나갔다. 정각 5분 후에 유동규가 나타나고 그 후 바로 또 한 사나이가 뒤따라 들어왔다. 세븐다방의 넓이는 20평 정도 되는데 손님은 우리 외에 젊은 남녀 한 쌍이 있을 뿐 아주 조용하였다.

"인사하시오." 유동규가 초면끼리의 두 사람더러 자기소개를 하라고 했다.

"이토 지로라 하오." 나는 입에서 나오는 대로 말했다.

"나는 이토 사부로요." 남자가 말했다.

유동규가 빙그레 웃으며 태연히 말했다. "내가 소개하지. 이쪽은 WPO의 리더 김기식. 이쪽은 요네자와 하치로. 우리 시간을 아낍시다."

요네자와는 45세가량의 깡마른 인상을 한, 아무래도 믿기 어려운 느낌을 주는 사람 같아 나는 약간 불안감이 들었다. 그래서 유동규에게 원망하는 눈길을 던졌다.

요네자와는 다짜고짜 나에게 따지듯 물었다. "WPO란 도대체 뭣 하는 단체요?"

나는 대답 대신 유동규의 얼굴을 쳐다보았다.

유동규가 말했다. "잠깐, 내가 한쪽 소개만 했네. 마저 해야지. 요네자와 씨는 수수께끼 중의 수수께끼 인물이오. 내가 아는 건 요네자와 씨가 동양 제일급의 밀수업자라는 것. 단, 보통 밀수업은 아니고 안갯속의 수수께끼 밀수업자라는 것. 홍콩, 대만, 인도네시아, 태국에서 궐석재판으로 사형선고를 받았다는 것. 일본에서 지난달 붙잡혔다가, 바로 사흘 전에 자위대 육군형무소를 탈옥했다는 것. 이상. 자, 김기식 씨는 사실 그대로 대답하시오."

내 이마에서는 나도 모르게 땀방울이 생긴 모양이었다. 유동규가 자기 이마를 손으로 닦으며 말했다. "시간은 아껴야 하지만, 우리 커피나 들면서 천천히 얘기합시다."

나는 이마에 댄 손등이 젖은 걸 보고 멋쩍게 웃었다. 커피를 마시며 상대에게 고개를 길게 숙이고 웃으며 말했다. "몰라 봬서 실례했습니다."

그러자 상대도 깐깐한 인상을 허물고 웃었다. "피차 잘 알아 모시도록 합시다. 허허허."

나는 그에게 WPO에 대해 설명을 해줄 수밖에 없었다. "WPO가 뭣인지는 실은 나도 잘 모르오. 우리가 일본 정부를 상대로 세계평화유지기구라는 단체 이름으로 시비를 걸자, 뜻밖에 동남아시아와 유럽 여러 군데에서 WPO라는 명의로 지원 자금이나 격려문이 쏟아져 들어오는 게 아니겠소. 경제동물 일본인을 혼내주라는 거예요. 그러고 보니 유럽 쪽에서는 우리가 모르는 WPO라는 단체가 있었나 봐요. 그래서 한때는 우리도 퍽 당황했어요. 이거 우리가 이용당하는 건 아닌가 하고. 그래서 우리를 후원하는 쪽에다 대고 도대체 WPO라는 단체의 정체가 뭣인가, 딴 뜻이 담긴 원조는 사절한다고까지 해보니깐, 그 사람들이 서울, 타이베이, 홍콩 등지에서 재작년 걸쳐 만나자는 기별이 여러 갈래로 오는데, 반수 정도가 대사관, 영사관 직원을 통해 공공연히 오지 않겠소.

이렇게 되니 우리는 어깨가 으쓱해집디다. 세계가 우리 편이로구나, 해볼 만하다는 자신이 섭디다. 우리를 후원하는 개인 중에는 세계의 지명도가 높은 사람도 상당해요.

그런데 가만히 분석해보니 우리를 후원하는 편들을 외형 면으로 구분하면 국가, 국제단체, 친목단체와 단순 개인이 있고, 사상 면으로 분류하면 무조건 일본인 증오, 경제적 이해관계, 개인적 원한, 코뮤니즘, 아나키즘, 다다이즘 등등 가지각색이에요. 그리고 흥미 있는 것은, 아직 확실치는 않으나 각국의 정보기관, 어쩌면 소련의 KGB, 미국의 CIA의 손길도 있는 모양입니다.

우리는 정신이 번쩍 납디다. 일본 정부에 대한 투쟁보다도 우리가 섣불리 이용 안 당하는데 더 신경을 써야겠다고 단단히 결심하고 주의도 게을리 안 했어요. 그런데….” 나는 여기까지 이야길 하고 나서 유동규에게 물었다. “여기서 이런 얘기 해도 괜찮을까?”

“염려 마시오. 저 음악 소릴 들어봐요. 볼륨이 적당하죠. 그 정도로만 나직이 하시오. 허허허.” 유동규는 호걸웃음을 터뜨렸다.

나는 계속하였다. “우리는 외부원조를 선택적으로 받아들이기로 하고, 우리의 행동강령을 정했지요. 그것은 첫째, 일본인과 일본 정부를 같이 안 본다. 둘째, 인도주의를 존중한다. 셋째, 일본 정부를 공격하되 파괴 위주의 극한투쟁은 피하고 일본인들로 하여금 점진적으로 정책을 수정하여 완전 민주주의 노선으로 유도한다. 완전 민주주의란 국내 국제간의 정책 차이가 없음을 말한다. 넷째, 이 사업에는 시간이 걸리는 것이 당연하고, 행동대원인 우리는 내일의 희망을 위한 소모품임을 자각한다. 그렇다고 영웅심이나 감상심리에 빠져서는 안 된다. 이상이 WPO에 대한 설명이오.”

“어떻소. 맘에 드오?” 유동규가 요네자와에게 물었다.

“허허허. 꿈 같은 얘기군. 어째 좀 이상하다고 보긴 했지만, 뭐, 완전 민주주의? 허허허. 세상에는 꿈속에 사는 사람이 많구려. 허허허.” 요네자와의 웃는 표정으로 봐서 내 얘기가 유치하게 들린 모양인가?

유동규가 물었다. "그 점은 요네자와 씨, 당신도 마찬가지 아니오. 세계 제일, 그것도 둘째 셋째가 없는 세계 제일의 부자가 돼보겠다는 꿈. 안 그렇소?"

"이룰 수 없는 꿈이지요. 나는 이미 틀렸어요. 벌기는 많이 벌었지요. 모두 합치면 아마 세계에서 둘째쯤은 됐었겠지…." 요네자와는 말을 멈췄다.

유동규가 물었다. "아이고, 그게 얼마요. 시작이 반이란 말이 있는데, 이미 그 정도 됐으면 꿈도 거의 이루어진 거 아니겠소?"

요네자와가 싱긋 웃으며 말을 이었다. "글쎄 모두 합치면 그렇다지 않았소. 내가 번 돈은, 공범자 손에 뿔뿔이 흩어졌어요. 내가 믿은 게 어리석었지. 공범자들과는 반씩 나누기로 했는데 그자들은 제 몫, 내 몫, 또 딴 사람 몫까지 합해서 몽땅 스위스은행에 입금해버리고, 나 몰라라 하는 거라. 허허허."

"왜 그자들을 가만 놔둬? 당신 실력이면 그까짓 것들 당장…."

"유 형, 말조심해요. 당신도 나처럼 사형선고 받고 싶지 않거든. 허허허. 얘기가 이상하게 탈선했는데, 김기식 씨 용서하시오. 우리 본론으로 들어갑시다. 내가 당신네 일을 도와주면 얼마나 내게 사례하겠소?" 하고 나를 뚫어지게 바라보았다.

"글쎄 큰돈은 없지만, 엔화로 몇백만은 현재 있고, 달러나 파운드도 약간은 있어요." 내가 대답하였다.

요네자와는 잠시 고개를 숙이고 뭣인가 골똘히 생각하더니 다시 고갤 들고 나를 보았다. 어쩐지 그의 깐깐한 표정은 사라지고 짙은 우수의 빛이 역력했다.

"나는 그런 큰돈은 필요 없어. 나와 내 부하 두 사람이 당장 피신할 곳과 얼마 후 외국으로 나갈 여비만 있으면 충분하오. 그건 알아서들 하시고, 우리와 합동작전을 해야겠는데 당찬 일꾼들이 얼마나 동원될 수 있겠소?"

"약 30명 정도." 나는 대답하고 유동규를 바라봤다.

"요즘 우리는 희생이 많았어요. 겨우 20명 정도 됩니다." 유동규가 말했다.

방화사건으로 조총련이 큰 타격을 입은 걸 짐작할 수 있었다.

"그럼 50명은 되는군. 적지도 많지도 않고 적당해. 그럼 김기식 씨 말해보시오. 작전은 어떻고, 준비한 무기는?."

우리는 그날 자리를 아지트로 옮겨서 치밀한 작전계획을 짰다. 디데이는 10월 4일로 잡았다.

10월 4일 밤 11시. 도쿄도 동부교외에 자리 잡은 육군 자위대 구치소로 통하는 대로에 두 대의 버스형 장갑자동차가 구치소를 향하여 달리고 있었다.

한적한 교외의 대로는 밤도 깊어 통행차량이나 걷는 사람이 거의 없어 두 대의 장갑차는 거침없이 달렸다. 차 안에는 경찰관들이 타고 있었으나 실내등을 켜지 않아 밖에서는 보이지 않았다. 설사 실내등을 환하게 켜고 밖에 사람이 있었다 해도 요즘 전국 도시마다 장갑차에 군인이나 경찰관을 가득 태우고 다닌다든지, 길목을 지킨다든지 하는 광경은 일상 볼 수 있는 일이므로 아무도 이상하게 볼 사람은 없었다.

두 대의 장갑차는 구치소 근처에 와서 좌우로 갈라져 방향을 바꾸는가 싶더니 곧 멈췄다. 문이 열리고 정복경찰관들이 쏟아져 나왔다. 그들은 모두 앞가슴에 방독마스크를 갖추고 있었다.

잠시 후 쾅! 폭음이 터졌다. 통신실이 날아가고 이어 쾅! 하는 소리와 함께 변전실이 날아가고 구치소 안에서는 앵! 하는 수동 사이렌 소리가 울렸다. 그러나 그 소리는 연달아 터지는 폭음으로 해서 조금도 사람들 귀에 전달이 안 될 정도였다.

몇 사람의 경찰관이 두 대의 장갑차 후미에서 소방호스 같은 것을 꺼내 들고 구치소 정문으로 달려갔다. 정문은 이미 폭파된 뒤라 경찰관들은 서슴없이 안으로 들어가며 호스에서 흰 연기를 두 갈래로 뿜었다.

최루가스였다. 침입한 경찰관들은 재빨리 방독면을 썼으니 상관없었으나 구치소의 직원이나 수감자들은 눈을 못 뜨고 갈팡질팡하고 있었다.

난입한 경찰관 중에서 세 사람이 선두에 나서 재빨리 몸을 움직였는데 구치소 내부사정에 환하여 거침없는 것 같았다. 이 세 사람은 요네자와와 그의 수하 두 사람이었다. 이 세 사람을 뒤쫓아 4명 1조의 경찰관들이 대형 강철 절단기를 메고 따라다녔다.

이노우에 다케조의 일당 여섯 명의 감방문은 금세 열리고 그들의 자유를 구속하고 있던 족쇄와 수갑도 순식간에 풀렸다.

"철수!" 군호가 있자 침입경찰은 썰물처럼 밖으로 물러가 두 대의 장갑차에 분승하고 현장을 떠났다.

공격개시에서 철수까지 꼭 25분이 걸렸다. 이날 밤 도쿄 각처의 중요변전소 스무 군데에 폭발사건이 생겨, 도쿄 일원은 거의 암흑천지였다. 두 대의 장갑차는 어두운 밤거리를 거침없이 질주하면서 몇 군데에 사람들을 내려놓은 후 길가에 버려졌다.

대성공이었다. 나는 유동규에게 웬만하면 조총련으로 돌아가지 말라고 권했다.

그러나 그는 "필요할 땐 또 연락하시오." 하며 태연히 자기 수하 20명과 함께 자기 갈 곳으로 가버렸다. 도대체 이 사람의 배짱이 얼마나 되는지 나로서는 감을 잡을 수가 없었다.

이노우에 다케조 이하 다섯 사람의 동지들도 크게 다친 데는 없었다. 더욱 다행한 건 그들이 경찰에 뺏긴 것은 권총 한 자루와 현금 1만5천 엔뿐이었고, 여타 장비는 제대로 은닉돼 있다고 했다.

요네자와 하지로에게는 30만 엔의 현금을 주고 오시마나 사쿠라지마 두 곳 중 아무 데나 갈 수 있는 곳에 가서 한동안 숨어 있도록 하였다. 가짜 신분증도 만들어주었다.

일본의 각 신문은 정부의 무능을 비난하고 민심은 더욱 들떴다. 탈옥 사건이 있은 지 이틀 후, 민단본부에서 나에게 기별이 왔다.

일본 정부가 WPO의 대표와 만나봤으면 하고 알선해달라니 어찌하겠느냐는 것이었다.

이날 신문 외신란에 협상에 관한 기사가 나왔다.

10월 6일 자 외신은 맥도널드 박사의 기자회견을 다음과 같이 발표했다.

"일본 정부가 일본 내 WPO의 행동대 대표와 협상의 의사가 있는 걸로 안다. 나의 개인 의견으로는 이 협상이 조속히 이루어지길 바라며 협상이 진행되면 전번의 나가노 총리와의 협상 실패의 재판은 아니될 것으로 짐작하며 성공을 바란다."

나중에 알게 된 일이지만, 9월 25일에 맥도널드 박사가 일본 정부와 WPO 간의 2차 협상 알선 의사가 있다는 기자회견 기사를 읽은 일본 정부가 주영대사를 박사에게 보내 이와 같은 성명서를 내

달라고 졸랐기 때문이라 했다.

즉, 일본 정부는 하루속히 우리와 직접 대화하기를 바란 것이었다.

나는 간부회의를 소집하였다. 협상에 응하기로 의견이 일치되었다.

나는 민단본부에 전했다. "김기식이 세계평화유지기구 행동대의 대표로서 하라 총리와 면담하고자 하니 알선을 바란다."

일본 정부는 메모를 민단본부에 보내왔다.

"중의원 의원 오노 세이기는 세계평화유지기구의 대표 김기식과 국내외의 시국문제를 토의코자 10월 10일 정오, 도쿄 호텔에서 오찬을 겸하여 면담코자 함. 쌍방의 인원은 3인 이내로 하길 바람. 출석인의 신변안전을 보장함은 물론임."

오노 세이기는 국회의원인 동시에 하라 총리의 비서실장이니 정부대표로 봐도 무방했다. 우리를 테러단체로 몰아붙인 지난 9월 10일의 그들의 경고문에 비하면 180도의 태도변화였다. 오찬을 겸하겠다는 점에 또 다른 의미가 있었다. 일본의 신문 논조는 대체로 일본 정부의 방향전환을 환영하였다.

11
일본은 피해자에게 보상하라

협상 테이블에는 나와 모리 두 사람이 나가기로 했다. 우리 두 사람은 지하철과 택시를 이용하여 지정시간 정각에 도쿄호텔 정문으로 들어섰다. 안내인이 머리를 조아리며 물었다. "오노 실장님과 약속 있으신 분입니까?" 내가 고개를 끄덕이니 "잘 오셨습니다. 5층입니다. 엘리베이터를 이용하십시오." 했다.

둘레에서 서성거리던 몇 사람이 카메라를 들이댔다. 생각한 것보다 보도진의 수효가 적었다. 보도진의 인원 제한이 있었던 성 싶었다. 5층 엘리베이터를 나오자 복도에 열 명가량의 내외국인 카메라맨이 대기하고 있다가 셔터를 눌렀다.

안내인이 블루룸의 표찰이 붙은 방으로 안내하자, 호텔안내원 둘이 공손히 인사를 하고 옆방으로 인도했다. 응접실이었다. 안내원이 내주는 차를 마시는데, 건장하게 생긴 장년 두 사람이 들어와

절을 넙죽 한 후 물었다. "잘 오셨습니다. 김기식 선생과 모리 간타로 선생이시죠?" 그렇다고 하니 "죄송합니다. 오노 세이기 의원님은 약 5분가량 늦으시겠다는 전갈이 있었습니다. 죄송합니다." 또 한 번 넙죽 했다.

이러는 사이 복도가 떠들썩하며 여러 사람이 우르르 옆방으로 몰려 들어가나 싶더니, 이번엔 우르르 복도로 몰려나가는 어수선한 움직임이 들렸다. 노크 소리와 함께 깔끔한 옷차림의 청년이 문을 열고 말했다. "오래 기다리셨습니다. 회의실로 나오십시오."

회의실은 바로 옆방이었다. 널찍한 방 중앙에 꽃장식이 어울리는 지름 2미터 정도의 큰 탁자가 있고, 좌우 벽에는 의자가 수십 개 놓여 있었다. 큰 탁자에는 나이가 50에서 60 사이의 몸집이 비슷비슷하게 뚱뚱한 사나이 세 사람이 앉아 있다가 일어나, 웃는 낯으로 우리를 맞이했다.

"처음 뵙습니다. 내가 오노 세이기입니다." 그중 한 사람이 우리 두 사람을 향하여 손을 내밀었다. 내가 그 손을 잡았다.

"나는 김기식입니다." 그러고는 오노의 손을 모리에게 돌렸다.

"나는 모리 간타로입니다. 처음 뵙습니다." 두 사람은 점잖게 악수를 했다.

오노가 물었다. "두 분만 오셨습니까? 세 분이 오시는 걸로 알았습니다."

나는 웃으면서 말했다. "네, 두 사람만 왔습니다. 한 사람은 얼굴이 비밀이랍니다. 허허허."

"그건 좋습니다마는, 우리 쪽이 셋이라 미안한 생각이 드는군요. 하하하." 오노가 받아넘겼다.

그러자 오노 옆에 선 남자가 말했다. "아니죠, 이 자리에는 오노 선생 한 분뿐입니다. 정부 측 요인 자격으로 따지자면 말입니다. 나와 내 옆의 이 분은 불청객들이죠. 나는 아사히신문의 다카다 노보루입니다. 반갑습니다." 남자는 나와 모리에게 악수를 하고 명함도 건네줬다. 아사히신문 편집국장이었다.

"나는 요미우리신문의 하야시입니다. 반갑습니다." 다른 남자 역시 악수를 하고 명함을 건넸다. 역시 편집국장이었다. 나는 보도진이 들끓지 않은 까닭이 짐작되었다.

"죄송합니다. 우리는 명함이 없습니다." 나와 모리는 사과를 하고 상대편의 명함만 챙겨 넣었다.

"두 분은 명함을 가지고 다니시면 안 되죠." 요미우리의 하야시 국장이 말했다. "두 분 명함을 무심코 받은 사람은 기절할걸요."

조크 한 발로 실내는 웃음보가 터졌다.

"그럼 우리 다 앉읍시다." 오노가 말하자, 우리 두 사람을 따라서 함께 입장한 기자 중 몇 사람이 외쳤다.

"죄송합니다. 포즈 좀."

기자들이 시키는 대로 쌍방 다섯 사람은 악수교환 포즈를 취했다.

우리가 착석하자 기자들은 곧 물러갔다. 오노 의원이 먼저 말을 꺼냈다. "여기 아사히신문의 다카다 선생이나 요미우리신문의 하야시 선생 두 분을 내가 모신 이유는, 혹시 손님들이 공개회의를 요구할 경우 대비한 것입니다. 공개회의를 꺼리는 건 아니지만 경우에 따라 보도를 삼가든지 늦춰졌으면 하는 장면이 더러 있는데, 젊은 기자들은 왕왕 오버런을 한다거나 과대보도의 우려도 있고 해서 비공개로 하되, 여기 두 국장님을 모시면 2백 명 상당의 뉴스맨이 참석한 거나 진배없겠다고 생각했죠. 김 선생 그리고 모리 선생, 괜찮으시죠?"

"좋습니다." 우리 두 사람은 대답했다.

오노는 계속했다. "세계평화유지기구와 일본 정부 간에 뜻하지 않은 분쟁이 생긴 건 심히 유감스럽습니다.

우리 입장을 말하자면, 갑자기 당한 노릇이라 정신이 얼떨떨한 형편입니다. 피해도 상당해요. 그런데 우리는 피해를 당하는 과정에서 무엇인가를 터득했죠. 첫 번째로 당한 하코다테 항 시설 폭파 사건 때 인명피해가 없었다는 점, 이것은 우연이 아니라 범인 측이, 아차, 양해하시오. 범인이라기보다 공격 측이라 표현해야겠군. 아무튼 공격 측이 상당한 위험을 무릅쓰면서까지 인명피해를 피하는 데 노력한 흔적이 뚜렷한 점. 두 번째 스미다 호텔사건 때, 제3국인 중국 주석 일행이 피해권에서 제외되어 일본 정부의 입장을 난처하게 만들지 않은 점. 그리고 구보다 댐을 경고 공격으로 끝낸 일. 또 도시가스의 탱크들이 무사했다는 일 등등, 우리를 생각하게 하는 일들이 많았어요.

그래서 우리는 세계평화유지기구는 적은 적이되 진정한 적은 아닐 것이다, 서로 터놓고 얘기를 하면 통하는 그 무엇이 있을 것이다, 하는 암중모색이 일게 됐어요. 그리고 지난번 맥도널드 박사의 기자회견에서 깨달은 바 있어 귀측과의 협상의 필요를 느낀 겁니다. 나는 때늦은 감은 있지만, 생각하기 따라서는 더 늦기 전에 이런 면담이 이루어진 것을 진심으로 기쁘게 생각합니다. 두 분 의견은 어떠신지요."

그는 우리 측의 안색을 살폈다. 내가 말할 차례였다. "우리 역시 지난 2개월간 무력사용에 안타까운 심정을 감출 길 없습니다. 아무튼 유감 천만입니다. 우리의 공격으로 인한 일본국민의 피해, 특히 생명을 희생당한 분들과 그분들의 유가족에게 심심한 사죄의 말씀을 드립니다. 지금 오노 선생께서 우리의 공격 속에 이상한 부분이 있음을 지적하시고 선의로 해석하셨다는 말씀을 매우 고맙게 들었습니다.

우리는, 일본 정부는 공격하되 일본인에게 손상을 주지 말자, 말하자면 이율배반의 논리겠으나, 그런 정신으로 행동한 건 사실입니다. 내가 이런 심사일 때에 내 옆에 있는 모리 씨의 심중은 어떠하겠습니까. 가시관을 쓰는 아픔이 이런 게 아니겠는가 하는 마음입니다.

그러나 나는 이런 의례적인 얘기를 하러 이 자리에 나온 건 아닙니다. 보다 현실적인 사항을 놓고 쌍방 간에 의견교환을 하고 싶습니다. 솔직히 말해 우리는 지금 전략상의 중대한 위기를 맞이한 상태입니다. 우리의 거사 목적은 일본 현 정부의 전복, 그리고 세계평화에 동조할 새로운 정권의 교체였는데, 지난 2주일 전에 발생한 원인불명의 연속적인 방화사건으로 인한 일본국민들의 막심한 고통은 우리의 행동을 무디게 만들었고 또 맥도널드 박사가 지적한 바가 있듯이 국제정세의 예측할 수 없는 양상은 우리의 행동에 일단 제동을 걸게 하였습니다.

그렇다고 우리의 답답한 사정을 적에게 호소한다는 것도 말이 안 되고, 그래서 솔직히 말하여 우리는 협상을 하러 이 자리에 나왔다기보다, 우리의 진로에 대한 방법을 얻기 위한 자료수집차 나온 겁니다. 내 욕심만 얘기해서 미안하군요."

이렇게 말하고 나서 나는 입안이 씁쓸하였다. 좀 더 멋지게 말할 수가 없었던가? 차라리 모리에게 맡길 걸 그랬다는 후회가 들었다.

"솔직하게 심중을 말씀해주셔서 감사합니다." 오노는 머리를 끄덕이기까지 하며 나를 추켜세웠다. "사실 우리는 공연한 싸움을 하고 있는 겁니다. 한 치 앞을 내다볼 수 없는 세계정세, 화약 냄새가 코를 찌르는 탄약상자 속에서 우리는 불장난을 하는 판이죠. 그렇다고 우리를 공격한 선생들을 나무라거나 원망하는 건 아닙니다. 여러분 역시 일본 정부의 하는 짓이 오죽 답답하면, 이렇게까지 나왔겠습니까.

우리 정부는 처음에는 한국 우익 테러단체의 소행이겠거니 했는데, 공격방법이 아주 세련된 점, 구성 인원의 반이 한국계가 아니고 더구나 우리나라 사람들이 많이 있다는 점, 그리고 세계 곳곳에서 우리를 비난하는 소리가 빗발치자 제정신이 난 거죠.

그러나저러나 하코다테 폭발사건 이후 아시아의 군사정세, 국제적 전운은 금세라도 피의 소나기를 뿌릴 단계입니다. 어찌하시겠소? 우리 정전(停戰)합시다."

"그건 안 되오." 나는 단호히 거절하였다. "나는 지금 말한 바처럼 당신네의 사정, 그리고 국제사정 등 자료를 얻으러 온 것이지 협상하러 나온 것은 아니니 정전에 응할 수 없소."

"그럼 계속 공격을 하겠다는 거요? 일본이 쓰러질 때까지?" 오노는 목이 타는지 주스 한 컵을 들이켰다. 나도 목이 타서 그의 흉내를 내듯 주스를 마셨다.

"여봐요, 웨이터!" 다카다 편집국장이 웨이터를 불렀다.

"네." 웨이터가 대령했다.

"저분들은 한참 전쟁 중이라 시장기도 모르는 모양인데, 우리 구경꾼들은 안 되겠소. 준비한 식사 가져와요." 다카다 국장이 말하자, 그 옆의 하야시 국장은 부추겼다. "식사가 들어오면 전쟁하기 어려울 테니 어서 계속들 하시지." 신문기자란 어떤 경우고 보통내기가 아닌 법이다.

모리 간타로가 나의 지원을 나서주었다. "일본 정부가 간단히 쓰러져준다면야 계속 공격하고말고."

"뭐요? 모리 씨, 당신 왜 그런 소릴 하오? 당신은 일본인이 아니오?" 오노는 화가 났다.

"나는 분명한 일본인이지요. 하지만 현 하라 내각을 지지할 생각은 없소."

"현 정권이 쓰러지면 일본은 그만이오. 다른 때 같으면 새 내각으로 대체되겠지만, 지금은 그럴 겨를이 없소. 소련이 홋카이도에 상륙할 것이고 북한은 서울을 공격할 것이오." 오노는 나에게 얼굴을 돌리며 말했다. "김기식 선생, 일본이 망하면 한국도 끝장이오. 그 반대의 경우도 마찬가지고." 그리고 다시 모리를 보며 못마땅한 안색으로 말을 이었다. "모리 씨는 코뮤니스트니깐 그런 걸 바라겠지만."

"누가 나를 코뮤니스트라 합디까? 나는 아나키스트요." 모리가 픽 웃었다.

"그게 그거지, 뭐가 달라." 오노 역시 가소롭다는 듯 피식 웃었다.

"나는 당신과 말상대 않겠소." 모리는 외면했다.

오노는 모리를 노려보다 다시 나를 향하여 대들듯 물었다. "김기식 씨 말씀하시오. 일본이 망하면 진정 한국은 무사하리라고 생각하시오?"

"오노 선생은 나의 동료 모리 씨의 말을 잘못 들으셨어요. 나는 일본이 망하길 바라지 않습니다. 모리 씨 역시 그렇구요." 나는 대답했다.

"좋습니다. 그러니 우리 허심탄회하게 오늘의 국제정세를 검토하고 쌍방의 공통분모를 찾아봅시다." 오노가 한창 열을 올리는데 식사가 들어왔다.

"우리 세계평화를 위하여 건배합시다."

아사히 편집국장 다카다의 제의로 다섯 사람은 맥주잔을 들었다. 알코올이 들어가자 기분이 풀렸는지 오노는 모리에게 손을 내밀었다. "내가 아까 실언했습니다. 용서하시오." 모리도 웃는 낯으로 악수를 했다. 나는 속으로 오노는 역시 정치가라고 생각했다.

식사 도중에는 이런저런 잡담을 했다. 두 신문인은 쌍방 협상에 직접 상관되는 화제는 되도록 피하는 체하면서도 역시 기자답게 자기들이 알고 싶은 것을 살살 끄집어냈다.

아사히신문의 다카다 국장이 우리에게 물었다. "세계평화유지기구라 하셨는데 WPO는 그것의 영어번역 약자인가요?

그렇다면 유럽에서도 가끔 기삿거리로 나오는 WPO와는 동일체인가요? 어떤 쪽이 본부고 어떤 쪽이 지부가 되나요? 맥도널드 박사는 WPO의 고문인가요, 대변인인가요?

파리의 유명한 변호사 샤를 마르탱은 WPO와 어떤 관계인가요? 본인은 아무 관계 없다고 딱 잡아뗍니다마는…."

나와 모리는 숨길 것도 거짓말로 꾸밀 것도 아니기에 아는 대로 대꾸했다. 지난 2일, 내가 히비야회관 뒤 세븐다방에서 요네자와에게 설명하듯이 털어놨다. 우리의 얘기를 듣고 두 신문인은 물론 오노 실장도 신기하게 들었다. 나는 이렇게 결론지었다.

"세계는 지금 멍들어 있다. WPO도 허수아비다.

세계의 지성인들은 새로운 문명관, 세계관, 역사관을 바라보고 있다. 유럽이니 중동이니, 인도니 아메리카니, 서양이니 동양이니 하는 분파주의는 과거의 유물이다.

WPO는 세계 곳곳에서 자연발생적으로 생겨난 새로운 인물들의 모임이요, 외침이다. 이 외침의 조류에 항거하는 것은 어리석은 짓이다. 일본도 과감하게 황금만능주의에서 벗어나라. 때를 놓치면 동네북이 된다."

이러는 동안에 식사는 끝났다. 우리는 자리를 옮겨 티테이블로 갔다.

하야시 요미우리신문 국장이 물었다. "WPO의 신철학을 공부하는 동안에 정전(停戰)이 되었는데, 오노 실장님은 전쟁을 계속 하시려오?"

"글쎄요. 나도 스케일이 커졌는지 협상이니 뭐니 하는 게 모두 귀찮아졌네요. 우선 커피나 마시며 생각해봅시다."

이번에는 다카다 국장이 말했다. "이렇게 하면 어떨까. 대일본제국 간판을 떼어버리고 지구촌 일본부로, 이러구 말지. 허허허…." 이 말에 모두 웃었다.

"그런데 모리 씨." 하야시 국장이 모리 옆으로 의자를 끌고 가 다정하게 물었다.

"모리 씨는 아까 당신이 코뮤니스트가 아니고 아나키스트라고 하셨는데, 그 두 가지의 차이점은 뭐요?"

"마르크스, 엥겔스와 크로포트킨은 아시지요?" 모리가 반문했다.

"전에 읽긴 읽었는데 다 까먹었어, 허허허…."

"잘 아시면서 왜 이러시오. 코뮤니즘은 공산주의고 아나키즘은 무정부주의 아니겠소."

"지금 어렴풋이 생각나는데, 내가 읽은 크로포트킨의 《무정부주의론》에는 평화, 사랑, 양보, 무지배, 무저항 같은 단어들로 차 있었죠. 헤밍웨이의 《누구를 위하여 종은 울리나》 또는 조지 오웰의 《카탈로니아 찬가》를 읽어보면, 아나키스트들은 코뮤니스트 저리 갈 정도로 더욱 포악하고 과격하던데 모리 씨도 정말 과격파요? 실례지만."

"나는 이것도 저것도 아닌 아나키스트요."

"그럼 모리 아나키즘, 그런가요?"

"이거 곤란하게 됐군." 모리는 머리를 긁적거렸다. "무정부주의란 글자 그대로 무정부 상태로 살아가자, 그거죠. 귀찮게 국가다, 내각이다, 군대다, 법령이다, 이것들 다 필요 없다는 것입니다."

"그럼 모리 씨가 혁명에 성공하고 집권하면 그렇게 하실 거요?"

"나는 아나키스트니깐 집권은 안 하지요."

"그럼 다른 정권이 들어서면 아나키즘이 아니니깐 때려 부숴야 하고?"

"하야시 선생, 왜 아나키즘을 때려 부수는 데만 연결 지으려 하십니까? 아나키스트는 비폭력, 비파괴예요."

"야, 이것 봐라. 모리 씨는 현재 분명 일본 정부를 전복시키려고 무기를 들고 싸우고 있는 중 아니오! 그런데 아나키스트는 비폭력, 파괴라?"

"내가 지금 하는 것은 현 일본 정권이 세계평화에 역행하고 일본

국민을 비롯한 세계 여러 나라에 해를 입히니깐, 여기 김기식 씨 같은 피압박 민족의 반일운동을 돕는 거지, 아나키즘을 위하여 싸우는 건 아닙니다."

"그럼 아나키즘은 일단 휴업하고 피압박 민족 해방운동에 임시취업한다 이거요?"

"아나키즘이고 무슨 주의고 간에 휴업이란 있을 수 없죠. 아나키즘이란…."

모리는 간단하게 이 토론과정을 끝내버리고 싶은데 마음대로 안돼 약간 초조한 눈치였다. 모리와 하야시 편집국장 사이의 아나키즘 논쟁이 길어지자 오노 의원은 짜증이 나는 모양이었다.

"잠깐. 두 분께선 아나키스트 논쟁은 뒤로 미루시고 우리의 본업을 계속하실까요." 오노는 나에게 동조를 구하는 눈길을 보냈다.

나는 난처했다. 자연스럽게 나온 아나키즘 토론인데 토론시간이좀 길어졌다. 하야시 국장의 의도는 뻔했다. 그는 오노 의원의 편을 들어, 모리 씨 당신은 일본인인데 왜 일본을 괴롭히느냐? 그것이 아나키즘이냐? 이런 의도가 깔린 질문이었는데, 어쩌다 쌍방이 약간씩 탈선한 기미였다. 그렇다고 상대측의 요구대로 토론을 걷어치우는 것도 어색하고 해서 내가 말했다.

"모리 씨, 하야시 선생은 아나키즘에 관한 이치야 환한 분이실 테니 지엽적인 문제를 떠나서, 저번에 우리에게 해설해주신 그거 있잖아요. 노자 이론…." 이렇게 유도하니, 모리는 알았다고 고갤 끄덕이고, 하야시 국장에게 말했다.

"아나키즘이란 한마디로 말하면 서양의 노자지요."

"노자?" 하야시뿐 아니라 상대방 세 사람 다 못 알아들었다.

"네, 노자. 늙을 로(老) 아들 자(子), 노자."

"노자(老子)?" 그들은 더욱 모르겠다는 표정이었다. 갑자기 고대 중국의 철학가 노자가 왜 튀어나오느냐는 눈치였다.

모리가 설명했다. "여러분은 노자를 잘 아시죠. 노자 학설이나, 노자에 심취한 사람을 위험시하거나, 이단적인 혁명분자를 보는 사람은 없을 겁니다. 노자주의니 노자혁명이니 하는 용어조차 없으니까 말입니다.

크로포트킨을 서양의 노자라면, 아나키스트는 노자 신봉자, 아나키즘은 노자사상, 이렇게 생각해주시면 됩니다. 순수한 아나키즘은 사상이 아주 단순합니다. 따라서 아나키스트는 파괴주의자, 아나키즘은 파괴주의라는 등식은 성립될 수 없죠."

"하지만," 이번에는 다카다 아사히신문 편집국장마저 뛰어들었다. "아나키즘 하면 무정부주의, 아나키스트 하면 무정부주의자 즉 정부타도 혁명가, 이렇게 통하는 게 상례 아니겠소. 노자와는 거리가 멀어요."

모리가 주장했다. "무정부주의니 무정부주의자니 하는 말은 실상 온당한 말이 아닙니다. 어찌 정부 없는 사회가 있을 수 있겠으며, 정신병 환자 아니고서야 어찌 그런 사회를 만들자고 현존사회를 파괴하겠습니까. 그러니 나, 모리는 아나키스트 즉 노자 신봉자, 노자 숭배자이고, 거기서 조금도 벗어나지 않는 사람으로 봐주시면 됩니다."

"음, 노자 신봉자라. 그럼 모리 씨 외에 다른 아나키스트들도 다 노자 신봉자로 봐도 좋을까요?" 하야시 국장이 물었다.

"유감스럽게도 그렇지 못합니다." 모리는 걱정스레 말했다. "특히 유럽의 아나키스트들은 아나키즘을 실행에 옮기고자 하는 과격주의자들입니다."

"그럼, 모리 씨는 노자사상을 실천에 옮길 의향은 없습니까?" 이번에는 다카다 국장이 물었다.

"노자사상 아나키즘은, 이상주의 또는 수신극기 수단에 불과합니다. 실천에 옮겼대야 한 개인의 문제입니다."

"그럼, 아예 노자사상을 버리심이 좋지 않을까요? 남의 오해, 국가의 오해도 안 받게 되겠고." 다카다 국장이 계속 추격했다.

모리는 웃으며 말했다. "후지산을 내 고장으로 옮길 수 없다고, 후지산을 외면하거나 험담할 수야 없지요."

"그러고 보니 아나키스트도 여러 타입이 있군." 다카다가 고개를 끄덕였다.

"그러나 모리 씨는 아나키스트로 유죄판결을 받고 지명수배 중인 신분이십니다. 알고 계시죠?" 오노 의원이 물었다.

"네, 알고 있어요. 그러나 그건 내 책임이 아니라는 것도 아셔야 합니다." 모리가 쏴붙였다.

"좋습니다. 그건 오늘 토의할 문제와 관계가 없습니다." 오노는 생색을 냈다.

"그럼 아나키즘 문제는 여기서 매듭을 짓고, 본론으로 돌아갑시다." 나는 이 기회를 잡아 오노에게 주문하였다. 오노 의원도 동의하였다. 다카다와 하야시 두 신문인은 "우리가 공연한 문제로 회의 분위기를 흐리게 해드려 죄송합니다." 하고 깍듯이 사과했다.

"천만의 말씀이십니다. 두 분께서는 이 자리에서 꼭 짚고 넘어야 할 문제를 질문하셨습니다. 우리가 토론할 주제가 인간성, 특히 사상성에 관한 문제 아니겠습니까." 내가 대꾸했다.

이어서 오노가 말했다. "오늘 회의 벽두의 김기식 선생의 말씀, 즉 피해당한 일본국민들에게 미안하다는 의사표시와 예측할 수 없는 국제정세에 대한 우려를 솔직히 말씀했고, 또 지금 모리 선생의 말씀, 즉 유럽의 아나키스트와는 상관없이 모리 선생의 아나키즘은 단순한 노자정신이자 이상주의자의 울타리를 넘는 것이 아니라는 말씀은 우리 정부가 품고 있는 우려의 태반을 후련하게 씻어주었습니다. 이제 나머지 상호 간의 의견 격차를 좁혀 봅시다."

나는 대답을 주저하였다. 말재간에 능한 이 사람들의 응대는 신중히 할 필요가 있었다. 나는 시간을 벌기 위해서 동료 모리에게 물었다. "모리 씨, 오노 선생의 말씀을 어찌 생각하시오?"

"우리는 회의 맨 처음, 협상하러 온 게 아니라 정보를 얻고자 왔다고 했어요. 오노 선생은 국제정국이 혼돈상태이니 정전하자고 말했고요. 그런데 우리는 지금 실질적인 정전을 하고 있어요. 일방적인 정전이죠. 정부 측은 지금도 우리를 수색, 추적하고 있잖소. 이점부터 분명하게 짚고 넘어갑시다. 오노 선생, 우리의 정전 동안 정부 측도 우리에게 공세를 취하지 말아야지요?" 하고 따졌다.

오노는 옆의 두 신문인을 돌아본 후 말했다. "이거 어려운 질문에 부딪혔군요. 내가 아까 말한 정전(停戰)하자고 한 건, 우리 화해합시다 하는 뜻이었고, 모리 씨가 주장하는 정전은 글자 그대로 전투정지, 즉 정전입니다.

그런데 두 분께서 말한 정전이란 우리가 확인하기 어려운 성질의 것입니다. 지하단체의 지하 전선이니, 우리로선 적이 전투 중인지, 휴식 중인지, 정전상태인지, 종전상태인지 가늠하기가 불가능합니다.

모리 씨, 당신이 내 입장이 돼서 생각해보세요. 내가 모리 씨 입장이 되어, 나는 정전했으니 정부도 정전해야 된다면 뭐라고 대답하시겠소?" 그러고는 난처한 표정을 했다.

모리 그 역시 두 신문인을 향하여 동의를 구했다. "어떻게 보십니까, 선생님 두 분은. 9월 25일 이후 우리 측의 공세가 있었다는 뉴스는 한 건도 없었죠? 미심쩍으면 전화로 신문사에 확인해보셔도 좋습니다."

"없었어요. 우리가 아는 한 없었어요. 일주일 전의 구치소 습격사건을 빼고는 말이오." 다카다 국장이 능청스레 대꾸했다.

"아차, 그건 있어! 하지만 그건 봐주셔야지요. 그게 어디 공세인가요. 우리 동료들을 인수한 것뿐이죠." 모리가 머리를 긁적였다.

오노 의원은 "당신들은 원자폭탄을 다섯 개나 갖고 있다 하더군요. 산 너머에서 소리 없이 날아가는 비행곡사포도 있다고 들었어요. 전국 곳곳에 행동대원들이 깔렸다고 해요. 지금 이 자리에서 두 분께선 정전 중이라 하지만, 다른 곳의 대원들은 어떤 지하공작을 하고 있는지 어찌 알겠어요. 정부로선 한시도 경계를 소홀히 할 수 없잖아요."

하야시 요미우리 국장이 말했다. "이런 경우도 상상할 수 있겠군요. 경찰이나 향토방위대원이 비상근무 중, 세계평화유지기구 행동대의 척후대와 충돌할 가능성도 있겠는데."

"그런 경우는 별 걱정거리가 안 됩니다. 우리는 우리 전 대원에게 절대로 무장하고 나다니지 말 것과, 비록 체포되더라도 저항 말고 신분을 밝히라고 이르겠어요. 일단 검거되더라도 정전 기간 중에는 석방하면 되는 거죠." 내가 나섰다.

"하긴 그렇군." 두 신문인은 고갤 끄덕였다.

그러나 오노 의원이 이의를 달았다. "그리 간단치 않아요. 설사 이 자리에서 정전이 합의된다 해도 그 유효기간과 유지방법, 정전 합의의 연장이나 파기 절차를 어찌 처리합니까."

"정 까다로우면 이 상태로 둘 수밖에." 모리의 말은 다분히 투정 조였다.

"그러니 화해하자고요." 오노 의원이 말했다.

"그게 좋겠습니다. 쌍방이 이미 현시국관의 접근이 있었고, 또 서로의 인격을 존중하는 신사적 우호 표시가 있었으니 한 걸음 더 나가 화해하는 게 좋겠습니다. 정 화해가 어려우면 종전협정으로 매듭지을 수도 있고요." 두 신문인도 거들었다.

"좋습니다. 화해조건을 토론합시다." 내가 말했다. 모리도 끄덕였다.

"환영합니다." 오노 의원이 기뻐하며 말했다. "그럼. 이제부터 화해협상으로 들어가는 겁니다."

우리가 커피를 들며 담화를 나누는 사이, 방 중앙의 큰 테이블은 말끔히 정돈되어 우리는 다시 그쪽으로 자리를 옮겼다.

이제부터 정식 협상이었다. 나는 이런 일은 처음 치러보는 터라 자연히 긴장감이 들었다. 아랫배에 힘을 한번 주고 옷깃도 바로잡았다.

오노 의원이 먼저 입을 열었다. "김 선생이 먼저 말씀해주시죠. 귀측이 희망하는 화해조건은 어떤 것인지요?"

"우리는 화해조건이 따로 없어요. 지난 7월 15일에 일본 정부에 보낸 경고문 속에 있는 5개 조항이 우리의 요구조건이오. 일본 정부가 화해를 원한다면 그 조건들을 들어주면 됩니다. 그걸로 우리는 만족합니다." 이렇게 말하니 옆자리에 앉은 모리도 고갤 끄덕였다.

오노는 고갤 갸웃했다. 그가 고개를 돌려 창가에 대기하고 있는 자기 비서를 손짓하여 어떤 지시를 하자 비서가 가방에서 서류뭉치를 꺼내 오노 의원 앞에 펼쳐 놓았다. 오노가 말했다.

"이것은 경고문이지 화해조건은 아닙니다. 그러나 오늘 협상에서 이 경고문을 기본재료로 삼고자 하시는 의향이니, 검토해봅시다. 첫째 조항, 무역 불균형의 피해보상으로 이제까지 일본이 거둔 흑자무역액을 반납하라는 취지군요. 이 조항은 한마디로 말하여 실행 불가능을 전제로 한 협박입니다. 예컨대 전 재산이 백만 엔밖에 없는 가정에 천만 엔을 내라 하면 어찌 되겠습니까?

그렇다고 내가 김 선생을 비난하는 건 아니에요. 입장을 바꿔 내가 김 선생 즉, 만일 지하단체의 지도자가 되었다 해도 이런 경고문을 냈을 거예요. 엄포로 말이죠. 너 괘씸한 놈, 혼 좀 나봐라! 하는 호통이야 당연하죠. 쩨쩨하게 나 좀 도와달라 할 경우가 아니니 말입니다.

그러나 협박공갈이 아닌 합리적인 협상 자리에서야 안 될 말입니다.

무역흑자, 다시 말해 상대보다 물건을 더 판 차액이 전부 이익은 아니라는 그런 초보적 계산을 떠나서라도 이 첫째 조항을 요구 그대로 받아들여 일본 정부가 실행하고자 한다면 현재 일본이 보유하고 있는 외화 전부에다가, 시중은행에 예치된 전 국민의 예금 심지어 초등학교 아동들의 돼지저금통을 다 털어 합쳐도 요구액을 채울

수가 없습니다. 일본이란 나라는 그 자리에서 빈껍데기도 없이 사라지는 겁니다. 그럴 경우, 둘째, 셋째, 넷째, 다섯째 요구조항을 따질 의미마저 없어지는 것이니, 이 첫째 조항은 순전한 경고문이지 실제 요구조건이 될 수가 없습니다." 그의 말솜씨는 청산유수였다.

듣고 보니 그랬다. 이거 휘말리겠는데 하고 마음이 무거워졌다. 모리가 나서서 따졌다.

"그럼 오노 의원께서는 첫째 요구조항은 의미가 없으니 취소하라는 말씀이오?"

"아닙니다. 나는 아까 입장을 바꿔서 내가 경고문을 썼어도 이렇게 썼을 거라고 말했어요. 나는 이 조항을 정신 면에서 높이 평가하고 신중히 처리해야 한다고 하라 총리 각하께 말씀드린 바 있습니다. 즉 현실 면에서 일본은 부자나라가 되고, 둘레의 아시아 여러 나라는 가난하거나 경제 상황이 향상되었다 해도, 일본과의 격차는 날로 심화되고 있는 현실을 진언했습니다.

이웃이 부자가 되고 내가 가난하면 속이 편치 않은데, 하물며 지난날의 적국인 일본이 더욱 부자가 되어 활개를 치고 다니니 문제지요.

우리 일본의 일부 경제학자는 일본이 흑자도산할 거라는 불길한 예언까지 하고 있습니다. 우리로서도 어떤 조치건 해야 합니다. 그러면 어떻게 해야 좋으냐? 좋은 의견이 있으면 말씀해보세요." 하고 우리 두 사람을 바라보았다. 나는 말문이 막혔다. 내가 하고 싶은 말을, 상대가 먼저 하고 나서 말할 거 있으면 말해라 하는 식이었다. 분명 상대는 단수가 높았다. 게릴라전과 원탁회의는 판이 다름을 절감하였다. 이번에도 모리가 나섰다.

"아사히신문과 요미우리신문에서 나오신 두 분께 말씀드립니다. 우리는 경제에는 까막눈입니다. 첫째 조항이 협상의 조건이 될 수 없다는 오노 의원의 말씀인데 이론은 그렇더라도 실제에 있어 첫째 조항을 빼면 우리가 설치고 나선 명분마저 없어집니다.

이런 경우 우리 입장을 어찌 표현하면 좋을까요? 아사히신문이나 요미우리신문은 전통 있고, 정의를 신조로 하는 세계의 큰 언론기관 아닙니까. 오늘 두 분은 정부의 옵서버가 아니라 중립입회인의 자격으로 우리를 위하여 적절한 대책을 말씀해주십시오. 부탁합니다."

역시 모리는 머리가 잘 돈다고 나는 감탄하였다. 두 신문사의 편집국장은 고갤 갸웃한 채 모리의 말을 다 듣고 나서 서로 얼굴을 마주 보더니 오노에게 말했다.

"오노 의원님, 우리가 발언해도 괜찮을까요?"

"괜찮고말고요. 이 자리는 적대시하는 두 진영의 자리가 아니라 앞으로 한 식구가 되기를 바라는 우정의 자리라고 보시고, 공평무사한 내용을 말씀해주세요."

두 편집국장은 각기 메모지에 초안을 적어 서로 교환하더니 정리된 메모를 우리 앞에 내보였다.

"첫째 조항, 일본 정부는 아시아 우방 국가와의 무역 불균형 상태를 이대로 방치함은 쌍방에 유해함을 인식하여, 자율조치로 이를 시정하는 한편, 상대국의 실정과 요구조건을 겸허히 받아들여 가장 이른 시일 안에 공평하고 균형 있는 무역거래를 이룩하도록 함. 이를 위하여 즉시 당사국 간의 전문위원회를 구성하여 실효를 거두도록 하되, 주위 사정에 의하여 불균형 상태의 시정이 여의치 않을 경우에는 일정기한 이후부터 무역흑자액의 15퍼센트 상당액을 상대국에 당시의 국제 금융금리 중 최하 금리를 적용하여 장기신용 방식으로 대여하기로 한다."

나와 모리는 이 메모에 담긴 내용을 검토하느라 꾸물대고 있는데, 오노 의원은 "아이쿠" 하는 비명을 내며 두 신문인에게 대들었다.

"두 선생님, 이건 너무하지 않소. 무역흑자액의 15퍼센트를 도로 내주라니 어떤 장사치고 15퍼센트의 순이익이 남는 장사가 어디 있단 말씀이오. 이 조항이 시행되면, 어느 상대국이고 일부러 적자수출국이 되어 15퍼센트의 환금을 노릴 것이외다. 이건 말이 안 돼요." 하며 펄쩍 뛰었다. 다카다 국장이 웃으면서 대답했다.

"환금이 아니라 대부금이죠. 그리고 대부하기 싫으면 흑자수출을 자율조치로 막으면 되는 거 아니오. 일본이 경제동물이란 소릴 면하려면 이 길밖에 없어요."

"이 조항을 총리 각하가 보면 나는 당장 모가지요. 그뿐만 아니라 경제인협회가 들고 일어날 텐데 그걸 어쩔 거요."

다카다 국장이나 하야시 국장은 웃으면서 말했다. "경제인협회 친구들이 아무려면 총칼 들고 대들겠소. 정 불만 있거든 여기 오신 김 선생이나 모리 선생과 담판하라고 해요."

"좋아요. 이건 결정조건이 아닌 요구조건이니. 그럼 둘째 조항으로 넘어가기로 합시다." 오노가 말했다.

하야시 국장은 우리 두 사람을 보고 물었다. "두 분도 좋습니까?"

우리는 확실히 "네." 하고 자신 있는 대답은 안 했으나, 그냥 고개를 끄덕이는 것으로 대신했다. 좌우간 승낙한 꼴이었다.

오노는 계속해서 둘째 조항을 읽으며 우리에게 말했다. "둘째 조항, 현재 일본 내에 거주하는 과거 모든 피압박 민족에게 일본인과 완전히 동등한 대우를 하고 이제까지의 차별대우로 인한 물질적 정신적 피해를 보상하라. 현대 일본의 지성인들은 모두가 현행 제도에 불만입니다. 나 역시 현행법은 악법임을 압니다. 이 점 이론의 여지는 없으나 과거로 소급하여 피해를 보상하라는 점은 무리예요. 물론 물질적, 정신적 피해야 이루 형용키 어려울 정도라는 것도 알고 있어요. 그렇다고 무형체로 성문화하여 값을 매긴다는 일은 어려운 일 중에도 가장 어려운 일이며 쌍방의 상처를 더 하게 하는 부작용이 뻔하게 보이니 이 조항은 일본인과 완전히 동등한 대우를 한다로 고치고 생략하는 게 어떨지요?" 일리 있는 말이었다. 모리가 내 얼굴을 보며 잠자코 있기에 나는 "좋습니다." 하였다.

오노는 계속했다. "셋째 조항, 과거 일본 군벌로 인하여 고통받은 아시아 여러 나라에 사절단을 보내고 실효 있는 보상을 하라. 이 조항도 여기 담긴 뜻은 이해되나 요구조건으로서는 좀 이상한 것 같군요. 이미 40년의 세월이 지난 오늘날 다시 과거를 논한다는 것은 이상하지 않습니까?" 이렇게 말하고는 여러 사람의 표정을 살폈다. 나는 역시 이 말에도 일리가 있다고 느꼈다. 그러나 이것저것 다 일리 있다고 어물어물 넘어가기는 억울한 생각이 들었다. 종전 후 40년을 요리조리 이용만 당한 후진국과 요령 좋아 부자나라가 된 일본이었다. 겉으로 보면 당연하고, 생각하면 분했다. 모리가 또 두 신문인에게 물었다.

"두 분께선 어찌 보십니까? 선진국과 후진국과의 관계 말입니다. 장사 잘해 돈 벌었는데 무슨 말인가 하면 그만인 것도 같고, 그렇지만은 않은 것도 같고 합니다, 그려."

하야시 국장이 한마디 했다. "이건 좀 딴 성질의 이야기올시다만, 나는 항상 이런 생각을 하고 있어요. 세계에서 제일 장사 수완이 뛰어났다는 이스라엘 민족, 참 기막히게 머리가 좋습니다. 세계의 어느 겨레도 그들을 따라갈 수 없습니다. 겉으로 돌아가는 세계의 역사는 어찌 됐든 20세기 현대의 경제권은 역시 이스라엘 사람들 수중에 있습니다.

이렇게 영특하고 돈 잘 벌기로 세계 으뜸가는 이스라엘 사람들이 과연 세계에서 제일 행복하게 잘 사는 민족이냐 하면 그렇지 못한 건 세계가 다 인정하는 사실입니다. 사실 이스라엘 민족만큼 불쌍한 민족도 드물 겁니다. 요즘 치르고 있는 아랍계 국가들과의 전쟁은 고생스럽긴 해도 일당백의 싸움을 이겨내고 있으니 영광스럽고 보람 있는 면도 있어 불행하다고 할 수는 없으나, 40년 전 나치의 박해를 보세요. 그렇게 혹독한 재난이 어느 시대 어느 사회에 있었겠어요. 물론 모든 책임은 나치와 히틀러에 있지요. 그런데 그런 비참한 수난의 역사가 과거에는 없었느냐 하면 그건 아니에요.

기원전 모세의 이집트 탈출 이전부터 탈출 이후, 그리고 현대에 이르는 어느 시대 어느 세계에서도 이스라엘 민족의 피로 물들지 않은 역사는 없었습니다.

지상에서 가장 잘 살고 복된 민족이어야 할 이스라엘 민족이 왜 가시밭길을 걸어야만 했느냐? 이 질문의 대답은 참으로 쉽고도 한편으론 어렵습니다. 왜 쉬우냐 하면 이스라엘 사람들은 걸핏하면 주위 여러 민족의 눈총을 받기 때문이었어요. 왜 어려우냐 하면 머리 좋고 알뜰하고 남에게 신세 안 지고 부지런한 게 그 겨레의 특징인데 그게 무슨 죄라고 그런 끔찍한 수난을 겪어야 하느냐 이겁니다.

우리 일본도 보세요. B29 폭격기로 전국은 잿더미가 되고, 원자탄 폭격도 받고 형편없었죠. 1950년대의 우리 신문사에서 전국 중학생에게 생활정보 설문을 한 적이 있는데 응답 아동 중 45퍼센트의 가장 큰 소망이 배부르도록 실컷 먹어봤으면 한다는 거였어요. 그 통계를 보고 우리는 울었습니다."

숨을 돌린 하야시 국장이 계속 말을 이어나갔다. "이런 얘기가 지금은 우스갯소리가 되고 성년기 이하의 절대다수 국민들은 곧이들으려고도 안 하는 지난 역사 얘기가 됐지요.

그럼, 그런 가난한 나라가 오늘날 어째서 부자나라가 됐느냐? 이유야 많겠죠. 그중 몇 가지 이유에서 자타가 공인하는 사실은, 모든 국민이 허리를 졸라매고 희망을 잃지 않았다는 것, 부지런하다는 것, 가난한 살림을 하면서도 꼭 저축을 했다는 것 등을 들 수 있지요. 이런 것은 하등의 잘못도 죄도 아닙니다.

그러나 오늘날 우리 일본인들은 세계의 눈총을 받고 있습니다. 잘못이 있기에 눈총을 받는 겁니다. 일본인들은 이것을 부인해선 안 됩니다. 이웃 나라와의 생활 수준에 차이가 난다고 받는 눈총이라면, 눈총받아도 좋다고 해서는 안 됩니다. 이웃 나라 역시 잘살게 된 나라를 미워해서도 안 됩니다.

이런 것은 서로 따지지 말아야 합니다. 이것은 문명사회가 당연히 처리할 명제로 삼고 해결해나가야 합니다. 감정이 개입돼선 안 되고 공동참여, 공동노력이 필요합니다."

"그런 문제를 다룰 국제기구가 마련되는 게 좋겠군요. 하야시 선생은 어떤 구상이 있는 게 아닙니까?" 다카다 국장이 물었다.

하야시 국장은 대답했다. "우리 요미우리 신문사가 몇 년 전부터 이 문제를 연구해왔어요. '아시아 연구소' 또는 '아시아 연합'이란 명칭을 붙여 아시아 이웃 나라의 공동발전을 모색하여 경제 수준을 비슷비슷하게 만들고, 그게 어려울 적엔 남는 쪽에서 모자라는 쪽을 보태주도록 해보자 하는 취지였지요. 예산을 짜보니까 우리 요미우리 따위의 신문사가 떠맡기에는 너무나 역부족이라 일단 보류했습니다. 오노 의원, 어떻습니까. 이번 기회에 일본의 국가사업으로 '아시아 연합재단 설립법안' 같은 것을 국회에서 발안해보심이."

"좋은 말씀이신데, 협상을 논하는 이 자리에서 어찌 다루어야 할지 나로서는 막막합니다." 오노는 꽁무니를 뺐다.

다카다 국장이 거들었다. "이렇게 하면 어떨까요. '일본은 아시아의 공동번영을 위한 아시아 연합재단을 설립한다.' 이 조항을 셋째 조항에 대처해보죠."

결국 셋째 조항은 쌍방의 찬성도 반대도 없이 어물어물 넘어갔다. 오노는 다시 본 건에 관해 이야기하기 시작했다. "그럼 다음은 넷째 조항, 원폭 피해자에 대한 대우를 외국인도 일본인과 같이하라는 문제와 사할린 피징용자에 관한 건입니다. 이 건은 과거 여러 차례에 걸쳐, 한국 정부와 한국의 민간인으로부터 공박을 받아왔습니다. 그런데도 일본 정부는 성의를 다하지 못한 점 실로 부끄럽고 죄송스럽습니다. 불초 오노 세이기는 명심하여 이 문제 해결에 정성을 다할 것을 맹세합니다." 그러고는 우리에게 크게 고개를 숙여 사죄했다. 나나 모리나 상대가 이쯤 나오니 할 말이 없었다. 옆의 두 신문인이 한마디씩 했다.

"참으로 유감이오. 40년이나 끌다니, 쯧쯧⋯."

"변명 같지만, 초기에는 우리 일본 자체의 무기력과 가난으로 이웃을 돌볼 수가 없다 보니 자연 등한시해진 것이고, 사할린 피징용자 문제는 상대가 벽창호 소련 아니겠소. 어쩔 도리가 없었죠."

이때 오노가 갑자기 밝은 표정을 지으며 말했다. "좋은 방안이 있음 직도 합니다. 요즘 소련이 일본 정부에 시베리아 개발 사업에 협력해달라는 요청이 있는데, 교섭과정에서 일본뿐 아니라 한국도 함께 참여시키자고 해야겠군요. 이야기가 이루어지면 사할린 잔류 한국인 송환문제는 손쉽게 해결될 거예요."

"좋은 의견을 말씀하셨지만, 사할린 잔류 한국인 송환문제는 시베리아 개발문제를 기다릴 성질의 것이 아닙니다. 시베리아 개발문제는 아직 거론단계도 아닌데, 사할린 잔류 한국인들은 모두가 고령자들입니다. 서둘러주셔야 합니다." 내가 말했다.

오노가 대답했다. "참, 그렇군요. 다른 어떤 문제보다 서둘러 보겠습니다."

다음은 마지막으로 공해처리 문제가 남았다. 오노는 말을 이었다. "이 조항은 우리 정부로서는 전혀 모르고 있는 사실입니다. 김 선생께서 아시는 대로 말씀해주셨으면 좋겠습니다."

나도 이 문제에 관해선, 이렇다 할 자료가 없었다. 다만 신문에 가끔 나오는 악덕 상인들이 일본에서 공업 원자재라고 해서 속여 통관시켜 놓고 도망가버리는 기사를 읽은 것밖에 없었다. 나는 교외나 해안 등에 버려진 일본수입 공해물질이 농촌과 연안 일대를 오염시키는 현장 사진 기사를, 한 예로 들어 설명하였다.

"나도 몇 가지 그런 외신을 읽은 기억이 납니다. 일본 상인 중에는 간교한 자가 많아요. 관계 당국이나, 기업체로부터는 엄청난 처리대금을 받고도, 한국인들이나 제3국인들을 매수하여 수출형식으로 내다 버리는 거예요. 규모의 다소간에 하는 짓이 고약하죠." 다카다 국장이 말했다.

"알았습니다. 정부에 알려 악덕 상인들의 뿌리를 뽑고 적절한 보상조치를 하겠습니다." 오노의 말이었다.

이상으로 우리의 요구조건 5개 항의 수정제의와, 이에 대한 일본 정부의 의사표시도 아울러 정리된 셈이었다.

나는 약간 미흡한 생각이 나서 물었다. "그런데 아까 오노 의원께선 첫째 조항을 토론할 때, 이것은 요구조건이지 결정조건은 아니라고 하셨는데, 그렇다면 여태껏 토론한 건 물거품 같은 헛것 아니겠소?"

오노는 그 문제에 대해서 답변했다. "결정조건이 아니라는 건 사실입니다. 우리는 쌍방의 최종 결정권자가 아니지 않습니까. 김 선생 쪽 사정은 어떤지 몰라도 우리 쪽은 각의에서 결의가 되어야 합니다.

쌍방 중 어느 한쪽에서든 이의사항이 생기면 다시 만나서 다시 절충해야지요.

그러나 오늘 이 자리에서 이 정도로 합의된 것은 쌍방이 충분히 검토, 토론한 것이니 기본은 튼튼한 것이고 따라서 무수정 통과도 기대할 수 있는 것인 동시에 이의나 재론이 있기 전에는 일단 합의사항으로 효력을 발생하는 것입니다. 따라서 지금부터 우리는 적대행위를 못 하게 되는 겁니다."

옆에서 다카다 편집국장이 말했다. "이 자리에서 쌍방이 교환한 의견을 우리가 종합 정리하여 드릴 터이니 다시 한 번 검토하시고 틀린 데가 없으면 서명하십시오. 그리고 밖에서 보도진이 기다리고 있으니 오늘의 결과를 성명서로 발표해야 합니다. 그것도 우리가 작성해서 쌍방에게 보여드리지요."

나는 고맙다고 했다. 그들이 작성한 합의 내용은 위에서 말한 대로였고, 성명서는 다음과 같았다.

〈성명서〉

1. 하라 총리의 위촉을 받은 일본 정부 대표 오노 세이기 중의원 의원과, 세계평화유지기구 행동대 대표 김기식과 모리 간타로는 1987년 10월 10일 정오, 도쿄호텔에서 만나, 쌍방 간에 금년 7월 31일부터 시작된 분규를 평화적으로 수습할 것을 토론하였다.

2. 세계평화유지기구 대표는 이 분규로 인하여, 생명과 재산을 잃은 일본국민에게 진심으로 사과하였다. 일본 정부 대표는 세평기구의 행동이, 악의가 아닌 쌍방 간의 의견 차이에서 비롯됐음을 이해하였다.

3. 쌍방은 현재의 국제정세가 불안함을 시인하고, 이러한 상황 아래 쌍방 간 분규가 계속됨은 세계평화에 해로운 사실임을 시인하였다.

4. 쌍방은 별지 합의서에 서명함으로써 무력 분규를 정지하는 데 합의하였다. 별지 합의서는 일본 정부의 승인과 세계평화유지기구의 정식승인이 있어야 정식으로 효과를 발휘하는 것이며 그때까지는 잠정적 효과를 발휘함에 합의하였다.

1987년 10월 10일
쌍방대표

12
황국순의대(皇國殉義隊)

나와 모리로서는 어느 정도 성공적이라고 생각한 일본 정부와의 정전협정은 남이 보기에는 그렇지 못한 듯했다.

아지트로 돌아와 대기하고 있던 동지들에게 갖고 온 합의서와 성명서를 내보이니, 몇 사람은 그런대로 수고했다고 인사조로나마 대접해주었으나 대개는 시큰둥한 태도였고, 더러는 노골적으로 반대했다. 그중에도 박만운은 노발대발이었다.

정전이 목적이라면 애당초 일본엔 뭣 때문에 왔느냐고 열을 올렸다.

"나는 김기식이 야무진 사람인 줄 알았더니 아주 헛것이네. 싸우다 죽기도 하고 죽이기도 하는데 사죄는 무슨 사죄인가. 사죄라는 말을 쓰려면 쌍방이 같이 써야지 일방적 사죄가 뭣인가? 또 일본의 사회불안을 바라지 않는 데 합의한다는 뜻은 뭣인가? 일본을 공격하러 온 사람들이 일본의 불안을 걱정하다니 웃기는군. 국제정세의 불안이야 뻔히 내다본 노릇인데 불안을 원치 않는다니 전쟁이 겁이 나서 그러나? 머리가 너무 지나치게 좋아서 그러나? 나는 통 이해할 수 없다고. 나는 정전 합의에 반대. 나는 나 혼자서라도 싸우겠다. 원수들을 한 놈이라도 더 죽이고 나도 죽겠다. 나를 제명하려거든 제명해라. 나는 싸운다. 나를 따를 자는 함께 싸우자. 정전협정에 따를 사람은 여기 남고, 싸울 사람은 나서라!" 박만운은 흥분하여 떠들었다. 서너 사람이 그에게 동조하여 나섰다. 그러니 박만운은 더욱 완강히 나에게 등을 돌렸다. 일이 난처하게 되었다.

비교적 중립적인 동지들도 박만운이 설치는 통에 나에게 비판적으로 나왔다. "김 동지가 속은 거요. 일본 측은 우선 급한 불을 끄고 보자는 얕은꾀로 동지를 속인 거요. 봐요! 성명서에도 이것은 임시조치라고 하지 않았소. 합의서의 첫째 조항도 과거사는 불문에 부치고 흑자무역액의 15퍼센트 대부라니 이것도 일방적으로 당한 거요. 여태껏 40년간 착취당할 대로 당했는데, 한 푼도 안 내놓고 넘어간다니 될 말이오."

나는 이러한 반발이나 비판도 일리가 있음을 부인하지 않았다. 반대하는 사람들의 말이 옳다면, 어제의 나와 모리는 분명 실수한 것이다. 그리고 우리를 유도한, 아사히신문의 다카다 국장이나 요미우리신문의 하야시 국장이, 우리를 속이려고 수단을 부렸다고 봐야겠지.

그러나 나는 동지들의 반대나 비판을 받고서도 어제 우리의 행위는 잘못이 아니라고 생각했다. 그리고 두 일본 신문인의 태도는 공평하고 합리적이었다고 고맙게 생각했다.

이날 저녁 석간과 호외에는 '오노, 김기식 평화회담 성공'이란 제목으로 도쿄호텔의 협상기사가 크게 보도되었다. 각 신문은 정전 합의 조항과 성명서를 우리의 발표대로 싣고 보도경향은 대체로 긍정적이었다.

일본 측 언론이 긍정적이라면 우리가 정말 당한 건 아니냐고, 나는 좀 불안했다.

그런데 그날 밤이 지나고 날이 밝자, 도쿄 시내에는 일대 혼란이 일어났다. 일본의 수십 개 우익단체가 일제히 거리로 쏟아져 나와 격렬한 데모를 감행하였다.

그들의 구호는 "망국적 하라 내각은 물러가라!", "국적 오노 세이기를 죽여라!", "WPO를 애국청년들이 궐기하여 몰아내자!", "정전 합의 무효!" 등등 살벌했다.

아사히신문사와 요미우리신문사에는 많은 경찰관이 배치되어 예비경계를 했음에도 불구하고, 데모대들의 습격으로 큰 피해를 보았다.

우익지들은 말할 것도 없고, 일부 중립지들도 하라 내각의 경솔을 나무랐다. 그들의 주장인즉, "내란죄를 범한 폭도들에게 사상 유례없는 외교권을 내주고 정부와 동등한 대우를 하다니 미쳤구나." 하는 식으로 몰아붙였다.

경제전문 신문이나 중립지의 경제담당 논설위원들도 합의서 중의 첫째 항목인 흑자무역액 15퍼센트 대부환금을 크게 나무랐다. 실행 불가능한 바보 천치의 망발이라고 비웃었다.

반면에 판매 부수 백만 단위의 대신문들을 포함한 중립지들은 그나마 호의적이었다.

"쌍방이 다 무난한 조건이다."

"수습이 되어 다행이다."

"WPO의 행동대를 가벼이 봐서는 안 된다. 첫째 그들은 비록 인원은 많지 않으나 경이적인 신무기로 무장되어 있다. 미국 CIA는 적어도 다섯 개의 핵무기를 갖고 있을 거라는 정보를 일본 정부에 제공하기도 하였다. 또 그들의 배후에는 세계적 군사조직체가 뒷받침하고 있다. 이러한 힘의 평가보다 더 중요한 관심거리가 있다. 그것은 요즘 세계에 새로이 등장한 사상기류다. 이제 20세기는 종말에 접어들었다. 제국주의, 자본주의, 공산주의, UN, 초강대국, 제3세계들의 관념은 그 실체와 더불어 소멸 단계에 있다.

이제 우리는 21세기 문턱에 왔다. 새로운 사상, 새로운 질서를 모색해야 우리 인류는 살아남을 수 있다. WPO는 막연하나마 이러한 새로운 요구, 새로운 희망을 안고 출현한 것이다. 역사의 흐름에 역행하지 말라."

그러나 사회당과 공명당은 "하라 내각은 정권을 담당할 자격이 없으니 총사직하라!"고 나왔다.

공산당을 포함한 좌익지들은 반대로, "일본 정부는 WPO를 정식 국제기구로 승인하라.", "정부는 정전협정을 정식 승인하라."고 주장했다.

미묘한 건 민단과 조총련의 태도였다. 민단은 여태껏 우리와 일본 정부 간의 중계역을 해왔다. 그들의 뒤에는 대한민국 정부가 있었다. 함부로 나설 입장이 못 되었다. 그저 온건하게 중립지의 논설을 지지하는 정도에 멈췄다.

조총련은 색달랐다. WPO가 이 정도의 대우를 받게 된 것은, 조총련의 공임을 은연중 과시했다. 그렇다고 WPO를 지지하는 것도, 반대하는 것도 아닌, 애매하기 짝이 없는 태도였다.

그들의 심중은, WPO의 내막도 제대로 파악하지 못한 채, 이용만 당한 게 분하다는 감정이 앞서고 있었다.

정전협정 합의에 대한 태도 중 가장 격렬한 건 우익단체들의 광란에 가까운 반발 행동이었다.

그중에는 공공연히 일본도를 빼 들고, 떼를 지어 거리를 누비며 공포 분위기를 만드는 자들도 있었다.

이러한 양상을 보자, 나와 모리의 협상 태도를 비판하던 일부 동지들의 태도도 많이 부드러워졌다.

그러나 박만운만은 달랐다. "저것 보라고. 일본도를 뽑아 들고 날뛰는 일본 아이들. 저것이 저들의 진정한 대표라고. 결국, 우리와 자웅을 겨뤄야 할 상대야." 그의 적개심은 더욱 굳어만 갔다.

우리가 은근히 걱정하던 사태가 드디어 터지고 말았다.

10월 13일 일요일. 오카야마현 다니사도, 조총련 지부 사무실에 재래식 일본 제복을 입은 우익청년단체 5인조가 나타났다.

머리에 질끈 동여맨 흰 수건에 나타난 글자는 황국순의대(皇國殉義隊)라 하였다. 모두 새파랗게 젊은 사나이들이었다. 손에는 일제히 목도가 들려 있었다.

이날은 일요일이라 이곳 조총련 지부 사무실은 비어 있게 되었는데, 마침 등산회 모임이 있어 8명의 청년이 배낭 등 등산 채비를 하고 사무실을 나서려던 참이었다.

쌍방 간에 시비가 붙었는데, 시비의 발단은 이곳 사무실 벽에 "하라 총리는 협상 5개 조항을 즉시 실행하라!"는 격문이 붙어 있는 것을 황국순의대 대원들이 뜯어버린 데서 생겼다.

처음에는 욕설로부터 시작하여, 쌍방은 피켈과 목도로 치고받았는데, 조총련 측은 인원이 많았고 연장도 목도보다는 피켈이 위력이 있어 일본 청년들이 몰리게 되었다.

그러자 5인조 중에서 한 사람이, "빼라!" 하고 소리치며 일본도를 빼 들었다. 목도는 사실 위장된 일본도였다.

"악." 비명과 함께 등산복의 한 사람이 쓰러졌다.

이쯤 되니 피차 위협용으로 휘두르던 피켈과 목도가 이제는 필살의 흉기로 둔갑하였다. 현장은 수라장이 되었고, 주민의 신고를 받고 경찰이 뛰어온 때는 이미 싸움이 끝난 뒤였다.

조총련 측은 현장 사망 5명, 중상 3명이고, 황국순의대 측은 중상 3명, 경상 2명이었다.

경찰이 나타나자 황국순의대 측은 도주하고 경찰은 구급차를 불러 조총련의 중상자 세 사람을 병원으로 이송하였다.

이 사건으로 다니시도는 발칵 뒤집혔다. 인구 3만여 명의 이 도시에 거주하는 한국인은 민단계와 조총련계 합하여 8백 명 정도. 그렇지 않아도 7월 31일 스미다 호텔사건 이래 날카롭게 대립 상태로 있던 두 민족 간에 뜻하지 않은 불상사가 생긴 것이었다.

양측 청년단원들이 비상 소집되고, 수적 열세인 한국 측은 인근에서 각종 차량을 동원하여 응원 인원을 보충하고, 상가는 철시되는 형편이었다.

다음 날 신문에는 병원 이송 후 사망자가 조총련에 두 명, 일본인 측에 한 명이 나와 쌍방의 사망자는 7대 1, 부상자는 1대 4로 집계되었다. 조총련 측의 희생이 절대다수였다.

조총련 측이 강경하게 나왔다. 그들은 50여 명이 일단이 되어 황국순의대 지부를 습격하였다.

지부라야 여염집에 간판만 매단 집으로 조총련이 급격하자 그 집 식구들은 재빨리 도주하여 화를 피하고 습격대는 빈집 창문을 때려 부수고, 다락에 숨겨둔 일본도 10여 자루를 압수하는 등 소란을 피웠는데, 여기서 새로운 시비가 생기게 되었다.

소란 도중에, 벽에 걸린 일장기와 신줏단지가 짓밟혀 박살이 난 것이다.

이번에는 우익청년단들이 반격했다. 10월 15일, 2백여 명의 일본 청년들이 조총련 지부를 습격하여, 아예 불을 질러 사무실을 없애버렸다.

이 습격으로 해서 조총련계 청년 두 명이 죽고 다섯 명이 중경상을 입었다.

모두 9명의 사망자와 6명의 부상자를 낸 조총련 다니사도 지부는 "결사복수"를 선언하고 나섰다.

10월 20일에는 다니사도 교외에서 우연히 맞부딪친 조총련과 우익청년단 사이에 집단 난투극이 벌어졌는데, 이번에도 수적 열세에 몰린 조총련 측이 더욱 많은 희생을 치러야 했다.

즉, 조총련에서는 사망자 4명, 중상 6명, 일본 청년 측은 사망자 2명, 중상 2명이었다. 이리하여 이곳에서 일주일 사이의 충돌로 사망자 총수가 16명이 되었다. 그중 한국계가 13명, 일본계가 3명이었다.

오카야마현 내에 거주하는 교포들은, 생명의 위협을 느껴 딴 곳으로 피신하든지, 조총련이 새로 마련한 다니사도 지부로 집결하여 만일의 사태에 대비하였다.

오카야마현 내의 각 우익청년단체는 이 기회에 그들의 현 내에서 조총련계를 아예 몰아낼 계획을 세웠다. 이들이 이토록 거세게 나오게 된 데에는 그들 나름대로 배경이 있었다.

최근 20여 년 사이에 일본경제가 종전 수준을 넘어서면서 국수주의와 군국주의의 복고풍이 일기 시작하더니, 일본이 경제 대국이 되면서 그 경향은 점점 도수가 높아지고 금년 여름에 일본 총리가 전후 처음으로 야스쿠니신사에 공식 참배를 하고, 각급 학교 조회 시간에 국기게양과 국가봉창이 시행되자, 우익계로서는 크게 활력소가 불어넣어진 것이었다.

종전 후, 민주화 물결에 밀려 숨을 죽이고 지냈던 우익이 차차 기를 펴고 환기를 되찾아, 이제는 전전(戰前)의 극성에 거의 도달하게 되었다.

오카야마현 황국순의대의 경우, 현 내 초등학교 교원노조가 조례식에 국기게양과 국가봉창을 거부하자, 일본도를 휘둘러 교원들을 위협하는 등 위세가 자못 등등했다.

이렇게 때를 맞아 무서울 게 없고 거칠 게 없는 그네들 눈에 하찮은 존재인 조총련 따위가 감히 '하라 내각은 어째라저째라' 하는 벽보를 붙였으니 속이 뒤틀릴 수밖에. 일주일 동안 투닥거린 싸움에서 우익청년들은 조총련에 많은 타격을 주었으나 문제는 이제부터라는 걸 그들도 잘 알고 있었다. 겁 없고 끈질긴 게 한국인들의 근성이니 보복습격은 각오해야 했다. 그래서 그들이 짜낸 계획이 오카야마현에서 조총련을 싹 몰아내는 일이었다. 조총련만 몰아내면 나머지 민단계는 몇 명 안 남게 되고 그들마저 겁을 먹고 딴 곳으로 피해 갈 건 뻔했다.

싹 몰아내고는 싶으나 그렇다고 마음대로 될 일은 아니었다. 경찰은 우익청년계와 조총련계 쌍방에서 폭력치사 혐의로 10여 명씩 구속, 조사 중이었고 언론기관들은 대체로 우익청년 측에 비난의 화살을 퍼붓고 있었다.

한국 정부에서는 사건의 중대성과 타지방으로의 파급 등을 고려하여 특별조사반을 파견하고 조총련은 전국적으로 시위를 계속하고 있었다.

이런 시점에서 황국순의대가 짜낸 조총련계 축출계획은 과연 그들다운 원시적인 것이었다.

황국순의대 대장 고가라시 겐지는 다음과 같이 옛적 봉건시대의 격식을 따른 결투장을 조총련 지부에 보냈다.

피차 우리는 몇 차례 싸움을 치러 양측은 피를 흘렸다. 현(縣) 안팎의 여러 사람들은 화해를 권하나 화해를 말할 입장이 아님은 그대들도 잘 알고 있으리라. 이제 우리는 승부를 봐야 한다. 승부를 보되 단 한 번으로 끝냄이 옳을 것이다. 두고두고 질질 끌어 관의 폐가 되고 국민이 근심거리가 돼서는 안 된다.

닷새 후인 29일, 최후의 결판을 내자. 장소는 니노마다 솔밭. 시간은 아침 6시부터 8시까지. 무기는 일본도와 창, 죽창, 활이 적절하겠으나, 그대들은 이런 무기에 서투를 것이니 45구경 이하의 권총까지는 무방하다. 단, 권총에는 반드시 소음장치가 있어야 한다. 마을 사람들이 놀라지 않게 하기 위해서다.

인원은 피차 2백 명까지로 제한한다. 우리의 복장은 아래위 청색이니 그대들은 알아서 혼동 없도록 하라.

따로 의무반 등 일체의 인원을 더해서는 안 된다.

이번 결판 승부가 겁이 나면 응하지 않는 건 자유이나, 일주일 안에 우리 오카야마현에서 전원(가족 포함) 물러나야 한다.

단판 승부에 응할 의사가 있으면, 전날인 28일 정오에 다니사도 신사 궁사님 댁 현관으로 대표자 두 명이 나와 피차 서약서를 교환하자.

서약서는 이미 준비되어 있고 내용은 다음과 같다.

一. 우리는 천지신명께 맹세하여 다음의 조건을 지킨다.

一. 이번 승부에서 지는 편은 영구히 오카야마현을 떠난다.

一. 자기편의 인명피해는 상대편에게 책임을 묻지 않는다.

一. 심판은 사카이 궁사님과 시의원 마츠시다 선생 두 분이 수고하신다. 그대들도 위의 두 분이면 족히 믿어 의심함이 없을 줄 안다. 혹 딴 생각이 있으면, 두 사람 이하의 심판인 명부를 28일 정오에 대표자 상견 자리에서 제시하면 된다.

1987년 10월 24일

천조대신과 역대 천황의 성령께 맹세를 올리며,

황국순의대 대표 고가라시 겐지 혈판(血判)

갑자기 도전장을 받은 조총련 지부는 당황하였다. 그간 몇 차례 충돌하여 큰 희생을 치른 지부회원들은 이를 갈며 보복의 방법을 궁리하던 차에 적으로부터 거꾸로 도전장을 받았으니 당장 응해야 할 기분이었지만, 적의 도전장 내용을 음미해보면 비열한 함정이

하나둘이 아니었다.

첫째, 지는 편이 오카야마현에서 가족과 더불어 영구히 물러가라는 조건은 얼핏 보아 공평한 것 같으면서도 용납할 수 없는 함정이 있었다.

조총련 측이 지는 경우는 말할 것도 없거니와 이긴 경우에는 남아서 살 수 있느냐 하면 그건 불가능했다. 제3국이 아닌 일본 땅에서, 다수의 일본인을 죽인 소수민족이 그들 속에 끼어서 생활을 꾸려갈 수 있느냐 하면 그건 안 될 말이었다.

그러니 이겨도 떠나야 하고 지면 희생만 더 크게 안고 떠나야 했다. 그렇다고 도전에 응하지 않을 경우 도전장 내용대로 무조건 떠나가야 했다. 참으로 얄미운 계략이었다.

둘째, 인원 2백 명까지라는 게 이쪽으로선 부담이 되었다. 다니사도 지부의 청년 전부를 합쳐도 1백 명이 안 되었다. 나머지를 어디서 구해오느냐. 용이한 문제가 아니었다.

셋째, 무기도 까다로웠다. 일본도와 창, 죽창, 활 등속은 일본인들의 일상 스포츠용 기구였지만 우리에겐 생소했다. 그들이 이쪽 사정을 봐준답시고 45구경 이하 권총을 추가시켜준 것은 그럴싸한 배려 같긴 하나, 소음장치를 달아야 한다는 건 무리였다. 권총도 구하기 어려운데 소음장치까지라. 저희는 자위대와 경찰, 재향군인회 등 공급받을 데가 많았으나 이쪽 사정은 정반대였다.

함정은 또 있었다. 심판문제였다. 그들이 내세우는 마츠시다나 사카이라는 사람이 이쪽에선 생소한 사람이었다. 그러나 믿어보자고 가정해보자.

우리는 결투장 근처에 심판 외의 인물들이 있을 것을 당연하게 봐야 했다.

황국순의대의 2백 명 대원 중에서 자위대나 경찰의 가족이나 인 척 관계로 줄이 닿은 사람들이 있을 것이고, 또 설사 그들이 절대 비밀을 지킨다 해도 군경이 이를 모르고 넘어갈 일은 절대 없었다. 숫제 처음부터 말리고 나서면 공평하겠지만, 겉으로는 모르는 체하 다가, 일본인 측이 몰리는 경우에는 정면으로 나설 게 뻔했다. 자칫 하다간 이쪽이 몰살을 당하고도 사전에 써놓은 서약서에 발목이 잡 혀 제대로 항의도 못 하게 될 것이었다.

"아예 그까짓 도전장 무시해버려." 하는 사람도 있었으나 그럼 우 린 보따리를 싸야지 하는 데에는 말문이 막혔다. "더 이상 희생당하 지 말고 떠납시다. 좋은 세월이 오는 날까지 참아야지 별수 없어요." 하고 체념하는 소리가 차츰 늘어갔다.

"안 돼, 나는 놈들의 술수에 속아 죽어주겠어. 놈들이 얼마나 비 겁하다는 걸 세상에 알리는 것도 뜻있는 일이야."라며 아예 죽기를 기 쓰는 패도 적지 않았다.

황국순의대의 다니사도 지부대표 고가라시 겐지가 자기 딴에는 조선인의 보복이라는 강박관념에서 벗어나보려는 얕은 착상에서 자기네 대원끼리만 의논하고 은밀하게 보낸 결투신청서였으나, 오 카야마현 내의 전체 주민은 형식적 비밀로 공공연히 쑥덕대는 화 제가 되었고, 관헌도 이걸 어찌 처리할까 하는 문젯거리가 되었다. 도쿄의 조총련 본부는 사건을 중대시하고 연일 숙의를 거듭하게 되 었다.

민단에서도 중대관심사로 취급하였다. 일설에는 한일 양국정부 의 수뇌부에도 알려져, 결투는 절대 불가능하게 됐다는 소문도 돌왔다.

나는 이런 얘기를 들으면서도 내가 10월 10일에 도쿄호텔에서 오노 의원과 맺은 합의서가 큰 논란과 각 방면의 데모를 유발하면서 일본 하라 내각에서 처리에 의견일치를 보지 못하고, 한국을 비롯한 아시아 각국의 반향도 가지각색으로 특사의 파견, 전문가들의 연속회의 등 계속 진통을 겪는 과정이라 내 정신은 그쪽에만 팔려 있는 중이었다.

조총련의 이길상 총재는 걱정이 태산 같았다. 자기 개인 생각으로는 일본 정부나 오카야마현 정부의 사과문 발표와 사후 안전보장 정도로 매듭짓고 싶은데 본부 내의 간부 진영들의 의견 또한 여러 갈래라 선불리 입을 열기도 어려운 형편이었다.

이런 판에 평양에서 지시가 내려왔다.

'오카야마현 사건은 희생을 무릅쓰고라도 강경태도로 맞서라. 군사대국을 이루려는 일본 정부의 저의를 폭로하는 데 주안점을 두라. 황도사상을 수단으로 일본국민들의 애국심을 그릇 인도하는 하라 정부의 간교한 책동을 폭로하라. 조총련은 조선 민족의 씩씩한 기상을 만방에 알리도록 하라. 결과 여하와 관계없이 일본 정부에 강력하고 효과 있는 데모를 감행하라.'

"이걸 어찌하면 좋지."

간부회의를 소집하고 이길상 총재는 한탄조로 서두를 꺼냈다. 별의별 의견이 쏟아져 나왔다. 그러나 신통한 의견은 없었다. 이 총재의 눈길이 유동규와 마주쳤다. 민단으로 위장전환한 걸로 되어 있어 이런 자리에는 얼씬도 할 수 없는 유동규였으나, 총재의 특명으로 이 자리에 모습을 보였다.

"유동규 동무, 무슨 뾰족한 수 없을까?" 이 총재의 지명을 받고, 유동규는 잠자코 탁자 위의 찻잔만 내려다보고 있었다. 그도 여러 날을 두고 이번 사태를 곰곰 생각해봤으나 뾰족한 해결책이 떠오르지 않아 가슴이 답답한 중이었다. 당장 속 시원하게 까부는 아이들을 쓸어버리기는 매우 쉬웠다. 그러나 걸리는 데가 하도 많았다. 한동안 침묵이 흘렀다.

"정무위원 김순귀가 한 말씀 드리겠습니다." 발언자는 조총련의 고참 위원으로, 65세의 늙은이였다. "상지상책(上之上策)은 무조건 화해입니다."

"무조건 화해라니?" 이 총재가 물었다.

"소위 결투에서 이길 수단이야 찾으면 있겠지요. 그러나 그 뒷수습이 신통치 않습니다. 과거는 잊은 걸로 하고 우리 측에서 화해를 청하는 겁니다. 우익 아이들은 지금 우리 측의 보복이 두려워 역으로 나와 최후 승부니 뭐니 하는데, 매를 더 맞은 우리 측에서 진심으로 악수를 청하면 저들도 누그러지겠지요."

"평양의 지령은 어찌하고?" 이 총재는 고갤 내저었다.

"가장 적절한 방책을 취했는데, 평양에선들 어쩌겠습니까." 김순귀는 이 길밖에 없다고 했다.

"가장 비열하게 나가는 게 적절한 방책이라니?" 요코하마시 위원장이라는 사나이가 반발하고 나섰다. 그러나 이 총재는 이 말을 무시하고 김순귀 정무위원에게 물었다. "상지상책은 항복이나 다름없는 것이고, 그럼 상지중책이나, 상지하책은 뭐요. 말해보시오."

"상지상책 이하는 모두 토론거리가 못 됩니다." 김순귀 영감은 딱 잘라 말했다. "오늘은 참고 내일의 승리를 꾀해야 합니다."

"다른 의견들 없소?" 이 총재가 좌중을 휘둘러보았다.

"무조건 화해를 우리가 들고 나설 수야 없죠. 저쪽에서 사과하고 나온다면 몰라도." 몇 사람이 이렇게 나왔다.

이때 "유동규 동무." 하고 사무장 정태성이 유동규를 불렀다.

"네." 유동규가 고갤 사무장 쪽으로 돌렸다. 정태성은 "유동규 동지는 여태껏 민단을 위해 여러 번 큰 공을 세웠는데 어떻소. 이번 일은 민단을 이용하여 우리 조총련에 큰 공을 한번 세워보구려." 유동규는 고개를 숙인 채 대꾸를 안 했다.

"유동규 동지!" 정태성이 톤을 높였다. "내 말이 안 들려요?"

"네? 뭐라 하셨어요?" 비로소 유동규는 정태성을 바라보았다.

"나는 애써 말했는데, 뭐라 했느냐고? 졸고 있었소?" 정태성의 말 속에는 가시가 돋쳤다.

"나, 안 졸았어요." 유동규는 사무장을 노려보았다.

"그럼 대답해봐요."

"난 민단을 위해 한 번도 큰 공을 세운 적이 없어요."

"졸고 있진 않았군. 어째 큰 공을 안 세웠다는 거요? 스미다 호텔 사건, 자위대 구치소 습격사건, 이게 모두 민단을 위해 한 일 아니고 뭐요? 우리 젊은 동무들의 아까운 희생을 치러 가면서."

"사무장님, 말씀 조심하시오. 나는 상부 지시대로 일했을 뿐이지 민단을 위한 적은 한 번도 없소."

이길상 총재가 나섰다. "왜들 이러는 거요. 중대한 안건을 토론하는 자리에서 감정적으로 말하는 것은 옳지 못하오." 이 말에 정태성이나 유동규나 찔끔했다. 좌중의 여러 시선이 모두 정태성과 유동규에게 집중되었다.

"사무장님." 하고 부르는 사람이 있었다. 조금 전에 김순귀 정무위원에게 대들던 요코하마시의 위원장이었다. 그의 이름은 양일정.

"사무장님께선 유동규 동지가 민단을 위해 여러 번 큰 공을 세웠다고 말씀하셨고, 유 동지는 그런 일 없다고 부인하는데 기왕 화두에 오른 일이니 자세히 알고 지냅시다. 사실 우리 조총련 조직 안에서는 별의별 소문이 자자합니다. 높은 분들께서 사실을 제대로 발표 안 해주셔서 그렇습니다. 이 기회에 세계평화유지기구인지 WPO인지 하는 단체와 우리 조총련과의 관계, 그 단체와 민단과의 관계를 소상히 밝혀주십시오. 하부조직에서 질문할 때마다 우린 모른다고 대답해야 하니 난처할 때가 많고 엉뚱한 소문도 계속 나돌게 됩니다. 사무장님은 잘 아시고 계실 터이니 속 시원히 얘기 좀 해주세요."

그러자 또 한 사람이 일어나 재청을 했다. "양 동지의 말이 맞습니다. 스미다 호텔에서 나가노 내각 전원을 체포한 것이 우리 조총련 특공대라고들 하던데 간부 선생들은 아니라고 하시고, 지난번 자위대 구치소 습격도 우리 특공작전이라는데 신문은 WPO니 뭐니 하니, 이거 정말 얼떨떨합니다. 이상한 소문만 나돌게 내버려두지 마시고 진상을 알려주십시오."

좌중의 사람들이 "맞아.", "알고 넘어가야지. 우리 소위 고급간부들마저 캄캄해서야 되겠어." 하고 한마디씩 늘어놓았다.

"조용히들 합시다. 우리는 일반 군중이 아니오. 비밀을 흥미와 혼동해서는 안 됩니다." 이길상 총재가 말했다.

"저희를 일반 군중으로 보십니까? 조직과 비밀을 생명 이상으로 인식하고 투쟁을 쌓아온 조총련의 책임 부서직 이상의 동지들이 모인 이 자리입니다." 양일정 위원장이 대들었다.

이 총재가 이맛살을 찌푸리고 잠깐 망설이다가 정태성 사무장을 손짓하여 서로 귀엣말을 주고받더니 "알았소, 그리하시오." 하며 퉁명조로 정태성에게 말했다.

정태성이 자리에서 일어섰다. "지금 여러분께 공개할 사실은 일급비밀이오. 본인 자신 외에는 누구에게나, 어디에서나 말해서는 안 되오." 하고 다짐을 하고는 말을 이었다. "7·31 스미다 호텔사건과 10·4 구치소사건은 저기 앉아 있는 유동규 동지가 우리의 특공대를 이끌고 모험을 한 거요. 그러나 그 사건 자체는 세계평화유지기구인지 WPO인지 하는 단체가 꾸민 것이고 우리와는 직접 연관이 없는 거요. 내가 아는 것은 이상이오."

정태성의 이 설명은 궁금증에 목말라 애타는 사람들의 갈증을 풀어주기는커녕 더욱 많은 궁금증, 더욱 심한 갈증을 느끼게 하였다.

질문이 속출했다. "그런 어마어마한 일을 우리 손으로 치르고도 우리와는 직접 연관이 없다니 그게 무슨 소리요?"

"세계평화유지기구는 무엇이고 WPO는 무엇이오?", "그런 단체에서 꾸민 일에 왜 우리는 가담한 거요?"

"지난날의 조직적 방화지령은 WPO의 비밀공작을 도와주는 것으로 알았는데 일본 정부의 발표와 신문논설들은 WPO와 민단을 동일시하고 있으니, 이건 어찌 된 일이오. 우리가 민단사업을 도와주었다는 거요?"

정태성 사무장은 당황하였다. 자기로서는 대답할 성질도 아니고 그럴 능력도 없었다. 그래서 그는 책임을 유동규에게 뒤집어씌웠다. "여러분의 질문은 내가 답변할 성질의 것이 아니오. 자세한 것은 유동규 동지에게 물어보시오. 모든 일은 그가 했으니까."

이 말이 나오자 좌중의 시선은 유동규에게 쏠리고 질문도 빗발쳤다. 유동규는 여러 사람이 한참 동안 열을 올리며 추궁하는 것을 묵묵히 듣고만 있다가 추궁자들이 제풀에 지쳐 잠시 조용한 틈을 타 벌떡 일어났다. 그리고 엉뚱한 소리를 했다.

"여러분 동지들, 죄송한 말씀을 드려야겠습니다. 여러분은 조금 전에 들은 정태성 선생의 설명을 없던 것으로 해주셔야겠습니다. 정태성 선생은 어떤 착각을 하신 겁니다. 나는 그런 사실을 전혀 모릅니다. 여기 계신 이길상 총재님께서도 모르고 계십니다. 그런데 어찌 정태성 사무장께서 아실 까닭이 있겠습니까. 뜬소문은 많습니다.

지난번 신문의 외신기사를 보니, 체코의 평양 특파원이 우리의 존경하는 김정일 당 중앙동지에게 이와 같은 뜬소문의 진위를 물었을 때 당 중앙동지께서는 '나는 모르오, 사실무근이오'라고 말씀하셨습니다. 이상입니다." 말을 마치며 날카로운 눈초리로 정태성을 쏘아봤다.

장내는 죽은 듯 조용해졌다. 정태성 사무장의 안색은 말이 아니었다. 금세 10년은 더 늙어 보였다.

그는 이크, 내가 실수했구나, 특공대의 출동은 김정일의 권한인데, 내가 어쩌자고… 속으로 혀를 깨물었다.

이길상 총재도 후회막급이었다. 사무장이 사건내막을 고급간부들에겐 알려야 한다고 조르기에 무심코 "그리하시오." 한 게 경솔했다. 그는 자세를 가다듬고 말했다.

"여러 동지들, 우리가 실수를 범했소이다. 정태성 사무장 말씀은 없던 것으로 합시다. 좋지요?" 이렇게 다짐하고 나서 "우리 오늘의 토론사항으로 다시 돌아갑시다. 오카야마현 사건을 진지하게 토론합시다."

이렇게 유도했으나 좌중은 냉랭하기만 했다. 터놓고 말은 안 해도 참석자들은 속으로 '알릴 건 안 알리고 무슨 얘기를 하라는 거야.' 라는 불평이 가득했다. 오카야마현 사태 역시 그랬다. 뾰족한 해결 방법이 나올 것 같지 않았다.

토론은 흐지부지 좌절되고 총재는 산회를 선언하였다. 뿔뿔이 헤어지려는데 총재는 정태성과 유동규 두 사람을 눈짓으로 남게 하였다.

회의실에서 총재실로 자리를 옮긴 이길상 총재는 "유동규 동지, 아까는 수고했소. 나와 정태성 동지의 실수였소. 유 동지가 마무리를 잘해주어 고맙소. 안 그렇소, 정태성 사무장?" 하며 정태성을 보았다. 정태성은 풀이 죽어 "네." 하고 고갤 숙였다.

"내가 보기에 두 동지는 사이가 좀 어색한 거 같아서 내가 매우 걱정되오. 사실은 그렇지 않겠죠? 혁명 사업에 몸과 마음을 바친 사람들이 사감이란 것이 있을 리가 있겠소. 안 그래요?" 정태성과 유동규는 고갤 끄덕였다. 이길상 총재가 심각한 얼굴로 두 사람을 번갈아 보면서 말을 이었다.

"오카야마현 문제는 사실 우리의 큰 문제이며 부담거리요. 아까 정태성 동지가 좀 경솔하게 말을 꺼내어 분위기가 이상해졌지만, 실은 나도 정태성 동지가 말하고자 한 내용을 유 동지와 상의할 생각으로 있었소.

오카야마현 실정을 이대로 두었다간 우리에게 엄청난 피해가 오고, 잃는 것은 더욱 많아질 거요. 정말 걱정이오. 유 동지, 무슨 좋은 수가 없을까?"

"막연합니다." 유동규는 긴 한숨을 토했다. 사실 신통한 생각이 떠오르지 않았다.

"고가라시라는 우익청년단 대표라는 자가 여우 새끼 같은 놈이야. 우리 교포들을 몰아낼 간교한 연구를 한 거야." 이 총재의 한탄이었다.

유동규가 말했다. "제가 일단 민단에 들러 운을 떼어보고, 다니사도 현지에 갔다 오겠습니다. 여러 사람의 머리를 짜면 혹시 좋은 안이 나올지도 모르죠."

위안조로 한 말에 이 총재는 "그래, 그래. 유 동지가 나서주면 좋겠소. 소득이 있을 거요." 하며 좋아했다.

정태성도 유동규의 손을 잡고 "유 동지, 아까는 내가 잘못했소. 유 동지가 민단에 가서 얘기하면, 그쪽에서도 모른 체는 못 하리다. 그간 유 동지 덕을 그들이 얼마나 많이 봤는데, 안 그렇소? 제발 부탁이오." 했다.

"하늘이 무너져도 솟아날 구멍은 있다던데, 이거야 뭐 별것도 아니지 않습니까. 수습되는 방법이 나서겠지요." 유동규는 이렇게 말하고 헤어졌다.

13
오카야마현의 결투

나는 요즘 거주 장소를 한곳에 정해두지 못하고, 거의 날마다 이 곳저곳으로 옮기며 지냈다. 일본 정부와의 정전 합의가 유효 중이라 하지만, 마냥 그걸 믿고 있을 수도 없는 일이었다.

이날도 나는 동지 네 명과 모처에 움츠리고 있는데, 불쑥 유동규가 나를 찾아 나타났다.

지난 4일 구치소 습격 때 헤어지고서 처음 만나는 것이다. 23일 만이었다. 무척 반가웠다. 그러나 솔직히 말해서 놀라움이 더 컸다. 이곳에 내가 있는 걸 어떻게 알고 왔을까?

"아니, 유 형, 여긴 웬일이오?" 하는 말이 먼저 튀어나왔다. 반 갑다든지 고마웠다든지 하는 인사말을 먼저 해야 하는데 말이다. 이 사람은 정말 도깨비 같은 사나이였다. 정체를 알 수 없는 사람이었다.

"왜, 내가 온 게 그리 놀랍소?" 유동규는 빈들빈들 웃었다.

"아뇨. 그보다 저번엔 너무나 고마웠어요. 제대로 인사도 못 하고 미안해요." 나는 고개를 숙였다.

"원, 별소리 다 하시는구려. 오늘은 신세 좀 지러 왔는데…." 하며 그는 우리를 훑어보았다.

"나와 할 얘기가 있소?" 나는 말하며 자리에서 일어났다. 비밀 얘기 같아서였다.

"아니, 여기서 얘기해도 좋아요. 웃기는 것들이 속을 썩이지 뭐요. 오카야마현의 다니사도 사건 얘기 들으셨죠?"

"듣고말고. 그런데 유 형이 그 일에 관련이 돼 있소?"

"조총련 총재 영감이 그동안 내가 민단 일을 많이 거들었으니, 이번에는 품앗이로 도움을 청할 수 없을까 하는 거예요."

"유 형은 그 일에 나서지 말고 내버려둬요. 그까짓 일 신경 쓸 거 없어요. 결투라니 지금이 어느 시대인데 그런 미친 짓을 한단 말이오." 나는 가볍게 대꾸했다.

"그리 간단히 내버려둘 일이 아니오. 우리 측은 이미 13명이 목숨을 잃었소. 일본 애들은 셋이 죽고. 그런데 결투장은 그쪽에서 냈단 말이오. 겁나거든 딴 곳으로 꺼져버려라, 이거요. 싸워도 이쪽에 하나 이익될 게 없고, 안 싸우자니 치사하고, 그래서 골칫거리라는 거지." 유동규는 말하며 머리를 내저었다.

박만운이 나섰다. "결투라니? 받아주지 뭘 그래. 결투 조건은?"

"쌍방 인원은 2백 명까지. 무기는 45구경 이하의 권총. 단, 소음 장치가 달린 것. 시일은 29일 오전 6시부터 8시 사이. 죽어도 이의를 안 달고 지는 편이 오카야마현에서 가족과 함께 떠나기. 심판은 그곳의 신사지기 영감과 시의원. 다니사도의 교포는 총수가 8백 명. 이런 상태니 이래저래 어려움이 많아요."

유동규의 설명을 듣고 박만운은, "꼭 다니사도에 사는 사람만 나오라는 건 아니겠지. 우리가 거들어줄까?" 아주 쉽게 나왔다.

"박 형이 나설 장면이 아니오. 심판도 저쪽이고, 응원이다 감시다 하여 우리 편을 꼼짝 못 하게 하고 몰살시킬 계획인데, 그런 함정에 왜 함부로 뛰어들어." 나는 박만운을 나무랐다.

"그렇다고 결투장을 받고 슬며시 물러나? 그러다간 차례차례 그런 식으로 쫓겨날걸. 안 그렇소, 유 동지? 그러니 무슨 방도가 없을까 해서 훈수를 청하러 온 거지?" 박만운은 유동규를 바라보았다. 유동규가 그렇다고 하자, 박만운은 "그것 봐. 우리 연구 좀 해보자고." 하며 나를 보았다.

"우린 지금 정전 협정 중에 있소. 섣불리 나서지 못해요. 미안한 얘기지만 그건 조총련에서 머리를 짜내어 처리할 일이오." 나는 고개를 내저었다.

"정전협정 좋아하는군. 그걸 믿어? 우리 동포를 13명이나 죽여놓고 나서 결투하자는 사람들이야. 김 형 정신 차려!" 박만운은 나를 못마땅하게 바라보았다.

"아니, 꼭 훈수 바라고 온 건 아니니 신경들 쓰지 마시오. 나는 이 길로 다니사도에 가서 현지 물정이나 살피고 올 작정이오." 유동규가 말했다.

"혼자서?" 내가 물었다.

"혼자 가는 게 편해. 또 봐요." 한마디 남기고 획 나가버리는 유동규였다.

"유 형, 잠깐. 나도 함께 갑시다." 박만운이 뛰어나갔다. 나는 걱정스러웠으나, 너무 유동규에게 각박하게 대한 후회로 그냥 잠자코 있었다.

사실, 유동규 동지에게는 너무도 신세를 많이 진 우리가 아닌가! 내 한 몸 같아서는 박만운처럼 따라가 돕고 싶은 심정이었다. 하지만 대국적 견지에서 그리할 수 없으니 매우 안타까웠다.

그런데 한참 후 박만운 혼자 어슬렁어슬렁 되돌아왔다.

"왜 안 따라갔소?" 내가 물었다.

"그 친구 고집 한번 대단하더군. 올 거 없다고 내내 거절하고 혼자 가버렸어."

나는 마음이 허전했다. 모처럼 찾아온 그를 너무 냉대한 것이 가슴에 걸렸다. 그러나 어이하랴. 대아(大我)를 위해선 소아(小我)를 버릴 수밖에.

그간 여러 차례 유동규 동지의 도움을 받긴 했으나, 그게 어디 김기식 나의 사익을 위해서였던가? 이런 변명도 혼자 해봤다.

그러나 오카야마현 다니사도에서 벌어질 일은 유동규 말마따나 상당히 골치 아픈 일이었다. 이럴 수도 저럴 수도 없는 게 참 안타까웠다.

의협심이 뛰어난 유동규는 필시 그 결투에 개입하고 말 것이다. 조총련의 이길상 총재가 민단의 품앗이를 받아서라도 처리하라고 하지 않았는가.

자, 어떤 좋은 수가 없을까? 내가 걱정하고 있는 사이에 다니사도에 나타난 유동규는 화살처럼 빠른 시간과 앞서거니 뒤서거니 다퉈 가며 맹활약을 하고 있었다. 이것은 나중에 들은 이야기지만 빼

놓을 수 없어 여기 기록에 남긴다.

＊

나와 헤어진 유동규는 그 길로 조총련에 들러 지프로 다니사도에 달려갔다.

도쿄를 오전 11시에 떠나 다니사도의 조총련 지부에 닿은 건 오후 6시. 지부에는 지부장 현성오 외 10여 명의 청년이 시름에 싸인 얼굴들을 하고 있다가 도쿄 본부에서 온 유동규 일행 세 사람을 보자 모두 반가워했다.

일동은 막국수를 삶아 요기를 하면서 전략회의를 열었다. 결투 지정일은 29일, 오늘은 27일.

내일 28일은 다니사도 신사에 가서 서약서 교환을 해야 했다. 날짜가 너무 촉박하였다.

우선 걱정되는 건 인원이었다. 상대가 지정한 2백 명 인원에 현재로서는 이 자리에 있는 16명과, 와주기로 약속한 동지들이 12명, 다 모여야 28명, 태부족이었다.

현장 지리는 답사했느냐는 유동규의 질문에 현성오 지부장은, 현장은 니노마다라는 분지형의 사방 2킬로미터 정도의 네모진 솔밭인데 이곳 소나무는 모두가 수령 3백 년의 노송으로 풍치가 좋아 명승지로 꼽힌다 했다.

솔밭의 둘레는 밋밋한 구릉 지대. 옛날에는 몇 차례 이 근방의 야쿠자들이 세력다툼의 결투장으로 이용한 곳이었다.

둘레가 어두컴컴했으나 유동규 일행은 대강 지세를 봐두기 위하여 지프로 시내에서 6킬로미터 가량 떨어진 니노마다 솔밭을 한 바퀴 돌아보고 왔다. 그리고 그날은 그곳에서 잤다.

다음 날 아침 9시. 상대측은 대표자 회합을 정오로 정했지만, 유동규는 지부장 현성오와 함께 다니사도 신사로 가서 심판을 맡기로 했다는 사카이 노인을 찾았다. 이 신사의 궁사로 있는 사카이 노인은 나이가 70살이 다 되었으나 정정하기가 젊은이 뺨칠 정도였다. 수백 명 목숨이 좌우될 싸움터의 심판을 볼 만도 하게 생겼다.

유동규와 현성오 두 사람은 사카이 노인 앞에 무릎을 꿇고 깍듯이 인사를 올렸다.

"정오 약속인 줄 알면서 미리 찾아뵌 것은 상의드릴 일이 있어서입니다. 황국순의대의 고가라시 씨는 쌍방 2백 명까지로 하자 하고, 무기는 칼, 창, 활이나 권총으로 하자고 하는데 궁사님께서 아시다시피 다니사도에 있는 조선인은 전부 8백 명. 노인과 부녀자를 빼면 젊은 사람이 고작 50명에 지나지 않습니다.

그 속에서도 볼일로 타관에 나간 사람, 병으로 입원 중인 사람 등을 빼면 써먹을 인원은 겨우 30명에 불과합니다.

그래서 다른 현에서 구걸해보니 이런 일에 얼씨구나 하고 나설 사람이 어디 쉽게 있겠습니까.

또 그 인원에 돌아갈 권총도 마련이 어렵습니다. 산지사방으로 수배 중이나 정 모자랄 경우 돌팔매질이라도 해야지 어찌합니까.

그래서 쌍방인원을 50명으로 정함이 어떨까 하는 것과 시합 날짜는 바로 내일인데 인원이나 무기가 여의치 못하니 날짜를 이틀만 연기해주십사 하는 것입니다."

"그건 나도 모를 일이오. 나야 단순한 심판이니 말이오. 그 문제는 고가라시 대장과 의논하시오." 사카이 궁사는 책임을 피했다.

"잘 알겠습니다. 그러나 맞싸울 우리끼리 왈가왈부하느니보다는 궁사님께서 고가라시 대장을 이리 나오라고 전화를 하셔서 그가 납득하도록 설득을 해주셔야지, 저희끼리야 직접 담판이 되겠습니까." 유동규는 애걸하였다.

그럴싸하게 들은 사카이 노인은 전화를 걸었다. 집이 근처인지 10분도 못 되어 차 소리와 함께 세 명의 옛 일본 복장을 갖춘 청년들이 나타났다. 그중의 한사람이 고가라시 겐지 대장이었다.

쌍방 인사를 하고 나서 유동규가 또 한 번 인원 감축과 날짜 연기를 제의하였다.

"그건 안 되오." 첫마디로 고가라시는 거절이었다. 생김새가 깡마르고 융통성이 없게 생겼다. "우리는 인원이며 무기가 다 준비되었는데 이제 와서 그런 소리가 통하겠소. 이건 쓸개 빠진 짓이오."

"여보시오. 고가라시 씨. 쓸개 빠지다니 무슨 말을 그리하오. 당신네 일본인은 8만이 넘는 다니사도에, 우리 조선인은 겨우 8백. 그중에 젊은이는 30명뿐이외다. 우리는 동분서주 인원 모으기에 발이 닳도록 뛰어다니는데 쓸개 빠진 짓이라니 그런 실례된 말이 어디 있소. 권총도 그렇지, 당신네는 자위대와 경찰 등 배후가 있지만 우리 조선인은 정식으로는 단 한 자루의 권총도 입수가 힘든 일이오. 정 안 되면 돌팔매라도 대항할 결의로 있소.

궁사님, 심판을 보시는 이상 매사 공정하게 해주십시오. 저희는 따로 심판을 청하지 않고 오로지 궁사님과 마츠시다 시의원님을 믿을 뿐입니다."

잠시 냉랭한 공기가 실내를 짓누르고 있었다. 궁사 노인이 입을 열었다. "고가라시 군. 상대의 사정이 딱하군. 들어주지그래. 원래 2백 명이란 숫자는 지나치게 많았네. 희생자가 적을수록 좋은 거야. 상대가 권총이 모자란다면 빌려줄 수도 있는 거 아니겠나. 돌팔매로 상대하겠다니 가소롭구먼."

고가라시는 감히 이의를 내놓지 못했다. "네, 궁사님 분부대로 하겠습니다. 유 씨, 당신 말대로 인원은 쌍방 50명으로 합시다. 그러나 권총은 재주껏 모아보시오. 빌려주고 싶어도 내 물건이 아니니 빌려주진 못하겠소. 그 대신 날짜는 이틀 연기하여 11월 1일로 합시다. 시간은 오전 6시부터 8시까지."

"고맙소."

"이번 일은 쌍방 모두 절대 비밀로 해야 하는 점 알고 있지요? 형법에 걸리는 일이니깐, 죽는 사람이 얼마나 나든 병사로 만들어 처리해야 하오. 자, 여기 서약서에 서명하고 혈판을 찍으시오. 조총련 지부장인 현 씨 당신도 함께 찍으시오."

이래서 인원을 대폭 줄이는 일과 날짜 연기도 합의되었다.

다니사도 신사를 나온 유동규와 현성오는 시의원 마츠시다 집으로 달려갔다. 이 사람 역시 이번 결투의 심판이었다.

마츠시다 시의원은 마침 집에 있었다. 응접실에 두 조선인을 앉혀 놓고 나서, 잠옷 바람으로 나온 마츠시다는 "웬일이오? 아침 일찍." 하며 못마땅한 눈치였다.

"네, 지금 막 다니사도 신사에 가서 사카이 궁사님을 뵙고, 고가라시 씨와도 인사를 치르고 오는 길입니다.

이번 결투에 심판을 봐주신다기에 인사드리러 왔습니다." 유동규는 현성오와 함께 무릎을 꿇고 인사를 했다.

"아니, 그럼 임자들 정말 결투를 할 각오요?" 마츠시다 시의원은 눈을 동그랗게 떴다.

"네." 두 사람은 대답했다.

"빠가야로(못난 새끼)." 마츠시다의 입에서 욕설이 튀어나왔다.

"네?" 유동규와 현성오는 어리둥절했다.

"아니, 아니. 임자들을 욕한 게 아니오. 어서 차나 듭시다." 주객은 쌉쌀한 엽차를 들었다. 마츠시다 시의원은 혼잣말로 중얼거렸다. "이게 무슨 꼴이냔 말이야. 고가라시 녀석 때문에 참. 내 딴에는 2년 후에 있을 총선거에 나서볼까 했는데 이런 망신을 당하니, 쯧쯧."

유동규와 현성오는 영문을 몰라 어리둥절할 뿐이었다. 마츠시다는 또 한 번 물었다. "임자들 정말 결투를 하겠단 말이지? 서약서 받아 왔소?"

"네." 유동규가 서약서를 내보였다.

"임자들 싸워서 이길 자신이 있소?"

"어찌 이길 자신이 있겠습니까. 그래서 희생을 줄이려고 저쪽에서 2백 명씩 하자는 걸 간신히 타협해서 50명으로 줄여 합의를 봤습니다." 유동규가 대답했다.

"결투는 내일 아침 여섯 시부터라며?"

"그것도 저희 권총 마련이 어려워 사정사정하여 이틀 연기를 해서, 11월 1일로 했습니다."

"아따, 저희 마음대로군. 난 모르겠소. 결투고 뭐고 마음대로 해요." 마츠시다는 점점 모를 소리를 했다.

기가 막혀 유동규와 현성오는 물끄러미 그의 얼굴만 바라봤다.

"그럼 심판은 안 보시겠다는 말씀이신가요?" 현성오가 조심스레 물었다.

마츠시다 시의원은 성난 표정으로 말했다. "심판은 무슨 놈의 심판, 나는 심판을 승낙한 적이 없소. 이놈의 잘난 시의원인지 뭔지 하느라고 아무에게나 허리를 굽실거리고 다니다 보니 모두 바보 취급을 하더군. 얼마 전에 우리 군(郡) 청년 대회에서 이번 결투의 심판으로 사카이 노인과 나를 일방적으로 추천하며 떠들고 법석들 했다더군. 저들 생각으로는 장차 이곳 군에서 국회의원으로 출마할 인물로 나를 지목하고 추켜세운 꼴이지, 허허허. 어쨌든 간에 임자들 그간 억울한 희생도 많았는데, 더 이상 당할 게 뭐 있겠소. 공연한 오기 부리지 말고 결투고 뭐고 집어치워요."

"고마우신 말씀입니다만, 그럼 저희는 이대로 오카야마현을 떠나란 말씀인가요?"

"음…." 마츠시다 의원이 어금니를 꽉 깨물었다. "그러나 임자들은 이 결투에서 결코 못 이겨요. 이겨도 살아남지 못해요. 다니사도의 일본인들은 8만이나 되오. 그뿐더러 고가라시는 계략을 갖고 있어요. 2백 명이고 50명이고 당신네를 몰살할 계략이 있어요. 지금 내 입으로는 말할 수 없소만…."

유동규와 현성오는 잠자코 듣고만 있었다.

"그래도 결투장에 나가겠소?" 마츠시다 시의원은 되도록 결투가 없기를 바라는 눈치였다.

"네, 일단 서약서에 혈판까지 했습니다. 나가겠습니다."

"대단들 하군. 그래, 죽으러 나가겠다는 말이지!"

"네, 저희 뒤에는 60만 교포들이 있습니다. 이번에 우리가 결투에 등을 돌려보십시오. 1억 일본인들이 우리를 더욱더 멸시할 겁니다. 우리는 이번 싸움에 창구멍이 아닌 총알구멍투성이의 반즈이인 조베에(일본 고담에 나오는 협객)가 되렵니다." 현성오의 말에 마츠시다는 깜짝 놀란다.

"그럼, 임자들은 고가라시의 계략을 알고 있군그래."

"그야 뻔한 거죠. 니노마다 솔밭 뒤쪽 언덕 뒤에 자위대 탱크나 장갑차를 숨겨놨다가, 자기들의 세가 불리하면 뛰쳐나오겠죠." 현성오는 태연하게 말했다. 마츠시다는 기가 질렸다.

"정말 반즈이인 조베에가 될 각오군. 안 돼, 안 돼. 그건 개죽음이야. 너무 구식이야. 현대는 살고 봐야 해. 그리고 이겨야 해."

"고맙습니다. 좌우간 선생님께서 현장에 나오셔서 심판을 봐주십시오. 부탁입니다." 현성오는 머리를 조아렸다.

이때 마츠시다는, 귀로는 현성오의 말을 들으면서 눈은 딴 곳을 유심히 보고 있었다. 그의 시선이 가 닿은 곳은 차 탁자 위였다. 유동규가 손가락으로 어떤 글자를 차 탁 위에, 손버릇이나 장난기로 하는 것처럼 그리고 있었다.

마츠시다가 고갤 끄덕이더니 유동규에게 "당신 그거요?" 하고 물었다. 유동규가 고갤 끄덕였다.

"알겠소. 좋아, 모레 아침에 니노마다 솔밭에서 만납시다." 마츠시다의 태도가 싹 달라졌다. 현성오는 어리둥절할 뿐이었다.

"실례 많았습니다. 모레 아침에 다시 뵙겠습니다. 자, 현성오 씨 일어납시다."

두 사람은 일어섰다. 마츠시다가 "잠깐!" 하더니 유동규의 귀에 대고 몇 마디 했다.

"고맙습니다." 유동규는 허리를 굽히고 인사를 했다.

현관을 나서자 마츠시다는 다시 유동규의 허리를 꾹 찌르며 나지막이 말했다. "부상은 몰라도 사망자가 안 나도록 하시오. 부탁이오."

"네, 명심하겠습니다." 유동규가 말했다.

돌아오는 차 안에서 현성오가 유동규에게 물었다. "어찌 된 일이오? 난 얼이 빠져버렸어. 유 동지는 어떻게 했기에 마츠시다 태도가 돌변한 거요?"

"재미있게 됐어. 내가 공갈 한탕 놨지. 하하하."

"어떤 공갈?"

"내가 WPO라 그랬어."

"뭐? 마츠시다가 자위대에 고발하면 어쩌려고?"

"걱정하지 말아요. 눈치 봐서 한 노릇이니깐. 혹, 몰라. 마츠시다도 WPO인지."

"뭐요?" 현은 한층 더 놀랐다. 유동규는 "아까 방에서 마츠시다 의원이 내 귀에 대고 한 말은, 고가라시패가 권총 사격전에 쓰려고 기막힌 탄환막이 방패를 만들었다는 거야. 자위대 항공대에 부탁해서 불에 안 타고 기관포탄도 못 뚫는 아크릴제 방패를 준비했으니 알아두라는 거야. 고맙지 뭐요."

"그럼 야단이군. 저쪽은 탄환이 안 들어가고, 우리는 알몸이니 싸움이 되겠나." 현성오는 걱정이었다.

"싸움을 되게 하면 되는 거지, 뭐. 현 형, 아무 걱정하지 마시고 전투원들의 사기나 돋우시오. 그러나 마츠시다와의 수작은 절대 우리 둘만 알고 있어야 하고. 나는 이 길로 도쿄로 가서 만날 사람이 있어요. 그 친구도 결투장에 나오는데 저들의 탄환막이를 무용지물로 만들 거요."

유동규가 말하니, 현성오 지부장은 입이 딱 벌어졌다. 그래도 그에게는 미심쩍은 게 또 있었다.

"유 형, 마츠시다 의원이 우리더러 부상은 몰라도 사망자가 안 나도록 하시오 하고 부탁하던데, 설마 우리 측에 사망자가 날까 봐 하는 소리는 아닐 것이고, 일본인 측에 사망자가 나지 않도록 해달라는 부탁일 텐데, 유 형 말대로 저들의 방패가 무용지물이 되면, 몇 놈이라도 죽지 별수 있겠소? 그런데 유 형은 간단히 명심하겠다고 대답합디다. 어쩔 작정이오?"

"별걱정 다 하는구려. 내게 맡겨요." 유동규는 다니사도에서 현성오 지부장을 내려놓고 도쿄로 달렸다.

다음 날은 29일.

나는 걱정이 돼 연줄을 통하여 조총련에 유동규의 소식을 알아보니, 오카야마현에 나가고 없는데 저녁에 돌아온다고 했다.

저녁에 돌아온다? 생사 불명의 결투장에 나간 사람이 저녁에 돌아온다는 간단한 대답이었다. 이상했다.

박만운은 우리 곁에 있어 이 친구가 결투장에 안 나간 건 다행이라고 생각하였다. 그런데 이날 석간을 보고 까닭을 알게 되었다. 기사가 나와 있었다.

"떠들썩한 소문의 오카야마현 다니사도의 우익 청년단과 조총련 지부와의 결투는 현지 관민의 만류로 취소되었다"는 것이었다. 모두 다행하게 여기고 있었다.

우리는 모두 한숨을 돌렸다. 그러나 이것은 모든 사람들이 속아 넘어간 것이었다. 다음 날, 즉 30일 오후부터 박만운이 보이지 않더니 그날 밤엔 숙소에 돌아오지를 않았다. 나는 마음에 짚이는 게 있어 무기관리 담당 동지에게 재고량의 조사를 지시했다.

그 결과, 37구경 미제 권총이 소음장치와 함께 30정이 부족했고, 플라스틱 소형 수류탄 50개, 최루가스 발생기 2병이 없어졌다. 다행한 건, 휴대용 핵무기에는 이상이 없었다.

물건 부족은 이 정도인데, 박만운이 어제와 그제 이틀 사이에 민단계열의 철공장인 구보다 철공소에 부지런히 드나드는 걸 본 사람이 몇 있다고 했다.

구보다 철공소에 알아보니 포금제 부속품 몇 가지를 급하다고 재촉하여 만들어갔는데, 용도는 뭔지 모르겠다는 얘기였다.

나는 다니사도 조총련 지부로 전화를 걸었다. 집 지키는 사람이 받았는데, 새벽에 여러 사람이 들끓었으나 지금은 아무도 없다고 했다. 유동규와 박만운을 보았느냐니까, 하도 사람이 많아서 누가 누군지 모르겠다고 했다. 답답하지만 도리가 없었다.

다니사도 교외 니노마다 솔밭에서 11월 1일 처러진 황국순의대와 조총련 다니사도 지부와의 대결 경위를 우리는 나중에야 알게 되었는데, 그 실황은 다음과 같았다.

10월 29일 결행하기로 약속했던 결투를 유동규의 수단으로 11월 1일로 연기하는 바람에, 관청과 보도진, 그리고 일반 구경꾼들을 따돌리는 기회를 갖게 되었다. 그러나 쌍방 모두 알리고 싶은 데는 다 알렸다.

우선 황국순의대 측은 결투 출장 인원 50명 외에 따로 50명을 숨겨놓고, 재향군인회 소속인 장갑차 4대에 중기관총 2대씩을 장치했다. 그리고 M1 소총으로 무장한 청년 80명을 태워서 니노마다 솔밭에서 동서로 각각 4킬로미터 지점에 차체를 숨겨놓고 단파 무선기로 교신하다가 출동 요청만 있으면, 현장으로 돌격하기로 짜놓았다. 거기다가 항공대에서 만들어준 방탄 아크릴 방패까지 있으니 가위 완전 필승의 태세라 할 수 있었다.

조총련 50명을 상대로 지나친 계획이긴 하나 스미다 호텔사건이며 자위대 구치소를 습격당한 일을 생각하면 이런 조치도 무리는 아니었다. 일이 잘되어 황국순의대가 쉽게 이길 경우 이런 중무장을 탓하는 측이 있으면, WPO 같은 패의 개입을 예방하느라 출동한 것이지 비겁한 짓을 할 생각은 전혀 없었다고 잡아떼면 그만이었다.

한편, 조총련 측은 인원을 50명으로 제한했으나 무장 면에 맹랑한 것이 있었다. 우선 최루탄을 백 발 정도 준비했다. 37구경 총에는 일반 탄환 외에 물감을 내뿜는 특수 탄환을 백여 개 준비하였다. 적의 아크릴 방패에 맞아 터지면 물감이 번져 아크릴 투명판이 검정이나 짙은 색판이 되어 앞을 내다보지 못하게 되는 것이었다. 다음은 셀룰로이드 포장의 소형 수류탄이었다. 전에 사용한 터미널이나 교량 또는 대형탱크 파괴용보다 훨씬 소형으로, 근거리에서는 손으로 던지고 5백 미터 정도의 경우는 권총을 이용하여 발사하게 되어 있었다. 장갑차 정도는 문제가 아니었다.

아침 6시 정각에 심판 두 사람과 쌍방의 전사(戰士) 50명씩, 모두 1백 2명이 니노마다 솔밭 한가운데 모였다.

사카이 궁사 노인이 신(神)에 고하는 의식을 올리고, 마츠시다 시의원이 싸움의 규율을 읽었다.

"싸움은 사카이 궁사님이 저기 소나무에 매단 북을 세 번 치는 것을 신호로 시작한다. 그전에는 일절 공격 못 한다.

각자의 진지는 지금 서 있는 장소에서 황국순의대는 북으로 1천 미터, 조총련은 남으로 1천 미터 물러가서 일자진(一字陣)을 치되 각자 은폐물 이용은 자유다.

무기는 권총 45구경 이하라야 하고, 주민이 놀라지 않게 소음기를 부착한다. 기타 칼, 창, 죽창도 좋다. 모든 무기를 각자 서 있는 자기 위치에서 손에 들고 있으라. 우리 심판 두 사람이 검열할 것이다. 싸움은 오전 8시로 그친다. 8시를 알리는 신호는 사카이 궁사님이 북을, 나는 폭죽을 터뜨리는 것으로 한다.

전투 중 전투 불가능한 부상자나 전투 의사를 포기한 자는 무기를 버리고 그 자리에 엎드려라. 엎드린 자를 공격하는 자는 내가 즉결처분한다.

만일 외부에서 개입하는 자가 있을 경우 전투는 즉시 중지하고 심판이 개입자를 장외로 몰아낼 때까지 기다린다.

천지신명께 맹세하여 비겁한 행동을 하지 말 것. 지금부터 무기를 심사한다."

두 심판이 두 줄로 갈라선 양측 사이를 왕복하였다. 무기는, 북쪽의 황국순의대는 오른쪽 허리에 권총을 차고 왼편 허리에 일본도를 찼다. 남쪽 조총련 측은 권총뿐이었다.

"좋아, 각 진은 뒤로 돌앗. 1천 미터 앞으로 전진!"

1천 미터 선은 미리 대충 잡아놓은 터라 거침없이 정해진 지점까지 왔다.

그동안 마츠시다 시의원이 니노마다 솔밭 둘레를 둘러보니 어느 새 소문을 듣고 나왔는지 지방민이 듬성듬성 능선 꼭대기에 몰려 있었다. 적어도 1천 명은 되어 보였다. 그는 메가폰을 잡고 소리쳤다. "전투원들은 들으라. 저기 능선 위에는 사람들이 상당히 모여 있다. 필시 구경꾼일 것이다. 행여 구경꾼들에게 총알이 날아가지 않도록 주의하라."

마츠시다 시의원이 주의를 주지 않더라도 능선까지 총알이 날아갈 위력 있는 권총은 아니었지만, 한마디 주의를 하는 것이었다. 이윽고 사카이 궁사가 둥! 둥! 둥! 세 번 북을 울렸다.

양군 모두 소나무나 바위 등 은폐물 뒤에 숨기 바빴다. 북쪽에 일자진으로 늘어선 황국순의대는 미리 갖다 놓은 아크릴 방패를 하나씩 들어 몸을 감쌌다. 투명판이기에 먼 데서는 그런 것을 들었는지 어쩐지 분간이 잘 안 되었다.

2킬로미터로 벌어진 양군은 서서히 접근을 시도했다. 남쪽의 조총련 측은 은폐물을 이용하느라 다람쥐처럼 몸을 잽싸게 움직였으나 상대편은 든든한 방패가 있어 떡 버티고 선 채 당당하게 전진해 왔다.

솔밭 둘레 능선 위의 구경꾼들은 일본 측의 당당한 자세에 손뼉 치며 환호했다.

쌍방거리 5백 미터까지는 같은 형세였고 더욱 거리가 좁혀지자 위협 발사가 시작되고 총성은 점점 잦아졌으나 소음 장치가 달려 소리는 날카롭지 않았다.

조총련 진영에서 호각 소리 신호가 나자 "와" 하고 함성이 터졌다. 그러나 돌격하는 건 아니고 피식피식하는 소리와 함께 물감 총알 세례가 나갔다. 황국순의대원들의 손에 든 방패가 금세 각색 물감이 퍼져 얼굴까지 몸 전체를 가리고 있던 순의대원들은 적을 보고 조준하려면 얼굴을 방패 위로 내밀어야 하게 생겼다.

남쪽에서 두 번째 호각 소리가 나더니, 색색 소리를 내며 최루탄이 날아갔다. 북측은 기습을 당하여 눈물이 쏟아지고 코가 막히고 견딜 수가 없었다.

"돌격!" 호령과 함께 남군은 일제히 은폐물에서 나와 가슴 속에 지니고 있던 방독면을 얼굴에 뒤집어쓰고 적진으로 뛰어들었다.

능선 위의 구경꾼들은 자기네 편의 위기에 모두 발을 동동 구르며 안타까워했다.

그런데 적진으로 뛰어든 남군은, 눈이 안 보이고 호흡이 막혀 땅에 뒹구는 적들은 본체만체하고 솔밭 사이를 누비며 북을 향하여 계속 달리기만 했다.

구경꾼들은 어쩐 일인가 하고 궁금했다.

솔밭이 거의 끝나 산비탈을 이루고 그 위에 바위가 삐죽삐죽 나온 곳 근처까지 진출한 남군은 일제히 바위 뒤를 목표로 최루탄을 날린다.

바위 뒤에 숨어 있던 북군의 예비 병력 50명이 모습을 나타내 권총을 발사하였으나 기어오르는 남군 5, 6명을 쓰러뜨리는 데 그치고 전원이 최루가스에 자유를 잃고 솔밭에 뒹구는 우군과 같은 꼴이 되었다.

조총련 측은 땅에 뒹구는 적의 권총과 일본도, 그리고 아크릴 방패를 모조리 거두어 한 곳에 쌓았다.

이 과정에서 황국순의대의 대원 중에서 10명 정도가 무턱대고 권총을 쓰고 일본도를 휘두르기도 하였으나, 그들은 상대편의 사격을 받아 손이나 발을 움켜잡고 쓰러질 뿐이었다.

이때쯤, 솔밭 동서 양편에서 각각 두 대의 장갑차가 달려오면서 중기관총을 난사했다. 그러나 노송이 빽빽하여 운전이 여의치 않자 갈팡질팡하다가, 조총련 측의 셀룰로이드 포장인 소형 수류탄 공격을 받고는 소나무를 들이받으며 4대 모두 뒤집혀버렸다.

그중 3대는 불길에 싸이고 1대는 대파하였다. 탑승자 80명 중 현장 즉사 15명, 중상 60명, 경상 5명의 인명 손실이 났다.

이로써 전투는 끝나고 시각은 8시에서 아직도 15분이 남았다.

전투가 끝날 즈음에 각 신문사의 경비행기와 헬리콥터 8대가 연이어 날아와 현장 촬영이며 기사 취재에 열을 올렸다. 정보 입수가 늦어 끝판에야 현장에 도착한 것이다.

조총련 측 손실은 사망 1명, 경상 6명. 이 손실은 황국순의대의 공격으로 인한 것이었고, 황국순의대 측은 사망자는 없고 중경상자만 19명이었다.

결국, 따지고 보면 결투를 한 양군의 손해는 미미한데 응원 출동한 자위대가 전멸의 피해를 본 웃지 못할 꼴이 되었다.

유동규와 현성오는 사카이 궁사와 마츠시다 시의원 앞으로 가 공손히 인사하였다.

"심판 보시느라 수고 많으셨습니다. 승패를 선언해주십시오."

사카이 궁사는 너무나 어이없는 결과 때문인지 턱을 까불며 말도 못한다. 한참 만에 겨우 "당신들, 최루탄은 불법이야." 한마디 하고 기침을 콜록콜록했다. 눈도 시뻘겠다.

유동규가 항의하였다. "궁사님, 최루탄은 45구경 이하의 권총으로 쐈습니다. 탄환에 대한 규제는 없었어요. 결코 불법이 아닙니다.

우리는 정정당당하게 싸워서 이긴 겁니다. 불법으로 말한다면 저 사람들의 불법이야말로 엄청난 불법이죠."

눈과 코, 입이 중독되긴 마츠시다 시의원도 마찬가지였다. 그는 눈을 감은 채 기침을 콜록거리면서 사카이 궁사에게 말했다. "승부는 났습니다. 북을 치세요. 남군이 이겼다고 선언하시고."

사카이 궁사는 별수 없이 북을 둥! 둥! 둥! 세 번 쳤다.

조총련 일동은 만세를 세 번 외쳤다. 보도진들이 몰려와 인터뷰했다. 쌓아놓은 전리품인 권총과 일본도, 방패며, 불탄 장갑차 여기저기 흩어진 시체와 부상자들을 촬영하느라 분주했다.

뒤늦게 경찰차와 자위대의 차량들이 등장했다. 사망자와 부상자는 먼저 병원으로 보내고, 결투한 양편과 심판 두 사람을 연행하였다.

박만운은 경찰이 오기 전에 지방민 구경꾼 속에 끼어 다니사도 시내로 들어가 도쿄행 버스를 탔다.

우리가 저녁을 먹으려는데 박만운이 나타났다. 나는 눈이 번쩍하여 그를 맞이하였다.

"박 형, 어디 갔다 왔어? 어찌 된 거요. 말해봐요."

"헤헤헤, 요 근처에서 재미있는 영화를 하기에. 헤헤헤."

"유동규 동지는 어찌 됐소?" 나는 다그쳤다.

"유 동지는 못 봤는데. 난 몰라." 그는 태연했다.

박만운은 입을 다물었으나 호외와 석간, 방송 등으로 니노마다 솔밭 결투사건은 전 일본을 떠들썩하게 만들었다.

14
도나 줄리아의 부활

    자위대는 니노마다 솔밭 사건 관련자 전원을 군법회의에 넘기려 했으나, 변호인단의 항의로 군인들만 군법회의에 돌리고 민간인들은 지방법원으로 넘겼다.

    언론과 여론은 오카야마현 당국과 황국순의대에 대하여 날카로운 비난을 퍼부어 일본 정부를 난처하게 하였다.

    조총련은 일본 전국에 항의 데모를 나섰고, 민단도 측면 원조를 아끼지 않았다.

    니노마다 솔밭사건은 7월 31일의 스미다 호텔사건, 8월 4일의 하코다테 항 폭발사건, 9월 1일의 가와사키랜드 폭발사건, 10월 4일의 자위대 구치소 피습사건 등, 연이은 일본의 수모를 더 한층 심하게 전 세계에 떨치게 하였다.

    그러나 이 사건으로 해서 긍정적인 면도 없진 않았다. 우선 문제의 발단지인 오카야마현의 일본인 거주자들이 솔선하여 많은 의연금을 모금해서 한국인과 일본인 희생자 합동위령제를 지냈다. 또한 다니사도 중앙 로터리와 니노마다 솔밭에 희생자 위령탑을 세우는데, 일본인 조선인을 가리지 않고 같은 석면에 희생자 명단을 섞어서 새기기로 하였다.

그리고 과거의 불행을 씻고 새로운 화합을 도모하는 한일 단합대회를 열고 11월 1일을 '오카야마현 평화의 날'로 정했다.

오카야마 지방법원은 기소된 전 피고에게 일률적으로 벌금 5만 엔 형을 선고, 전원을 석방했다.

그리고 전 일본의 종교계, 즉 불교 단체와 기독교 단체, 신도(神道) 단체들이 평화 구국기도회를 연합으로 개최하여 거칠어진 국민들의 심성 안정을 기구하였다.

이러한 평화 분위기를 틈타서 하라 내각은 우리와의 평화협정을 각서교환 형식으로 처리하기로 합의를 보았다.

각서 형식이지만 동의각서라는 이름으로 대한민국을 비롯한 아시아 각국이 이에 동참하였다.

비록 정식 외교협상은 아니었으나 국가 대 국가의 협상에 뒤지지 않는 훌륭한 외교문서라고, 참여한 각국의 대표자들은 크게 만족하였다.

다만 협정각서 첫째 조항인 흑자 무역국이 부담할 15퍼센트의 차액 차관 조건은 관계국 실무회의에서 5~20퍼센트의 현실적응 변동률로 수정되고 여타 항목은 처음 합의한 대로 이루어졌다.

현실적응 변동률이란 것이 무엇을 뜻하는지는 전문 지식이 없는 나로서는 좋은 것인지 어떤지 분간키 어려웠다.

다만 우리 정부의 외무장관인 나의 친구 오관섭이 말했다. "김 군, 자네는 전문 외교관 열 명이 10년 걸려도 이루기 어려운 일을 해냈네." 하는 말이 과히 나쁘게 들리지 않아, 내가 바보짓 한 것은 아니었구나 하고 생각했을 뿐이었다.

이건 몇 달 후 얘기지만, 나는 뜻하지 않게 각국 정부로부터 외교공로훈장을 받았다. 대한민국 정부로부터도 물론 받았다. 나뿐 아니라 나의 동지들, 그리고 맥도널드 박사 등 외국 명사들도 훈장을 받았다.

훈장 받은 게 자랑스러워 말하는 건 아니다. 다만 운이 좋았다는 얘기다.

물론 훈장이 나쁜 것은 아니다. 그러나 국제사회에서 조약이니 훈장이니 하는 것처럼 허무맹랑한 것도 없다는 사실을 알아야 한다.

서로 훈장 달아주고, 왈츠곡에 맞춰 춤을 추고, 다음 날 선전포고 하는 예는 얼마든지 많았다.

현대사만 보더라도 영·독 우호협정, 독·소 불가침조약, 일·소 불가침조약 등이 대표적인 예다. 외무장관은 도장 찍고, 사령관은 대포 쏘는 게 국제관례였다. 그래서 나는 훈장 탄 게 마음 놓지 말라는 경계표찰 같은 감이 들었다.

그러니 시시한 훈장 얘기는 집어치우고 멋진 얘기를 해야겠다. 이건 정말 멋진 이야기다. '도나 줄리아' 부활의 이야기다.

＊

앞에서 말한 줄리아의 석상이 준공되어 11월 15일 석상 안치 장소인 고즈섬에서 성대한 준공식이 거행되었다.

우리는 '도나 줄리아' 석상 제작을 빙자하여 오시마섬을 우리의 게릴라전 준비기지로 삼고 무기 등 물자를 은닉하여왔고, 10월 4일 자위대 구치소를 습격하여 이노우에 등 여섯 동지를 구해낸 요네자와 일당 3인을 그곳에 피신시킨바 있었다.

우리가 성녀 '도나 줄리아'의 석상을 건립한 목적은 단순히 우리의 일본 침공을 위한 보급기지로서 오시마를 이용하기 위해 꾸민 위장공작만은 아니었다.

우리나라는 과거 불행하게도 오랫동안 가톨릭교에 대한 탄압 역사가 있었고, 이어서 일본 제국주의의 압제 등으로 해서 성녀 '도나 줄리아'에 대한 인식이 빈약하였다.

그래서 우리는 이 기회에 전부터 마음속에 간직하였던 소망을 풀고자 함이었다.

성녀 '도나 줄리아'가 영세한 땅, 태평양 위에 외로이 떠 있는 고즈섬 해변가에 그녀의 석상을 건립하는 사업은 비록 종교인이 아닌 우리에게도 뜻있는 일이었다. 이 사업을 추진하는 데만 무려 2년이 걸렸다.

그런데 우리는 이 석상의 준공식을 준비하는 데도 만 2년을 소비했다. 우리는 '도나 줄리아'에 관한 문헌을 수집하여 아시아 여러 나라에 소개하고 석상이 준공되는 날 더 많은 신도와 비신도들이 참석하도록 초대하였다.

때마침 우리의 세계평화유지기구와 일본 정부 간의 화해성립을 기념하는 행사를 겸하여 우리는 '도나 줄리아 부활행사'를 마련하였다. 그러다 보니 석상 준공비용보다 준공기념행사에 드는 비용이 훨씬 더 많이 들게 되었다.

그러나 그건 조금도 아깝지 않은 지출이었다. 과거 4백 년 전에 있었던 고귀하고 아름다운 전설의 성녀 '도나 줄리아'를 다시 찾는 값은 돈으로 따질 수 없는 일이었다. 그리고 4백 년 전에 있었던 흉악한 일본인이 저지른 죄악, 그 일본에 짓밟혔던 한국의 쓰라린 역사, 모두가 회개하고 다시는 이런 역사가 되풀이돼서는 안 된다는 다짐을 우리는 가져야 했다. 여기에 '도나 줄리아 부활행사'의 뜻이 있었다. 우리가 마련한 '도나 줄리아 부활행사'에는 많은 내외국인이 성원하고 직접 참가하여 성대한 역사적 기념행사가 되었다.

이름하여 성녀 '도나 줄리아 부활행사'라고 선전했지만, 물론 도나 줄리아가 정말로 부활하는 것은 아니었다. 우리는 이 행사에 참가하는 모든 신자와 비신자에게 성녀의 부활을 상징하는 행사지 결코 성녀의 부활을 예고하거나 약속하는 것은 아니라는 점을 상세히 안내문에 기록하였다. 그런데도 이날 행사를 참관한 많은 사람들은 대부분 다 '도나 줄리아'의 부활을 믿고 찬송하며 기도하였다.

왜 그런 현상이 일어났을까? 사람들은 기적이라고들 말했다.

11월 15일 아침, 도쿄 만의 날씨는 영하 2도. 쌀쌀하기는 하지만 바람도 없이 해상은 잔잔하였다.

미우라 항구 앞바다에는 한국, 일본, 필리핀, 미국, 이탈리아, 프랑스 등 여섯 나라에서 모인 군함 6척을 위시하여 50척이 넘는 크고 작은 연안 여객선, 100척에 가까운 요트단이 선열을 가다듬고 출발 시각 오전 9시를 기다리고 있었다. 각국 군함에서는 번갈아 취주악단의 성가가 울려 참가자들의 마음을 엄숙하게 해주었다.

우리 일행이 탄 30톤급 쾌속정 평화호는 선열의 맨 앞에 나서 정각 9시에 맞춰 방향을 남남서 이두제도를 향하여 출발하였다. 우리 뒤를 5백 미터 가량 거리를 두고 6개국의 군함이 6열 종대로 뒤따르고, 그 뒤를 일반 연안 여객선들과 가지각색의 돛폭을 휘날리는 요트들이 바다를 꽉 메우며 우리 뒤를 따랐다.

선단이 출발한 지 30분 후, 우리는 평화호 선실 지붕 위에 묶어 놓은 커다란 풍선을 하늘로 띄워 올렸다. 지름 4미터의 풍선은 밧줄이 풀리자 풍선 속에 채운 헬륨가스의 부양력으로 곧바로 공중 높이 올랐다. 해면에서 5백 미터까지 올라간 풍선은 꽃봉오리가 터지듯 네 갈래로 쩍 갈라지며, 오색 꽃종이 가루와 3백 마리의 흰 비둘기가 공중에 화려하게 퍼졌다.

풍선의 꽃가루와 비둘기 떼가 흩어지면서 성녀 '도나 줄리아'의 자태가 나타나기 시작했다.

"와" 하는 함성과 "오! 마리아 성녀님.", "오! 줄리아 성녀님." 하는 우렁찬 환호성과 기도 소리로 바다는 실제로 감격의 세계가 된 듯싶었다.

풍선 속에서 나타난 '도나 줄리아' 성녀의 실태는 밀도 높은 스티로폼 제품으로 키높이와 두 팔을 좌우로 벌린 넓이가 다 같이 3.5미터. 흰 드레스에 검정 가운, 머리에는 검정 수녀모, 반짝이는 두 눈은 유리알, 목에는 찬란한 황금 줄이 길게 늘어졌고, 줄 끝에는 역시 황금빛 십자가가 달려 있었다.

머리와 가슴 내부에는 헬륨가스가 채워졌고, 양쪽 발에는 상체의 헬륨과 균형을 이룰 정도의 고운 모래가 넣어져 고도를 조절했다. 길게 뻗은 두 손과 가슴에는 자동 수평대가 있어 웬만한 바람에도 옆으로 쓰러지지 않게 되어 있었다.

앞가슴 부위의 가운 속에는 녹음테이프가 있어 성녀 줄리아는 여러 가지의 성가와 기도를 낭랑한 목소리로 읊었다. "주여, 인도하소서. 당신의 어린양들이 광야에서 헤매고 있나이다⋯."

가로×세로 3.5미터의 크기는 실제의 2배 크기였지만, 5백 미터 내지 3백 미터 거리에서 쳐다볼 때는 오히려 지나치게 작게 보였다.

그러나 전체 외부에는 발광 페인트가 칠해져 있어 환상효과는 만점이었다. 추진과 방향전환은 발뒤꿈치에 있는 지름 8밀리미터의 두 개의 구멍에서 방출하는 압축 공기로 조절했다. 이 조절기능은 우리가 타고 있는 평화호에서 자유자재로 제어할 수 있었다.

더 높이 올라가지도 않고, 바다에 닿을 정도로 내려오지도 않고, 전진하는 속도가 바다 위 속세의 인간들이 따라오기 좋을 만큼 일정한 거리를 유지하며 낭랑한 목소리로 노래하고 설교도 했다.

우리는 처음에 말한 대로 참관인들에게 '도나 줄리아의 부활'은 우리가 꾸민 작품이라고 안내문에 분명히 밝혔건만 지금 하늘을 날아가는 성녀의 모습을 보는 6천여 명에 달하는 사람들은 모두 눈물을 글썽이며 열심히 기도를 올리고 있었다.

"그거 신통하게 만들었네."라고 말하는 사람은 단 한 명도 없었다. 작품, 성녀 줄리아 제작에 참여한 나 역시 "아, 성녀님! 자비하신 성녀님." 하는 중얼거림이 절로 입에서 새어 나옴을 어쩔 수가 없었다.

나는 가톨릭도 개신교도 아닌 비신자였다. 그러니 지금 바다 위에서 기적을 우러러보는 신자들의 감격이야 오죽하랴.

"성녀 줄리아 님이시여, 여기 바다 위에서 당신을 찬양하는 이 인간들에게 사랑을 베푸소서. 옳은 길로 인도하소서."

이런 영감으로 나는 가슴이 뻐근하였다. 이런 것이 종교이고 신앙이라면 이날의 나 역시 신자의 한 사람이리라.

미우라 앞바다를 떠난 지 1시간 20분 만에 우리 선단은 성녀 도나 줄리아가 하늘에서 인도하는 대로 오시마에 도착하였다.

이 섬은 줄리아가 맨 처음 유배당한 곳이었다. 하늘에 떠 있는 '성녀 도나 줄리아'는 이 섬에 이르자 섬 둘레를 한 바퀴 빙 돌며 섬 주민들에게 메시지를 보냈다.

"오시마의 형제자매들이여, 주 예수 그리스도께서는 항상 여러분을 사랑하시고 보살펴주시나이다."

이곳에서 20분을 지체하고 다음 유배지인 니히시마에 도착한 건 정오였다.

여기서도 오시마에서 했던 대로 섬의 상공을 한 바퀴 돌며 섬 주민들에게 복음을 전하고, 마지막 유배지이며 그곳에서 생애를 마쳤고 오늘 전 세계인의 정성으로 만들어진 줄리아의 석상이 세워진 땅, 고즈섬에 도착한 건 오후 1시 15분이었다.

받침돌 축대 높이가 2미터, 줄리아 상의 키는 1.65미터, 여기에 쓰인 석재는 줄리아의 고향 땅 경상도에서 실어 온 것이었다.

석상 제작팀은 석상의 위치가 태평양이 외딴곳인만큼 풍화의 예방 조치로 자연석을 이용하여 석굴을 만들어 줄리아 상을 그 안에 안치하였다. 2년간에 걸친 이곳 작업반의 반장은 서정달. 과거 우리나라 축구 대표선수였다.

도쿄 성당 이토 도키무네 대주교의 집전으로 석상 제막과 추모 미사가 거행되었다. 6개국의 군함 승무원들은 아예 섬에 올라올 생각도 못 하고 꼭 필요한 인원과 열성 신자만 상륙했건만 고즈섬은 인파로 까맣게 뒤덮였다.

의식이 거행되는 동안, 미우라 항구로부터 이곳까지 우리를 인도해 온 공중의 '성녀 줄리아'는 석상 바로 위에 10미터 가량의 간격을 두고 꼼짝도 않고 공중에 떠 있었다.

의식이 끝나자 공중의 성녀는 세 번 고즈섬을 빙 돌아 "우리 하느님 품에 안겨 영생하리라"는 노래를 남기고 하늘 높이 올라갔다.

연합 함대에서는 아베마리아의 취주악을 연주하고 섬과 바다의 사람들은 기도 올리기에 여념이 없었다. 그때 시간을 보니 오후 3시, 시장기가 돌았다. 나는 마이크에 대고 외쳤다. "지금부터 미우라 항구로 직행합니다. 여러분께선 많이 시장하실 터이니 각자 준비하신 도시락을 드시기 바랍니다."

나는 대주교와 그의 보좌 신부, 그리고 성가대들에게 식사를 대접하였다. 이토 대주교가 나에게 물었다. "저기 하늘로 올라간 도나 줄리아는 어찌 되지요?"

"네, 저 줄리아 상은 모든 재료가 풍화작용 또는 자체발열 작용으로 일정 시간이 경과하면 모두가 흔적도 안 남기고 소멸하게 되어 있습니다. 지금 도나 줄리아 성녀가 자꾸만 하늘 높이 올라가는 까닭은 양쪽 발에 채운 모래가 발바닥에 뚫려 있는 아주 작은 구멍으로 서서히 빠져나가 몸무게가 가벼워지기 때문입니다. 무게가 가벼워지니 머리 부분에 넣은 헬륨가스의 작용으로 계속 상승합니다."

"어디까지요? 하늘 끝까지?" 대주교가 물었다.

"대략 1천5백 미터에서 2천 미터 사이에서 오르락내리락하지요. 그러면서 본체를 구성한 스티로폼이 바스러져 아무것도 안 남게 됩니다. 인간의 손이 닿은 자취를 말끔히 소멸하도록 설계된 겁니다."

"무던히 애를 썼군요. 그러나 저기 저 사라져가는 '도나 줄리아'는 당신이 말하는 단순한 물질만 담긴 게 아니라고 나는 봐요. 제작에 참여한 분들의 정성이 서렸고, 또 저기 해변가에 영원히 서 있을 성녀 '도나 줄리아'의 영혼이 담긴 성체(聖體)라고 나는 말하겠소. 그 증거가 있어요. 아까 여러분도 보셨지요. 공중의 성녀 줄리아가 인도하는 대로 모든 사람들은 그녀를 우러러보고 찬송하고 기도하는 모습을. 그 사람들은 대부분이 신자니까 당연히 영감이 통하여 그렇지만, 내가 보기엔 비신자도 상당히 많았어요. 성가도 못 부르고 아멘도 따라 부를 줄 모르는 사람들이 많았어요. 그런데 이들 비신자들도 제각기 가슴속에서 성가를 부르고 성녀 줄리아를 찬미하고 있었어요. 그들의 눈에 하느님의 영광이 비치고 있었어요. 그래서 나는 할 수 있었지요. 김기식 씨, 당신도 비신자시죠? 그러나 당신도 오늘 하느님의 은총을 입었습니다. 그 은총에 보답하세요. 성당에 나오세요."

이 섬에서 나는 물론 요네자와 하치로 일행 3명을 만났다. 함께 본토로 가자니까, 그들은 이구동성으로 말했다. "좀 더 여기 있게 해 주시오. 우리 세 사람은 이곳에서 많은 것을 배웠어요."

"여기는 밀수해 갈 것이 없을 텐데." 하고 내가 농을 치니, 요네자와는 대뜸 "있어요. 아주 희귀한 보물이 있어요. 당신이 도와준다면 한탕 해볼 만한데, 좀 도와주겠소?" 하고 바짝 대들었다. 나는 "대체 뭘 보고 그러는 거요. 해적들이 감춰 놓은 보물단지라도 발견했소?" 하니 요네자와는 "저것!" 하고 손으로 가리켰다. '도나 줄리아'의 석상이었다. 우리는 깔깔대고 헤어졌다. 그 사람들은 우리 공작조가 오시마를 최종 철수할 때까지 같이 있을 모양이었다.

미우라 항에 도착한 건 밤 11시 30분이었다.

"배고파서 안 되겠다. 무엇 좀 먹자." 나는 여러 동지와 함께 부두 밖으로 나오려는데 "나도 좀 끼워줘요." 하고 가로막고 나선 육척장신이 있었다. "아니, 프레보 아냐!" 나는 그를 얼싸안았다. 그는 프랑스 해군 장교복을 입고 있었다. 그도 우리와 함께 고즈섬까지 다녀오는 길이라고 했다.

"여러 동지들한테 미안해요. 나 혼자만 쏙 빠져서 팔자 좋게 있었으니." 프레보가 전혀 미안하지 않은 표정으로 말했다. 그는 지난 8월 31일 우리 전원을 대피시켜놓고, 가와사키랜드를 혼자서 멋지게 폭파한 후 행방이 묘연하였다가 이제 다시 나타난 것이었다.

"어떻게 해군이 될 수 있었소? 해군 출신이란 얘기는 못 들었는데." 내가 의아해하니 프레보는 빈들빈들 웃으며 "우리나라는 최고로 인심이 좋다고. 가와사키랜드를 폭파시키고 그 길로 우리 대사관으로 뛰어갔지. 이리 이리해서 도망쳐 왔다니까. 대사께서 '수고 많았다. 여기 있으면 골치 아프니 본국에 가 있는 게 좋겠네.' 하는 거야. 그래서 시키는 대로 하다가 이번 도나 줄리아 기념행사가 있다기에 해군부에 가서 청했더니 소령 제복 한 벌을 주면서 갔다 오라는 거야. 하하하."

"타고 온 배는 곧 본국으로 갈 텐데 앞으로 어쩔 셈인가?"

"일이 있으면 여기 남는 것이고 필요 없다면 배로 돌아가는 거지, 뭐."

"우리 임무는 거의 다 끝나가. 우리는 모두 철수할 텐데 배로 돌아가는 게 좋겠소. 우리 저녁 식사나 같이하고 말이야." 그리고 나는 그와 어깨동무를 하고 근처 식당으로 들어갔다.

15
핵무기와 CIA

　성녀 도나 줄리아의 석상 준공식을 성대하게 끝내고, 미우라 항구에서는 비셀 드 프레보와 뜻밖의 재회를 한 우리는 마음이 흡족하여 실컷 마시고 떠들다가 자정이 넘어서야 제각기 숙소를 찾아 헤어졌다.

　모리와 요시무라, 박만운과 나 그리고 프레보까지 다섯 명이 된 우리 일행은 두 대의 택시를 잡아타고 도쿄로 돌아왔다. 도쿄에 들어서자 프레보에게는 배로 돌아가라고 했으나 그는 술이 취하여 우리를 호텔까지 배웅해주고 가겠다며 함께 우리의 숙소인 시부야 사보이 호텔까지 왔다.

　12층 24호실과 25호실이 우리의 방이었다.

　그런데 이 밤중에 우리가 돌아오길 기다리는 사람들이 있으리라고는 생각도 못했다. 두 방 모두 한 방에 세 명씩, 정체불명의 괴한들이 버티고들 있었다.

나는 잠가놓은 방문이 저절로 열리는 데 놀랐고, 처음 보는 사람들이 험상궂은 눈초리로 우리를 노려보는 데 더욱 놀랐다. 그들은 일본인과 미국인이 반반씩이었다.

우리는 취중에도 정신이 번쩍 났다. 나는 앞가슴에 손을 넣고 권총을 꺼내려 했다.

"얌전히들 하시오. 반항하면 재미없을 거요." 상대는 아주 여유만만하게 나왔다.

"누구요? 당신들은?" 내가 물으니, 일본인 하나가 신분증을 꺼내 보이며 말했다.

"나는 나카무라 경감이고, 이분들은 미국에서 온 분들이오. 인사들 하시오."

"우리가 뭐 잘못한 거라도 있소?" 내가 따졌다.

그들은 내 질문에 대답하기에 앞서 우리와 동행해온 프랑스 해군 소령 제복 차림의 비셸 드 프레보를 유심히 살폈다.

"왜 나를 그런 눈으로 보시오. 나는 프레보 소령이오." 프레보는 신분증을 꺼내 미국인 코앞에 내보이고 말했다. "당신 신분증 좀 봅시다."

상대는 잠자코 자기 신분증을 꺼내 프레보에게 보였다. "내가 술취해서 실례하오." 그러고는 뺏다시피 상대의 신분증을 손에 들어 자세히 들여다보았다. "이크, CIA 요원이시군. 미스터 해밀턴, 그런데 요원이란 어떤 계급이죠? 영관급인가요, 장성급인가요?" 그는 혀 꼬부라진 소리로 따졌다.

"그런 것과는 관계없소. 프레보 소령님, 당신은 이 사람들과 어떤 관계죠?" 해밀턴이 물었다.

"나요? 이 사람들과 친구지. 오늘 사귀었지만 십년지기나 다름 없소. 이 친구들은 '도나 줄리아 부활제'의 주최자들이고, 나는 프랑스 제3함대 악단지휘자요. 뭐 이 사람들과 술 마셨다고 잡아가는 건 아니겠지?"

미국인 한 사람이 프레보의 신분증을 다시 달래서 보고는 말했다. "프레보 소령, 당신이 개입할 문제가 아니오. 어서 돌아가시오."

"어서 돌아가라고? 여보시오, 왜 그리 말솜씨가 딱딱하오. 우리 한잔합시다. 그래야 얘기가 되겠어." 프레보는 말하며 냉장고 문을 열려고 했다.

미국인이 그 손을 막고 위협했다. "순순히 가라고 할 때 가시오. 귀찮게 하면 여기서 하룻밤 새우게 될 거요."

"좋아. 그러지 않아도 이 호텔에 신세 지러 왔다고. 나는 호텔이 없어요. 미우라 부두에 있는 '센 마르세이유'가 내 숙소야. 멀단 말이야. 자, 술이나 한잔하자는데 왜 못마땅해 하지?" 프레보의 술주정은 점점 심해졌다.

상대 미국인이 자기 동료와 일본인 경찰에게 일렀다. "이 친구, 프랑스 대사관에 갖다 맡겨."

프레보는 비틀거리며 양팔을 두 호송인에 맡긴 채 밖으로 나갔다. 나는 속으로 잘됐다고 생각했다. 이 사태를 동지들에게 전해줄 것이다.

술 취한 프랑스 소령을 몰아낸 뒤 CIA 요원들의 심문이 시작되었다.

"누가 김기식 씨요?"

"나요."

"저 방으로 갑니다." 그러고는 지긋이 내 팔을 끌었다.

"여기서 얘기합시다. 여기가 내 방이오." 나는 버티었다.

"우리 신사적으로 합시다. 김기식 씨, 우리는 미국 정부의 수색 영장과 구인장을 갖고 왔소. 말 안 들으면 강제수단을 쓰겠소." CIA 는 강경하게 나왔다.

이때 일본 경찰이 CIA 한 사람에게 두어 마디 속삭이더니, 모리 와 요시무라에게 말했다. "당신들은 우리와 함께 검찰청으로 가야 겠소. 자, 보시오. 구속영장이오. 임자들은 지명수배 중인 걸 잘 알 고 있죠. 그런 주제에 너무 대담하군." 모리와 요시무라가 뭐라고 대꾸할 사이도 없이 두 사람 손에 수갑이 짜르륵 채워졌다. 나는 속 으로 아차 했다. 일본 정부와의 화해 분위기에 빠져 너무 방심한 데 가 많았다. 모리와 요시무라 두 사람은 담담한 표정으로 일본 경찰 들에게 끌려나갔다.

방에는 나와 박만운, 그리고 CIA 두 사람만이 남았다. CIA의 해밀턴이 박만운에게 물었다. "당신은 누구요? 김기식 씨와는 어 떤 사이죠?"

"나 박만운이오. 김기식과 행동을 함께 하고 있는 사람이오."

해밀턴이란 사람보다 약간 나이 들어 보이는 사람이 신분증을 꺼 내 나에게 보였다. "내 이름은 윌슨입니다. 두 분께 미안합니다. 밤 늦게 와서 본의 아니게 실례가 많군요. 김기식 씨, 우리를 좀 도와 주셔야겠어요."

"무엇을 도와드리죠?" 내가 물었다.

"핵폭탄을 돌려주시오." 윌슨이 말했다. 나는 속으로 올 게 왔구나 하는 생각이 들었다. 여태껏 한 번도 써먹진 않았으나 일본과의 싸움에서 마지막 카드로 사용하려던 핵폭탄 5개. 어느 면에서는 마음 든든한 의지처이기도 하였고, 어찌 생각하면 한없이 마음을 압박하는 부담거리이기도 한 물건이었다.

그러나 나는 태연하게 되물었다. "돌려달라고? 그것은 우리 것인데."

"당신네 거라고요? 당신들이 만들었소?"

"만들다니요. 우리가 어찌 그런 걸 만듭니까. 돈 주고 샀어요."

"언제 어디서 누구로부터 샀소?"

"그걸 말해야 하나요?" 나는 배짱으로 나갔다.

"물론 말씀하셔야죠. 그게 보통 무기가 아니라는 것쯤은 잘 알고 계실 텐데."

"나는 우리 정부에 연구 자료로 바칠 생각이오."

"그것도 좋겠지요. 그러나 김기식 씨가 한국 정부에 바친다는 걸 누가 보장하지요?"

"보장이 무슨 필요 있어요. 내 손으로 갖다주면 그만이지."

"그 무기는 WPO의 것이지 김기식 씨 개인의 소유물이 아니지 않소?"

"내 개인소유는 아니지만 나에게 처분권이 부여된 것이오."

"긴 얘기는 맙시다. 그 무기는 미국이 만든 것이고, 미국 국방성 핵무기창고 장부에 기록돼 있는 거요. 절대로 개인의 소유물이 될 수 없는 거요. 하물며 외국인은 손도 대지 못하는 거요."

"그러면 어째서 내 손에 들어왔죠? 나는 돈을 주고 샀어요. 미국 것이라면 미국 정부가 판 모양이군."

"이 세상에서 핵무기를 팔고 사는 데가 어디 있단 말이오. 그런 궤변을 늘어놓으면 안 됩니다. 정말 샀다면, 언제 어디서 누구한테 샀다는 증거를 대시오. 그렇지 않으면 당신은 절도범이 되는 거요."

"1983년 여름에 그리스 살로니카에 사는 알렉산더라는 사람한테서 현금 주고 샀어요. 한 개에 백만 달러씩 주고서."

"그 돈은 누가 냈지요?"

"내가 냈어요."

"김기식 씨는 부자가 아닐 텐데…."

"별걱정을 다하는구려. 그리스 살로니카 은행에 가 보시오. 내 통장에 1천8백만 달러까지 예금된 적도 있소."

"어디서 생긴 돈이오?"

"그건 나도 몰라요. 송금시켰으니 찾아 쓰라고 전화로 알려주는 사람이 몇 명 있어요. 이름은 모르고."

"WPO의 내막은 우리도 대강 알고 있어요. 당신이 말한 그리스의 알렉산더라는 사람은 가짜 이름이고 본명은 시피온이죠. 그때 핵무기가 몇 개나 있다고 합디까?"

"그건 물어보지 않아 모르겠소. 몇 개 필요하냐고 하기에 다섯 개가 있으면 좋겠다니까, 약조금으로 백만 달러를 주고 가랍디다. 물건은 지정장소에 인편으로 보낼 터이니 그 사람 편에 영수증을 받고 잔금 4백만 달러를 주라고 해서 그대로 했소."

"영수증 갖고 있소?"

"전화 지시로 보내라는 곳으로 보내서 없소."

"전화 지시하는 사람은 누구요?"

"나도 모르오."

"믿기 어려운데…."

"WPO의 내막을 대강 안다면서 그런 걸 묻소?" 나는 역습했다. 이때쯤 나는 술이 다 깨버렸다.

"그리스의 알렉산더란 사람을 대면시키면 알 수 있겠소?"

"글쎄, 자신이 없소. 왜냐하면 그때 그 사람은 60이 넘은 얼굴 모습인데 목소리는 40대로, 변장한 걸로 짐작하였소."

"내가 봤소. 그 사람은 32세요."

"그렇게 잘 알면서, 왜 여기까지 나를 찾아왔단 말이오? 내가 물어볼 게 있소. 처음부터 당신들은 우리가 그 핵무기를 갖고 일본에 들어온 걸 알고 있었나 본데, 왜 그땐 개입 안 하고 이제야 꼬투리를 잡으려 하는 거요?"

내 질문에 윌슨은 잠시 주춤하더니 말했다. "까닭이 있었지. 우리도 속고 당신네도 속은 거요."

"속다니?" 나는 영문을 몰라 어리둥절했다.

"국방성 안에 좋지 않은 친구가 있어, 핵무기 모조품을 20개가량 만들어 암시장에 판 거요. 처음 출고가격은 한 개에 10만 달러였는데 몇 다리 거치면서 1백만 달러에서 3백만 달러까지 값이 올라간 거요.

우리는 국방성 안의 책임자와 그걸 직접 만든 사람을 일망타진하고 현품도 10개는 회수했는데 나머지 10개가 미회수 상태에 있소. 당신네에게 다섯 개가 있다니 나머지는 다섯 개만 남은 건데, 이때까지는 우리도 별로 조바심을 안 했어요. 당신네가 일본을 괴롭힌다는 소식은 들었지만, 그냥 두고 보기로 한 거였소. 터뜨려봐야 가짜니 말이오.

그런데 일이 복잡하게 되었소. 각국 인터폴에서 압수한 같은 종류의 가짜 핵무기가 50개도 넘는다는 거요. 가짜의 가짜 제조업자가 있는 것 같소." 윌슨은 한숨을 쉬었다.

　"그럼 그 가짜들은 아무 쓸모가 없는 거요?" 내가 물었다.

　"그렇지만도 않으니 우리가 이렇게 쏘다니는 거요. 우리나라에서 최초로 만든 가짜는 그저 강력한 수류탄 정도인데 각국 인터폴에서 압수한 물건 중에는 TNT 10톤 정도 되는 폭발력이 있는가 하면 어떤 거는 과학자들이 깜짝 놀랄 만한 굉장한 작용을 하는 것도 있다는 거요. 물론 핵무기는 아니지만, 지상 전투용으론 기막힌 것이 있답디다. 김기식 씨가 가진 것이 과연 어떤 것인지 실물을 우리 본국으로 보내봐야 알게 될 거요."

　"그럼 우리가 가진 다섯 개를 다 내놓으라는 거요?"

　"물론이오."

　"값은 보상하는 거죠?" 나는 따졌다.

　윌슨은 픽 웃었다. "장물, 더군다나 불법무기를 갖고서 돈을 내라니 별난 소리 다 듣는군. 국내법으로 하면 10년 징역감이오."

　"5백만 달러나 되는걸." 나는 중얼거렸다.

　"5백 달러도 안 되는 걸 5백만 달러라니 한심하오."

　"진짜 핵무기를 그냥 뺏어 가려고 그러는 건 아니오?" 나는 싱거운 짓인 줄 알면서도 한번 떠봤다.

　"진짜였다면 우리가 그냥 놔뒀을 거 같소? 당신들은 우리에게 고맙다고 크게 감사해야 하오."

　"그건 왜?"

　"우리가 당신네가 가진 것이 아마 진짜 핵무기일 거라고 일본인들에게 말했기에, 일본 정부가 겁을 먹고 협정을 맺은 거요."

"그렇다면 한턱내야겠군."

"그 가짜 핵무기는 지금 어디 있소?"

"내가 아는 것은 한 개밖에 없고 나머지 것들은 다른 동지들이 알 거요."

"당신이 지시하면 다들 갖고 올 거 아니겠소?"

"그건 의논해봐야 하오."

"공연히 시간 끌지 말고 빨리 처리합시다. 우리에게 협조해서 해로울 건 없을 거요."

"어떤 득이 있겠소?"

"일본인들은 단순한 사람들이 아니오. 당신들은 또 한 번이고 두 번이고 이곳에 다시 와야 할지도 몰라요. 그때 우리가 돕지 않는다면 이번처럼 쉬 성공하진 못할 거요."

"도와주었다니 고맙소. 알았으니 그만 돌아가주시오. 잠 좀 자야겠소." 나는 하품을 씹으며 말했다.

"그건 안 되오." 윌슨은 딱 거절했다.

"우리가 도망이라도 갈 줄 아시오?"

"혹시 당신들의 생각이 달라지면 곤란하단 말이오. 우리는 시간에 쫓기고 있소. 빨리 다섯 개를 다 찾아 미국으로 보내고 그리스로 가야 하오."

이자들은 물러설 것 같지 않았다.

"누가 감히 CIA를 속이고 딴생각을 하겠소. 염려 말고 돌아가시오."

"불과 사십여 명이 일본에 선전포고를 하고, 결국 휴전협정을 맺은 당신네인데 CIA를 두려워할 거 같소?" 윌슨은 말하며 두 손을 휘저었다. 결국, 그는 우리 방의 열쇠를 갖고 복도 건너 24호실로 들어갔다.

CIA 직원들이 나간 뒤 박만운이 말했다. "진작 무기들을 처리할 걸 그랬지."

"진작 처리했더라도 별수는 없었을 거요. 그러나 가짜 핵무기에 5백만 달러를 버린 것이 아까운데."

"아무리 도둑심보를 가진 놈이라도 단돈 5백 달러짜리를 5백만 달러나 받아먹을 리가 있나. CIA가 한번 그래보는 거지. 미국이란 나라 걸핏하면 어뢰를 잃어버렸네, 우라늄 몇천 킬로그램을 잃어버렸네, 핵탄두가 없어졌네 하는 우스운 나라 아닌가. 휴대용 핵무기를 새로 개발하느니 어쩌느니 한 신문기사가 난 지 얼마 안 되는데 벌써 위조품을 팔아먹었다니 그것도 믿을 수 없어…. 가만 있자, 내가 잘 아는 교포 철공장에 가서 모양이 비슷하게 한 개 만들어달래서 바꿔치기해야겠어. 한국에 가지고 가서 실험해보게."

"글쎄, 그럴 시간 여유가 있을까?" 내가 물었다.

"한번 해보자고. 밑져야 본전이지."

"가짜고 진짜고 간에 다섯 개 다 잘 보관되고 있겠지?"

"잘 있겠지."

"어디 어디더라?"

"내가 오시마의 우리 작업장에 두 개 숨겨둔 건 아는데, 그 밖에는 김 형이 하나 갖고 갔고, 이노우에가 후쿠시마에 숨겨둔 게 요전에 문제되었고, 하나는 아마 모리가 어쨌지?"

"모리는 검찰에 갔으니 누가 알지?"

"그야 모리 수하 동지들이 알고 있겠지. 좋은 생각이 떠올랐네. 우리는 모리에게 밀고 그동안에 모리와 함께 간 동지를 시켜 미리 찾아다 구보다 철공소에 부탁하여 가짜를 만들어 바꿔 치자고." 그럴듯한 구상이었다.

늦잠을 잔 까닭에 아침 9시가 넘도록 침대에 누워 있으려니 CIA패들이 문을 두드려 눈을 떴다. 그들은 이미 조반을 마치고 우리가일어나길 기다리는 중이었다. 어젯밤보다 인원이 둘 늘어 모두 4명이었다.

"어서 조반을 들고 함께 물건을 찾으러 갑시다." 윌슨이 재촉했다.

"윌슨 씨, 그게 보통 물건도 아니고 해서 우리도 마음 편할 날이없었소. 빨리 당신들에게 넘겨줘야겠소. 그러나 너무 조급하게 우릴 다그치진 마시오. 오늘은 정말 바쁘오. 어제 큰일을 치른 뒤치다꺼리를 해야 하오.

성당에 나가 이토 대주교님도 만나 봬야 하고, 항만청에 나가 행사완료 보고도 해야 하고, 어제 군함을 보내준 6개국 해군사령부에인사도 해야 하고, 우리가 빌린 여객선과 요트의 임대료 청산도 해야 하오. 또 비디오 촬영반과도 편집의논을 해야 하고 각 신문사에인사도 하고 빌려준 자료회수도 해야 하오.

그러니 오늘 하루만은 우리 일 좀 보게 해주시오. 나를 못 믿겠으면 한국대사의 신원보증을 받아다 드려도 좋고, 직원을 붙여 함께 다니도록 해도 좋아요." 나는 사정을 했다.

그러나 윌슨은 고갤 흔들었다. "그렇게 바쁘면 당신은 일을 보시오. 그 대신 당신 보좌관을 시켜 찾도록 하면 되지 않소."

"참 딱하오. 그 물건을 숨겨둔 곳을 아는 사람이 누구누구인지는 나도 모르오. 내가 숨겨놓은 것은 알지만 말이오."

"그게 어디요?"

"내가 숨겨놓은 곳은 나라시노 낚시터 근처요."

"약도를 그리시오."

"그 넓은 낚시터에 약도로 되겠소? 내일 나와 함께 가면 단박 찾을 텐데."

"약도만 제대로 그려주면 우리는 금방 찾을 수 있소. 우리가 가진 탐지기는 능률이 훌륭해요."

"좋소. 그럼 그렇게 하리다."

나는 도쿄 만 동쪽 연안 나라시노 낚시터의 약도를 그리고, 핵무기의 매몰 장소를 표시했다.

"그만하면 됐소. 나머지 네 개를 수배하시오." 윌슨은 조금도 여유를 안 주었다.

나는 할 수 없다는 듯 박만운에게 말했다. "박 형, 오늘 좀 뛰어다녀야 하겠소. 아지트를 뒤져서 동지들에게 한 사람 한 사람 물어보시오." 나는 그렇게 이르면서 눈을 껌벅했다.

"알았소." 박만운이 대답하자, 윌슨이 자기 부하를 불렀다.

"찰스, 자네 차로 박 선생을 모시고 다녀."

이리하여 나와 박만운은 온종일 CIA 직원 감시하에 움직여야 했다. 분주한 하루를 보내고 호텔에 돌아와보니 윌슨은 그동안에 나라시노 낚시터에서 찾아낸 핵무기 한 개를 갖다 놓았다.

지름 90밀리미터, 주먹 크기의 핵무기가 들어 있는 스테인리스 쇠상자의 자물쇠는 복잡한 암호 열쇠인데 윌슨은 벌써 열어놓고 있었다.

"당신이 그린 약도는 정확합디다. 우리는 금방 찾았소. 이게 바로 그리스에서 산 거란 말이오?" 윌슨이 물었다. 나는 그렇다고 대답했다.

"사용법을 아시오?" 윌슨이 물었다.

"설명을 듣고 메모해두긴 했지만 잘 이해가 안 됩니다." 나는 수첩을 꺼내 윌슨에게 보였다.

윌슨은 자기 수첩을 꺼내 맞춰보았다. 그리고 핵무기 자체와 스테인리스 쇠상자에 적힌 글자들을 자기 수첩에 적힌 것과 대조해보더니 말했다. "보기에는 U.S.A 제품 같긴 한데, 정확한 건 모르겠소. 연구소로 보내 전문가들이 엑스레이 투시를 해봐야 알게 될 거요."

나는 걱정이 되었다. 이다지 까다롭게 생긴 것을 하루 이틀 사이에 모조할 수 있을까? 공연히 박만운과 쓸데없는 의논을 한 게 아닐까 하는 생각이 들었다.

나와 윌슨이 한 방에 있을 때 박만운에게서 전화가 왔다. "다른 사람들은 못 만나고, 서정달 동지가 두 개를 오시마 섬에 갖고 있다는 것만 알아냈소. CIA 친구가 나와 내일 아침에 오시마로 가자고 합니다. 그런데 나는 내일 좀 바쁘니, 김 형이 가면 안 되겠소?"

"글쎄, 나도 바쁜데. 어디 내일 아침에 의논해봅시다." 나는 어름어름 전화를 끊고, 윌슨에게 핵무기 두 개가 오시마에 있다는 얘기를 해주었다. 윌슨은 좋아하며 내일 당장 오시마에 가서 찾아오자고 했다.

나는 밤에 박만운과 핵무기 모조에 관한 건을 다시 의논할 것을 마음먹었다.

이날 밤 8시쯤 한동안 기별이 없던 유동규한테서 나에게 전화가

왔다. "조총련 청년단원 30명이 새해맞이 고국방문단을 조직하여 나더러 인솔자가 돼달라고 하오. 그러니 한번 만납시다." 나는 어쩐지 섬뜩한 생각이 들었다.

여태껏 조총련계의 고국방문단은 몇 년간 여러 차례 있었으나 그것은 초기에는 모두 개인적 용무, 예컨대 이산가족 만나기나 성묘 등을 내세워 민단계 여행단에 다녀오는 정도였고, 근년에 와서는 순 조총련계의 단체방문도 더러 있긴 했으나 그것은 민단의 권유로 방문하는, 말하자면 중립적 인사들을 단체로 만들어 민단 측이 인솔해 가는 경우가 고작이었다.

진짜 골수분자 조총련의 고국 방문은 북한방문을 뜻하는 거지 한국과는 인연이 먼 얘기였다. 더구나 조총련의 핵심인 청년단만으로 구성된 한국방문이라니 알다가도 모를 일이 아닌가.

이것이 민단의 선전활동 결과라면 민단의 일내 성과라 하겠으나, 나로서는 전혀 이해가 안 가는 일이었다. 그보다 유동규의 전화 음성은 밝은 것이 아니고, 어두운 느낌이었다.

"내일 오시마에 가야 할 일이 있는데 시간이 있으면 오전 9시에 민단본부에서 만납시다. 시간 형편이 어떻소?" 내가 물었더니 유동규는 좋다고 했다.

이날 밤 박만운은 밤 10시가 지나서 돌아왔다. CIA 직원과 사방 팔방 싸다니다가, 허탕만 치고 돌아왔다 했다.

그러나 이것은 거짓이었고, 모리 간타로의 수하 동지를 만나서 CIA 직원 몰래 메모 쪽지를 건네주고 왔다는 것이었다. 메모 내용은 다음과 같다고 했다.

'오사카 이코마 공원에 숨겨둔 핵무기를 찾아서 구보다 철공장에 넘기고, 대신 모조품을 급히 만들어달래서 되는 즉시 이코마 공원 그 장소에 바꿔쳐서 숨겨두라. 시간이 없으니 겉상자는 만들 것 없이 그대로 사용하라.'

"겉상자의 암호번호를 알아야 하지 않는가?" 내가 걱정하니, 박만운은 모리의 수하 동지가 다행히 번호를 알고 있더라고 했다. 일이 어찌 될지 두고 볼 수밖에. 나는 박만운에게 일렀다.

"나는 내일 오전에 유동규를 만나고 나서 오시마에 다녀올 터이니 당신은 이노우에 다케조를 찾아가 CIA 직원과 함께 후쿠시마로 가서 그곳에 숨겨둔 한 개를 갖고 오시오. 이렇게 하면 윌슨도 우릴 신용하고 2, 3일 지연되는 것쯤 의심 안 할 거요. 이 짬을 이용하긴 하는데 너무 무리는 맙시다. 구보다 철공소에서 자신 있게 나오면 해보는 것이고 그렇지 않으면 단념합시다."

다음 날 아침 나와 박만운은 어제처럼 또다시 제각기 CIA 요원 동행으로 호텔을 나섰다. 내가 민단에 9시에 도착하니 유동규는 나보다 한발 앞서 와 있었다. 유동규는 내 옆에 미국인이 있는 걸 보고 누구냐고 물었다.

"요즘 나를 모시고 다니는 친구지만 상관없으니 얘기해도 좋아요." 나는 말하며 눈을 찡긋했다.

"딴 일이 아니라, 우리 이길상 총재가 나더러 민단에 잘 얘기해서 조총련 30명을 데리고 서울로 가라는 거예요. 조총련 몰래 내가 청년들을 설득하여 한국으로 전향시킬 목적으로 데리고 가는 것인 양 민단을 속이라는 겁니다. 내달 5일께쯤 떠나도록 하라는 지시입니다."

"복선이 있겠군?"

"물론이지." 유동규의 대꾸다.

"아직 시일이 있으니 우리 다시 만나 얘기합시다. 옆에 있는 코큰 친구와 나는 오시마에 다녀와야 하오." 나는 유동규에게 말하고 일어섰다.

"나는 요즘 민단본부에서 살다시피 하고 있소. 민단 황 단장을 구워삶느라고. 허허허." 그는 독특한 너털웃음을 웃었다.

나는 CIA 직원과 함께 가와사키 부두에 나가 쾌속정을 전세 내어 오시마로 떠났다. 바람이 있어 3미터에 가까운 파도가 일어 난항 끝에 오후 3시에 오시마에 닿았다. 좀처럼 뱃멀미를 하지 않는 나였으나 아침 먹은 것까지 토해내는 곤욕을 치렀다. 동행자인 CIA 요원은 거의 반죽음 상태였다.

섬에 체재 중인 서정달 동지 일행과 요네자와 일행 등 8명은 나를 보자 반가워하면서도 깜짝 놀랐다.

"이런 날씨에 웬일이오?"

나는 그들에게 대충 사연을 이야기하고 핵무기 두 개를 내달라고 했다. 그리고 나는 뱃멀미를 달래기 위해 다다미방에 누웠다가 이내 잠이 들었다.

잠을 깨고 보니 저녁 7시 30분이었다. 둘레는 캄캄한 어둠과 파도 소리뿐이었다. 바람은 낮보다 더 강하게 불어 파도는 서너 길 높이로 무섭게 뛰어올랐다.

동지들이 끓여주는 숭어탕을 맛있게 먹고 나니 정신이 개운했다. 동행한 미국인은 아직도 제정신이 아니었고, 아무것도 먹지 못했다. 무선전신으로 못 돌아가게 됐음을 도쿄에 알리고 오시마에서 하룻밤을 잤다.

나는 이날 밤 오랜만에 동지들과 술자리를 함께하였다. 밖의 풍랑소리는 천지를 뒤덮는 듯하였으나 인생 풍파에 찌든 사나이들의 술자리는 마냥 즐겁기만 하였다. 이곳 토주(土酒)는 우리나라 소주 비슷한데 독하기는 사뭇 더하였다. 이날 밤의 얘기는 밀수왕 요네자와의 파란만장한 실화였다.

요네자와는 12년 전 그때 그의 나이 서른에 홍콩에서 우연히 한 미희(美姬)를 사귀었는데 나중에 알고 보니 모 국왕의 애인이었던 여자로, 지금도 그 국왕과는 내왕이 있는 모양이라 했다. 이 여자는 겉으로는 귀부인인 체하면서도 밀수에 손을 대고 있었다. 요네자와도 그 당시 조무래기 밀수꾼이었는데 이 여자와 사귀면서 큰 야심이 생겼다는 것이었다. 큰돈을 잡아보자는 야심.

여자도 마찬가지여서 이 남녀 콤비는 모험을 몇 번 하는 사이 몇 억 대의 돈을 잡았고, 인도와 싱가포르, 홍콩, 마카오, 대만, 태국 등 여러 나라의 최고위층과 줄이 닿게 되었다. 그리고 암흑가의 보스들을 턱으로 부리게끔 되었다.

어떤 나라에서는 쿠데타군의 재정지원도 맡고 해서 동남아 일대에 확고한 밀수왕국을 이루었다. 살림이 커지자 내부 반란이 일어나 동업자였던 여자는 별개의 여왕국을 차렸다. 그러자 부하 두목들이 서너 차례 반란을 일으키고 해서 생명의 위협을 느낀 요네자와는 밀수사업에서 발을 빼기로 하고, 여태껏 자기와 동업관계에 있으면서 현금 수납을 도맡아온 모국 실력자에게 자기 몫을 달라고 했더니, 그 실력자 왈 "자네 돈은 전부 스위스은행에 예치돼 있고, 자네의 기록은 전부 검찰총장이 갖고 있으니 거기 가서 달라고 하게." 하더라는 것이었다.

그래 요네자와는 그 길로 즉시 도망을 쳤고, 그러자 체포령이 내리더니 궐석재판에서 사형선고가 내려졌다는 것이었다. 그 뒤로 동남아의 밀수왕은 졸지에 거지가 됐다는 것이었다.

거지가 되니 살맛이 없었는데, 요행으로 이곳 오시마에 와서 석공 조수 노릇을 해보니 이렇게 마음 편하고 기분 좋을 수가 없어, 밀수왕 12년간의 재미가 이곳의 반나절 재미만도 못하다는 것을 깨달았다고 했다.

"한국과 일본과는 거래한 적 없었소?" 내가 물었다.

"왜 없었겠소. 한국에는 금, 진주, 보석깨나 팔았고, 일본에서는 교토산 비단을 사 갔지요."

"어느 나라고 세관 통과가 어려울 텐데, 그걸 피하는 재주가 놀랍소. 무슨 비방이라도 있는지요?"

"비방이라니 무슨 비방이 있겠소. 우리도 세관을 통해서 출입하는 걸요. 다만 일반인과는 다른 문을 이용할 뿐이지."

"한국에서는 누구와 손을 잡았었소?"

"아니요, 한국에는 별로 큰 투자를 안 해서, 나는 한국에 가본 적도 없어요. 그저 서너 명 졸개들에게만 맡겼었는데, 졸개들끼리 싸움질이 나서, 두 녀석이 죽고 한 녀석은 아마 교도소에 지금도 있을걸요."

앞으로의 계획을 물으니 우리가 철수한 후에도 자기네들은 이곳에 눌러 있겠다는 것이었다. 오시마는 옛날에 극악죄인들의 유형지였지만 도나 줄리아 성녀님의 교화로 지금 이곳은 지상의 천국이라는 것이었다.

다음 날도 날씨는 마찬가지였다. 별수 없이 하룻밤 더 묵었다. 유동규가 기다리고 있을 생각을 하니 일각이 3년같이 조바심이 났다.

그다음 날은 날씨가 회복되었다. 아침 일찍 조반을 마치고 오시마를 떠났다. 사보이 호텔에 들어간 건 정오 무렵, 윌슨 일행이 기다리고 있었다.

내가 오시마에서 갖고 온 핵무기 두 개를 내주니 윌슨이 말했다. "이것으로 네 개요. 이제 한 개 남았소. 박만운 씨가 오늘도 나가긴 했는데 어떨지…." 그럼 후쿠시마에서도 회수된 것이다.

민단에 전화를 거니, 민단장 황경일 씨가 기다리고 있으니 곧 좀 오라고 했다. 유동규는 다른 동지와 있다고 했다. 나는 윌슨에게 민단과 조총련 간의 긴급한 일이 있어 가봐야겠다고 하니 다녀오라며 감시원도 붙이지 않았다. 목적한 물건 다섯 개 중 네 개가 회수되었고, 박만운이 전담하고 나서서인지 감시의 필요가 없다고 본 모양이었다.

민단 본부에 가보니 황경일 민단장이 나를 기다리고 있었다.

"김 선생, 글쎄 유동규 동지가 조총련 청년단 30명을 데리고 고국 방문을 하겠다니 이걸 어찌하면 좋겠소?" 황 단장은 무척이나 걱정조였다.

"황 선생님의 수완이 대단하십니다. 조총련 청년단까지 포섭하셨으니, 민단 역사상 최대 성과군요." 내가 말했다.

"그랬으면 내가 뽐내겠는데 그게 아니니 걱정이오. 현재 유동규 동지만 해도 이쪽저쪽 맘대로 드나들어 불안한 터인데, 이번에는 청년 단원 30명을 전향시킨다고 하니, 믿어야 할지 어쩔지? 김기식 씨 의견은 어떻소?"

"유동규 동지야 그간 여러 차례 큰 공을 세웠지 않습니까. 불안하게 보실 게 뭐 있어요."

"공은 세웠지만, 그 공이라는 게 우리 측에서 보면 이쪽의 공이고, 조총련 측에서 보면 그쪽의 공이랄 수도 있는 거 아니겠소. 그리고 우리 정보부의 말인즉, 이번 고국방문단의 인원 30명은 전원이 저 유명한 조총련 특공대라는 거예요. 김정일의 결재 없이는 움직일 수 없다는, 그 특공대 말이오. 그러니 그들의 한국방문도 김정일의 지령이라고 봐야 한다는 겁니다."

"의심하기 시작하면 한이 없습니다. 유동규 동지만 해도 목숨을 걸고 몇 차례 우리를 도왔지 않았습니까. WPO니 뭐니 해도, 하라 내각을 굴복시킨 것은 유동규 동지예요. 조총련 특공대만 해도 우리가 잘 이용하지 않았습니까. 그들의 이번 고국 방문이 설사 딴 뜻이 있는 거라 하더라도 그들 30명을 감시 못 할 우리나라 경찰력도 아닐 것이고, 한 걸음 더 나아가 그들 30명을 감화시켜 우리 품에 안을 만한 아량이나 정열이 없다면야 얘기는 끝난 거요. 단장님께선 조금도 걱정하지 마시고 쌍수를 들어 환영하시고, 본국 정부에 환영에 만전을 기하라고 하십시오."

"글쎄…."

"조총련의 누구라도 고국에 가겠다거든 환영하십시오. 나는 조총련 특공대 고국 방문을 대환영합니다."

"김 선생, 너무 간단하게 그러지 마시오. 살필 건 살피고, 가릴 건 가려야지."

"기가 죽으면 싸우기 전에 지는 겁니다. 유동규 동지는 어디 있어요?"

"아래층 신문실에 있을 거요."

나는 그리로 내려갔다.

"오시마에서 풍랑에 갇혔었구려?" 유동규는 나를 보자마자 말했다.

"덕분에 이틀간 잘 쉬다 왔어요. 생선도 많이 먹고. 그런데 갑자기 조총련 특공대가 고국 방문을 한다니 웬일이오?"

"특공대라고 누가 그럽디까?"

"황 단장이 그럽디다. 민단 정보부가 알아봤대요."

"민단도 제법이네. 그런 걸 다 알고. 맞아요. 전번에 우리와 함께 일한 동무들이오. 이길상 총재가 나더러 민단 측과 잘 교섭해보라지 않겠소."

"먼저 이야기한 대로 인솔자는 유동규 동지입니까?"

"나는 명목상 단장이고, 김회남이라는 정무위원이 부단장으로 따라가는데, 이 친구가 진짜 인솔책임자요."

"방문 목적이 뭘까. 짐작되는 게 있소?"

"나한테는 시치미를 떼고 있으나 한국에 나가서 현지 지령을 내릴 것으로 봐요."

"어떤 지령?"

"글쎄, 아직 감이 잡히지 않으나 30명 넘게 동원하는 것으로 봐서 제법 떠들썩하게 할 거 같소."

"갖고 가는 게 있겠군. 무기 같은 것?"

"그런 어색한 짓은 안 할 거요. 칼 같은 거야 한국에 가면 얼마든지 살 수 있고 훔칠 수도 있는 거 아니겠소. 정 안 되면 북에서 어느 해안 지점으로 보낼 수도 있겠고."

"그건 그렇군."

"그래서 의논인데, 김 형도 이번에 나와 함께 갔으면 해요. 서울은 나로서는 생소한 곳이라, 손발 맞는 사람이 있었으면 해서."

"알겠소. 지금 나는 미국 CIA에게 핵무기 건으로 졸리고 있는데 빨리 정리가 끝나는 대로 뒤쫓아 가리다. 그리고 황 단장에게 부탁해서, 서울 일에 밝고 쓸 만한 친구를 한 사람 선발하여 안내원 명목으로 따라가게 할 테니 아무 걱정 하지 마시오."

"좋소. 안내를 맡을 사람을 미리 소개해주시오. 먼저 상의할 게 몇 가지 있어요."

"좋아요. 지금 곧 황 단장께 부탁해서 만나보도록 합시다."

우리 두 사람은 단장실로 올라갔다.

"유 동지 얘기를 들으니 아무래도 이번 일은 심상치 않은 것 같습니다. 누구 한 사람 서울 일에 밝고 머리가 잘 도는 사람을 안내역 명목으로 붙여 보내는 게 좋겠습니다. 그런 사람 없을까요?"

황경일 단장은 잠시 생각하더니 말했다. "적당한 사람이 있긴 있는데 지금 도쿄에는 없고 우리 민단 서울연락소에 부소장으로 있는 고영한이란 사람이 있소. 그 사람이면 어디 내놔도 한몫하는 친구요. 서울서 방문단 일행을 마중하게 하든지, 아주 이리 와서 함께 떠나도록 하든지 아무래도 좋아요."

"기왕이면 이곳으로 와서 사전에 서로 의논도 하고 함께 떠났으면 합니다." 유동규는 즉석에서 제안했다.

"좋소. 내 지금 당장 전화를 걸지."

황경일 단장의 전화를 받은 고영한이란 사람은 12월 2일 서울을 떠나겠다고 했다.

나는 유동규가 만족하는 걸 보고, 그곳을 나왔다. 나는 몇 군데

볼일을 끝내고 저녁나절 사보이 호텔로 돌아왔다. 박만운도 얼마 안 있어 돌아왔다. 기다리고 있던 윌슨은 가장 궁금한 핵무기 나머지 한 개를 찾았느냐고 박만운에게 물었다. 박만운은 신통치 않은 얼굴로 말했다.

"물건은 찾지 못했으나 누가 가졌는지는 알아냈소."

"누구요? 가진 사람이." 윌슨이 다그쳐 물었다.

"모리 간타로라는 일본인이오. 나흘 전 이 방에서 일본 경찰에 끌려간 두 일본인 중의 한 사람이외다."

"죄명이 뭐요?"

"보안법 위반이라든가? 잘은 모르오."

"코뮤니스트인가?"

"아니, 코뮤니스트는 아니고 아나키스트라고 합니다." 박만운이 대답했다.

"혁명운동을 한 모양이군. 파괴 활동을 했거나…."

윌슨은 일본 정부에 부탁해서 모리를 데리고 나와 감춰놓은 핵무기를 찾을 궁리였다. 내가 윌슨에게 설명했다.

"미스터 모리는 사상가지, 행동주의자는 아니오. 그는 실제로는 아무런 죄가 없어요."

"그럼 왜, 유죄판결을 받았을까?"

"동양에서는 아나키스트라 하면 공산당보다도 더 고약하게 보는 경향이 있소. 특히 일본은 더욱 유별나요. 전에 오스기 사카에라는 아나키스트는 아나키스트라는 이유 하나로 헌병이 무조건 사살한 적도 있어요."

"설마?" 윌슨은 믿지 않았다.

"모리의 기록을 알아보면 알게 될 거요."

윌슨이 자기 방으로 건너간 후 나는 박만운에게 물었다. "바꿔치기는 어찌 됐소? 구보다 철공소에 들러봤소?"

박만운은 조심스레 대답을 했다. "나야 혹이 붙어 다녀서 못 가보고 소식만 전해 들었는데 만들기가 상당히 까다롭다더군. 2, 3일만 여유를 주면 얼추 될 것 같긴 하다는데 어째 아슬아슬해." 신경이 굵은 그도 입술이 튼 걸 보니 무던히 애가 타는 모양이었다.

윌슨이 일본 정부와 교섭하여 모리를 형무소에서 일시 출소시켜, 오사카 이코마 공원으로 데리고 가게 되는 소속시일이 얼마나 걸리느냐에 따라 우리의 모조품 바꿔치기 공작의 성공 여부가 걸려 있는 것이었다.

다음 날 윌슨은 아침부터 미국대사관으로, 일본 법무성으로, 형무소로 분주히 돌아다니다가 저녁 늦게 호텔에 돌아왔는데 우리는 그로부터 뜻밖의 소식을 듣게 되었다.

윌슨의 말인즉, 모리 간타로와 요시무라 다다시는 11월 17일 형무소에 수감된 이후 자신들의 무죄를 주장하고 단식 투쟁을 벌이고 있어, 당분간 면회도 어려울 것 같다는 것이었다. 우리는 두 동지의 건강이 걱정되는 한편 가짜 핵무기의 제작 시간에 여유가 생긴 것을 다행으로 여겼다.

나는 윌슨을 부추겼다. "모리의 주장이 옳아요. 그는 죄가 없소. 학문으로써 아나키즘을 연구한 일밖에 없는데 민주국가에서 그게 무슨 죄가 된단 말이오. 더욱 모리나 요시무라의 연구 실적이 법망에 걸린 것은 3년 전의 일인데 기소유예나 불기소로 처리할 수도 있지 않겠소. 당신이 일본 법무성을 잘 달래보시오."

"글쎄, 우리도 날짜가 촉박한데 야단났소. 내일은 변호사를 부탁하여 하는 데까지 해봐야겠소." 윌슨은 피곤한 표정을 지었다.

결국, 모리 간타로와 요시무라 다다시의 재심 신청을 받아주는 조건으로 두 기결수는 단식투쟁을 중지하고, 미국대사관의 요청으로 오사카 이코마 공원 현장검증이 실시된 건 엿새 후인 11월 27일이었다.

이코마 공원 축대 밑에서 문제의 핵무기는 회수되어 윌슨의 일본 출장 업무는 일단락되었다. 그러나 마지막으로 회수한 이 물건은 겉상자만 진짜고 안의 핵무기는 우리가 대신 만들어 바꿔 친 것을 윌슨은 알지 못하고 그리스로 떠났다. 이코마 공원에서 모리가 찾아낸 진짜 물건은(이것 역시 가짜라는 것이긴 하지만), 나중에 우리나라로 반출되어 국방연구소로 들어갔다.

이제 남은 급한 일은 유동규 일행의 고국 방문 문제였다.

16
위장 고국방문단

황경일 재일한국 거류민단장의 지시로, 민단 서울연락사무소 부소장인 고영한이 도쿄에 도착한 건 12월 2일 정오였다.

이날 저녁 황경일 단장 자택에서 단장과 서울서 온 고영한, 유동규, 그리고 나, 네 사람이 한자리에 모였다. 고영한은 유동규는 물론 나와도 안면이 있는 사이였다. 즉, 지난봄에 유동규가 조총련의 비밀지령으로 민단에 위장전향해 올 때 이것이 참말이냐, 거짓 전향이냐 하여 정보부와 과학수사연구소 등을 오락가락하며 수선을 떨 때, 고영한도 참여했었고 결국은 내가 나서서 유동규의 신원을 책임져 일단락을 짓긴 했으나, 이런 경로로 해서 유동규는 민단이나 조총련 양쪽에서 요주의 인물 취급을 받는 처지였다.

고영한은, 문제의 유동규가 조총련 청년단 30명을 이끌고 새해맞이 고국방문길에 오르는데, 자기가 안내역을 맡기 위하여 이곳까지 오게 됐다고 하니 납득이 안 가는 눈치였다. 황 단장이 고영한에게 설명했다.

"고영한 동지는 고국방문단 안내라면 서울서 마중 나가도 될 터인데 뭣 때문에 이곳까지 와야 하는가 하는 의문이 있을 거요. 나 역시 그와 같은 의문이 있는데, 유 동지가 꼭 그렇게 해야 한다고 주장하고 김 동지도 유 동지 하자는 대로 하는 게 좋을 거라 해서 오늘 이렇게 만나게 된 겁니다. 그럼, 유 동지, 나도 궁금하니 고영한 부소장을 이곳까지 오게 한 이유 좀 들어봅시다."

"네, 말씀드리죠. 이번에 서울로 가는 조총련 청년단 30명은 보통 재일동포 고국방문단과는 아예 생리가 다른 사람들입니다. 여기 김기식 동지는 잘 알고 있는 특공대원들입니다. 물불을 가리지 않고 생사를 초개같이 아는 기계인간들이에요. 김기식 동지는 함께 일을 해봐서 잘 알죠. 그렇죠?" 유동규는 나의 동의를 구했다.

"맞소." 나는 맞장구를 쳤다.

"그 특공대 청년 30명이 자발적으로 한국에 가겠다는 겁니까?" 고영한이 유동규에게 물었다.

"표면적으로는 그렇지요. 한국이 많이 발전했다니 한번 가보고, 과연 소문처럼 잘돼가고 있다면 전향도 고려해보겠다는 거지요. 그러나 그것은 겉치레 얘기고, 실제 내용은 명목상 책임자인 나보다 지위가 높은 정무위원 김회남이란 사람이 부책임자가 되어 한국에 나가서 현장지령을 내릴 겁니다."

"대개 어떤 지령이 내려질 거 같소? 전번에 만날 때는 감을 못 잡겠다고 유 동지가 그랬는데, 그간 어떤 기미가 보입디까?" 내가 물었다.

"그 친구들이 나를 보통 경계하는 게 아니에요. 전혀 아무런 기색도 나타내지 않아요." 유동규가 말했다.

"그 정무위원이라는 김회남이도 거짓으로나마 전향의사가 있다는 거요?"

"그건 아니오. 하루는 나와 술잔을 나누면서 본심을 말하더군요. 그 사람 말이, '나는 유동규 동지만 믿소. 나도 이번에 한국에 나가서 공을 세워 별 하나 따봐야겠소.' 하는 거예요. 이때다 싶어 내가, 김 선생 이번에 우리에게 주어진 임무가 뭐요? 하니깐, 이 친구 갑자기 제정신이 들었는지, '유 동무 지금 나더러 뭐랬소? 내가 뭐라 했길래 그런 소리 하는 거요?' 하고, 얼굴빛이 싹 달라지더군요. 나는 '아니오. 궁금해서 한번 김 선생께 물어본 것뿐이오.' 하고 어물어물하고 말았어요.

우리 이길상 총재영감은 어느 정도 나하고 통하는 터라 한번 운을 떠보니깐 고갤 절레절레 흔들며, '뻔히 알면서 그런 소릴 하면 어떻게 해.' 하며 화를 냅디다. 그래서 여러모로 검토한 결과, 내 짐작에는 김회남이란 친구가 평양에서 특별지령을 받고 나온 모양이에요. 특공대 사용권한을 받은 것으로 봐서, 아마 이길상 총재도 내용을 모르고 있을 겁니다."

"혹 1968년도의 김신조 사건 따위 아닐까?" 고영한은 불쑥 말하고는 자신도 자기 말에 놀랐는지 얼굴을 붉히고 좌중을 둘러보았다.

"설마."

"누가 알아. 설마가 사람 잡지."

"뭣일까?"

제각기 한마디씩 했다. 방 안 공기가 싸늘해졌다. 그러자 유동규가 분위기를 가라앉혔다. "공연히 너무 긴장들 마시고, 내 생각에는 별일은 없을 것으로 알아요. 김회남 정무위원이 취중에나마, '나는 유동규 동지만 믿소.' 하던 말만 하더라도 한국에 나가서 나에게 의지할 건 분명하니, 때에 따라 임기응변으로 대처해야겠죠."

"그런데 고영한 동지를 미리 오게 한 까닭은 뭐요?" 내가 물었다.

"고 동지를 미리 오게 한 것은 두 가지 이유가 있어요. 하나는 일행들과 하루라도 더 접촉하여, 감시할 건 감시하고 어떤 단서라도 비치면 나와 상의하여 예방책을 취하자는 것이고, 또 하나는 특공대 대원들을 대할 때 주의할 점 몇 가지를 말하려고 해서요.

이건 전부터 내가 체험으로 느끼고 있는 점인데 남쪽, 즉 한국 사람들이 이북 사람들에게 말을 할 때 조심해야 할 게 한둘이 아니에요.

고영한 동지께서는 청년방문단 안내를 맡는 그 순간부터 명심하셔야 합니다.

첫째, 김일성의 욕을 하지 말 것.

둘째, 북한 괴뢰라는 말을 쓰지 말 것.

셋째, 동무라는 말을 농담으로라도 하지 말 것. 특히, 아버지 동무니 어머니 동무니 하는 말.

넷째, 북한이란 말보다는 북조선이라 할 것.

다섯째, 이북에서 쓰는 말을 흉보지 말 것. 예컨대 상호 간에 어떻다는 걸 그쪽에서 호상 간이라고 한다고 이질적이니 뭐니 하지 말 것.

여섯째, 단절 40년간에 굳어버린 생활상의 이질 현상을 묵인할 것. 예컨대 언어의 변화, 관혼상제 등 풍습의 변화, 종교와 신앙의 소멸, 주체사상의 숭배 등, 모두 모른 체하고, 결코 비웃거나 책망을 하지 말 것.

일곱째, 정치체제, 사회구조의 비평을 삼갈 것. 그들이 주장하는 것은 주체사상 집단이며, 이것은 초이론, 초현실주의이며, 이것은 저쪽에선 생명이 왔다 갔다 하는 불가침, 불가촉의 것이라는 걸 양해할 것.

물론, 이상 일곱 가지의 내용이 옳다는 것은 아니고 이질화로 굳어버린 그들과의 접촉에서 우리는 긴 안목으로 이해하고 서서히 용해시켜서 우리와의 동질화를 기대해야지, 성급하게 이쪽 주장이나 형식을 고집하든가 자랑하면 쌍방의 거리감이 깊어지게 됩니다.

그리고 말이 난 김에 하겠는데 우리가 빨리 시정해야 할 몇 가지 사례를 말하겠어요. 남한 사람은 북한 사람에 비하여 사상성이 빈곤하고 신념이 허약합니다. 듣기 거북하시더라도 잠시만 참고 들어주셔야 합니다.

그야 그쪽은 전체주의 독재국가이고 우리는 자유민주주의 국가니깐 얼핏 보아 인상이 그렇지 실상은 우리가 월등 우세하다고 말씀하시겠지요. 사실 그렇습니다. 우리 쪽이 월등 우세합니다.

그러나 남한 사람의 반 정도가 사상성이 빈곤하고 신념이 허약한 게 큰 문제입니다. 그것도 일반 시민, 서민층보다 소위 지식층에 이런 경향이 더욱 심하니 걱정입니다.

한 가지 예를 들까요. 국제경기에서 왕왕 남북대결이 있을 때, 감독이나 선수, 신문기자들이 하는 소리는 대개 우리가 외국한테 지는 한이 있더라도 남북대결에선 꼭 이겨야 한다는 거예요. 이건 창피한 말입니다. 지도층일수록 이 창피한 걸 모르고 있어요. 얼마 전

유럽 어느 나라에서 빙상경기가 있었는데 출전선수 총 37명 중에서 한국이 36위, 북한이 37위를 했는데 우리 선수는 북한을 이겼다고 깡충깡충 뛰고, 신문에는 대문짝만한 활자로 '한국, 북괴를 누르다' 라고 대서특필을 했습니다.

이것은 남한 사람 중 많은 사람이 북한을 두려워하고 있다는 공포심리와 패배의식의 발로입니다.

이런 사람들은 TV 뉴스화면에 북한 군인들의 행진 장면이나 북한 어린이들이, '수령님 명령만 내려주소서. 남조선을 당장 해방하겠습니다.' 하는 선서장면을 보면 더럭 겁을 먹습니다. 북한은 저토록 철통같이 조직이 되었는데 한국은 이게 뭐냐. 날마다 데모나 일어나고 정당은 정당대로 집안싸움만 하고 이러다 휴전선이 터지면 어쩌지? 하는 불안감에 사로잡힙니다. 이래서는 안 됩니다. 항상 자신감을 갖고 북한을 대해야 합니다. 그들을 무서워하지도, 미워하지도 말아야 합니다. 독일의 예를 봅시다…." 유동규의 열변이 계속 이어지자 황 단장이 "그만!" 하고 정지시켰다.

"유 동지는 지금 통일원 회의장에서 강의하는 거 같군. 그 정도의 다 아는 얘기는 그만하고 본론을 얘기해요." 황 단장은 유동규의 장광설이 지루하기도 하고 불쾌하기도 한 모양이었다.

"네, 다 아시는 얘기라면야 그만두지요. 고영한 동지께선 내가 떠드는 요지를 이해하셨습니까?" 유동규는 말하고서 고영한을 바라보았다.

"잘 알겠어요. 첫째 김일성의 욕을 하지 말 것. 그다음은 뭐더라? 여기 메모 좀 해주시겠어요?" 하며 용지를 펴놓았다. 유동규는 일곱 가지 금기사항을 적었다.

"역시 유 동지는 조총련 소굴에서 자란 분이라 다르군. 적을 이기려면 적을 알아야 하고, 적의 소굴에 들어가야 한단 말이야." 나는 유동규의 사기를 돋워주었다.

그러나 황 단장은 그게 아니었다. "그런 추상적 이론보다 이번 조총련 청년단이 한국에 가서 노리는 게 뭐냐? 이걸 알아내야 해."

"그걸 아는 건 김회남 한 사람밖에 없습니다. 그렇다고 지금 족칠 수도 없는 노릇이고, 현장에 부딪혀서 적절히 대처하는 도리밖에 없죠." 여전히 유동규는 대범했다.

"아니야…." 황 단장은 정색을 하며 이야기를 이어나갔다. "미리 서울에 연락해서 경비태세를 강화하도록 해야지. 혹시 큰 사달이라도 나면 내 책임이야." 걱정이 대단했다.

"대개 이렇게들 하더군요. 서울에 도착하면 안내원이 서울 시내 고궁이나 대공원 등을 구경시키고 나서, 제철공장이나 조선소, 댐 공사장들을 두루 구경시키고, 전원 일단 해산하여 각자 고향이나 연고지를 2, 3일간 다녀오게 한 후 다시 집합시켜 돌려보내는데, 이번 청년단의 경우는 경찰력을 특별히 강화하도록 일러놔야겠군요. 특히 김회남인가 하는 사람을 철저하게 감시해야겠지요." 고영한이 말했다.

"맞아. 그런 구체적 대책을 마련해놓으면 되겠군. 고영한 동지가 오길 잘했소." 황 단장이 반색했다.

이날 밤 모임은 이 정도에서 헤어졌다. 나는 사보이 호텔로 돌아오면서 곰곰 생각하였다. 웬만한 일에는 유동규가 서두르는 일이 없는데, 이번에는 상당히 긴장하는 걸 보니 그는 특별한 위험의식을 느끼고 있는 모양이었다. 그가 좀 더 구체적 대책 마련을 설명하려는 도중에 황경일 단장이 제지하는 바람에 멈칫했는데 그의 의중은 과연 어떤 것일까? 그게 궁금하였다.

이날 밤 유동규한테서 전화가 왔다. "김 형이 하는 일은 어찌 됐소? 다 끝난 거 아니오? 끝나는 대로 서울로 오시오. 암만해도 김 형이 도와줘야 할 것 같소. 아니, 꼭 그렇다는 건 아니고, 어쩐지 예감이 이상해…. 아무튼 나는 5일에 서울로 가니깐 될 수 있으면 그 전에 한번 만났으면 해요."

나는 일본에서 할 일이 몇 가지 남아 있어 당장 손을 떼기가 어렵다는 사정을 말하고 될 수 있는 한 빨리 서울로 돌아가도록 하겠다고 말했다.

내가 일본에서 마무리할 일 중에는 일본 남단 가고시마현 사쿠라지마에 작년부터 머물러 있는 토머스 테네시아 박사팀과의 접촉 과제도 있었다.

테네시아 박사는 미국 MIT 공과대학의 유명한 지질학자였다. 그는 작년부터 사쿠라지마에 체류하면서 일본인 1명, 한국인 6명의 연구원을 데리고 지열을 이용한 발전 가능성을 시험 중이었다.

사쿠라지마는 1914년의 대폭발로 막대한 양의 용암을 분출하여, 세계 지질학자들의 주목을 끈 활화산으로 현재도 지표 가까이 용암 지층을 지니고 있어, 화산 둘레 일대가 온천지역을 이루고 있었다.

이 온천수로 소규모의 발전기를 돌리기는 용이한 일이었다. 테네시아 박사팀의 연구과제는 이 지열로 30만 내지 100만 킬로와트시의 공업용 전기를 얻을 수 있느냐는 것과, 이 경우에 있을지도 모를 시설공정의 위험도 측정이었다. 제대로 될 경우 거의 무상으로 막대한 에너지를 얻게 되는 사업이라 일본과 미국 등 세계의 관심이 이 연구팀에 쏠려 있었다.

이상은 토머스 테네시아 박사팀의 1차적 연구과제였고, 박사팀이 아직은 대외비로 하고 있는 2차적 연구과제가 있었다.

그것은 활동기에 있는 화산, 또는 현재는 쉬고 있지만 재기의 가능성을 지닌 화산에 지표상에서 어떤 압력이나 진동파를 계속 보낼 때 지진 또는 새로운 화산분출의 가능성이 있는가를 시험하는 것이었다.

테네시아 박사는 그동안의 실험에서 어느 정도의 가능성을 발견해냈다. 한 걸음 더 나아가 테네시아 박사는 호리병 형태의 자석을 지진지대의 지각 속이나 휴화산 분화구에 묻어놓고 외계의 인공위성에서 전파를 발사함으로써 호리병형 자석의 전극 변화로 인한 지표요동, 즉 소규모의 지진을 유발시킬 수 있다는 이론을 얻었다.

이 이론이 실용화된다면 평화시는 산업용으로, 또는 전시 땐 과학무기로도 활용할 수 있는 것이었다.

그런데 내가 왜 여기서 토머스 테네시아 박사팀의 업무를 소개하는가 하면, 테네시아 박사와 우리 사이에는 이번 일본 침공에 관한 약속이 있었기 때문이었다.

경우에 따라 우리는 사쿠라지마를 오시마를 대신할 제2의 기지로 활용할 것과 5백만 달러를 주고 산 핵무기는 될 수 있는 한 사용하지 말고 사쿠라지마와 부근에 있는 아소산 일대에, 리히터 3도 이하의 약한 인공지진 현상을 연출하여 일본 정부와의 협상 카드로 쓰자는 것이었다. 일본 침공을 일단 성공적으로 끝낸 이 마당에 테네시아 박사팀을 괴롭힐 필요는 없었다. 그러나 일본에서 빨리 철수해야 하는 우리로서는 일본 정부와 마무리 지어야 할 몇 가지 잡무가 있었다.

즉, 일본을 철수하기 전에 일본에 남기를 원하는 일본인 동지들의 자유보장을 일본 정부로부터 받아내든가 아니면 한국으로 데리고 가야겠고, 그 밖에 현재 삿포로 군사법원에 계류 중인 김규수와 그녀의 어린 남매를 구해내야 하는 일이었다. 이러한 일을 처리하는 과정에서 나는 테네시아 박사에게 의존해야 할 경우가 예상되었다.

나는 이런 배경을 염두에 두고 우선 나 혼자의 힘으로 일본 정부와 교섭하기로 하였다. 나의 교섭 상대는 하라 총리의 비서실장인 오노 세이기였다. 그러나 오노는 나의 청을 들어줄 엄두도 못 내었다.

"김 선생. 저번에 우익단체들이 벌떼처럼 들고일어나 '국적 오노를 죽여라!' 하는 소동을 보셨지요. 이제 나는 표면에 나설 수 없어요."

"여보시오, 오노 선생. 그까짓 일로 움츠러들면 어떡하오. 그래, 김규수를 군사재판에 넘긴다 합시다. 죄목이 뭐요? 군용비행장 폭파미수 죄겠군. 죄목은 어마어마하나 그 여자가 한 것이란 고작, 전선 몇 미터 숨겨놓은 거밖에 뭐가 있소?

이걸 가지고 군용비행장 폭파음모죄로 몰아요? 그 여자가 전선을 들고 간 삿포로 비행장이란 과연 어떤 곳이오? 그 여자의 아버지를 비롯한 수천수만의 조선인 피징용자의 피와 뼈가 묻힌 곳이외다. 강제징용으로 끌고 가 죽게 한 그들에게 일본 정부는 단 한 푼의 보상이라도 한 적이 있소? 없소?

나는 김규수의 재판이 열리면 내외신기자들을 전세 비행기로 싣고 가 '삿포로 군용비행장과 전선을 쥐고 법정에 선 한국 여자'란 기사를 전 세계에 내보내도록 하겠소. 잘 생각들 하시오."

오노를 협박하고 그곳을 나온 나는 아사히신문의 편집국장 다카다 노보루를 만나러 갔다. 나는 여기서 한층 더 떠들었다.

"아마 김규수 얘기가 전 세계의 전파를 타면, 세계 각국의 의협심 많은 청년들이 대거 삿포로로 몰려갈 것이오. '40년 전의 일제 만행을 원망하는 한국 여자를 죄 주려는 오늘의 일제'라고 떠들 거요."

"김 선생, 너무 흥분하지 마시오. 일본인도 생각이 있는 인종이오. 그까짓 일로 군사재판이야 있겠어요. 훈계방면으로 처리되겠지요." 다카다 편집국장이 말했다.

"다카다 선생 말씀을 들으니 내가 너무 옹졸하게 생각했었군요. 미안합니다." 나는 사죄하고 그와 작별했다.

다카다 국장 말을 듣고 보니 내가 지나치게 서둔 감이 있었다. 김규수 걱정은 안 해도 될 것 같았다. 문제는 모리 간타로와 요시무라 다다시였다. 그들은 3년 전에 궐석재판으로 7년 징역을 받은 사람들이었다. 내버려둬도 그간 감형은 있을 것이고 하여 5년 정도 있으면 다시 세상 구경을 하게는 되겠지만, 내 욕심 같아선 두 친구를 형무소에서 끌어내 함께 철수하고 싶었다.

나는 일본인 동지 한 사람에게 자세한 내용을 일러 사쿠라지마로 보냈다. 토머스 테네시아 박사에게 가서 모리와 요시무라 얘기를 하긴 하되 꼭 부탁하는 일은 아니고 잘못하다가 박사의 큰 사업에 누를 끼치는 일이 돼서는 안 된다는 점도 강조하라고 일렀다.

사람을 보낸 지 사흘 만에 사쿠라지마에서 전화가 왔다. "내일 오후 4시에 하네다 공항에서 만나자"는 테네시아 박사의 말이었다.

나는 공항으로 마중 나갔다. 우리 두 사람은 2년 만에 만나는 것이었다. 백발이 성성한 테네시아 박사는 노인답지 않게 아주 건강해 보였다. 그는 나에게 그간 수고가 많았다고 치하하고 자기의 연구사업도 순조롭게 진행되고 있다며 표정이 밝았다.

"제가 보낸 사람을 만나 보시고 일부러 오신 겁니까?" 내가 물었다.

"겸사겸사 해서 도쿄 바람도 쐬고 싶어 왔어요. 나는 내일 낮에 하라 총리와 점심 약속을 하였소."

"모리 간타로 일로요?"

"그 일이 첫째 목적이오. 그리고 하라 총리는 MIT 출신이오. 내가 직접 가르치진 않았지만 내 친구의 제자였지. 걱정하지 말아요. 간단히 해결될 거요. 자, 우리 여기서 헤어집시다. 당신은 아마 줄곧 일본 경찰이 미행하고 있을 거요. 그렇다고 겁나는 건 아니고 여차하면 나도 본체를 나타내도 좋아." 테네시아 박사는 시원하게 웃었다.

그러고 나서 열흘 후 12월 8일, 나는 사보이 호텔에서 모리 간타로와 요시무라 다다시를 만나게 되었다. 두 사람 다 형 집행면제로 자유의 몸이 된 것이었다. 꼭 기적만 같았다.

그러나 나중에 전해 들은 총리관저에서 있었던 테네시아 박사와 하라 총리의 오찬 석상의 소식은 매우 흥미 있었다.

*

두 사람이 점심을 끝내고 난 후 차를 드는 자리에서, 테네시아 박사가 지나가는 말처럼 물었다. "모리 간타로라는 사람과 요시무라 다다시, 본명은 기무라라고 하더구먼. 이 사람들이 지금 형무소에서 복역 중이랍니다. 총리가 좀 알아봐줄 수 있겠소?"

이렇게 서두를 꺼내니까 하라 총리는 깜짝 놀라는 얼굴로 되물었다. "알아볼 수야 있지요. 그런데 왜 박사님께서…?"

"그 사람들은 아나키스트라는군. 과격파는 아니고 그저 학구파인데 자기 동료들이 저지른 일에 연좌되어 3년 전에 궐석판결로 7년 형을 받고 도피 중에 있다가 얼마 전에 경찰에 체포되어 수감됐더군."

테네시아 박사는 담담하게 얘기하나, 듣는 하라 총리는 놀란 눈으로 박사에게 물었다. "그런 일을 박사님께서 어찌 그리 소상하게 아십니까?"

박사는 웃으며 대답했다. "실은 사쿠라지마에서 나를 돕고 있는 사람 중 이케다 이사무라는 사람이 있는데, 이케다 기사와 모리, 요시무라가 동창 관계라 요즘 이케다는 자기 친구 두 사람 때문에 걱정이 되어 일도 제대로 못 하고 있어요. 그래서 내가 알게 되었고, 내용을 물어보니 취미로 연구한 크로포트킨 학설이 동티가 난 거더군. 그러니 하라 총리가 법무상한테 잘 상의를 하여 내 조수의 입장을 봐주시게."

"박사님, 모처럼 저에게 청하시는 거올시다만, 이것은 곤란합니다. 법무상이 들어줄 것 같지 않습니다."

당연한 답변이었다.

"그렇겠지. 법무상이야 간단히 듣지 않겠지. 내 그 대신 좋은 선물을 준비해 왔소. 뭐 조건부 얘기로 들어선 안 되고 내 조수인 이케다 기사가 일본 정부에 큰 공을 세우게 되었으니 일본 정부는 알아서 해야 할 것이오. 이케다 기사의 공이란 다른 게 아니라 앞으로 일주일 내에 사쿠라지마가 다시 폭발한다는 징조를 발견했어요. 그래서 나는 이케다 기사를 오늘 아침에 가고시마 현장에 나가 사쿠라지마의 주민 2만5천 명의 즉시 대피를 통보하라고 일렀소. 이건 틀림없는 예보요. 하라 총리도 가고시마에 전화를 걸어 우리의 통보를 절대 소홀히 말도록 특별지시를 하시오. 이번 폭발로 가고시마와 다루미즈에도 많은 연기와 화산재의 피해가 예상되어 걱정이오. 나는 지금 바로 현지로 가서 상태를 지켜봐야겠소. 오늘 점심 잘 먹었어요."

테네시아 박사는 훌쩍 떠나가고 하라 총리는 가고시마에 전화를 건다, 각 대학의 전문학자며 국립지질연구소 직원을 현지에 파견한다, 대책본부를 구성한다, 법석을 떠느라 정신이 없었다.

그리고 사쿠라지마는 11월 30일부터 검붉은 연기와 뜨거운 화산재를 조금씩 뿜어내기 시작했다. 테네시아 박사의 예언이 틀림없었다. 주로 어업에 종사하는 섬 주민들은 가재도구를 꺼내 먼 곳으로 대피하느라 법석이었다. 신문에는 테네시아 박사의 예언이 적중, 현지에 대책본부 설치의 기사가 실리고 호외도 돌았다.

테네시아 박사팀은 간혹 불덩이도 섞인 연기와 재를 무릅쓰고 현장연구실을 지키며 각종 계기의 기록과, 재와 먼지의 채취에 열중하면서 쇄도하는 문의전화에 일일이 설명을 붙여 응대하느라 몹시 바빴다.

가고시마에서는 박사팀에게 위험하니 철수하라고 누차 권했으나 그들은 위험 여부는 우리가 알아서 처리할 터이니 일반시민들의 피해방지에나 신경 쓰라고 여유만만했다. 이들 연구팀의 대변인이 이케다 기사였고, 이케다 기사는 일약 유명인이 되었다.

사쿠라지마의 용암분출은 일주일 동안 계속되다가 점차 누그러졌다.

모리 간타로와 요시무라 다다시의 형 집행면제는 먼저 말한 대로 12월 8일 이루어졌다. 홋카이도 삿포로의 김규수는 이보다 앞서 12월 4일 도쿄에 도착하였다. 모리나 요시무라 그 밖의 모든 일본인들은 일본에 남겠다고 본인들이 희망하여 그대로 남고, 필리핀인 파농 노인은 필리핀으로, 중국계 모우 싱싱과 왕 따이기는 대만으로 각각 떠났다. 오시마에 있던 우리 동지 서정달 등 4명은 함께 철수하고 사쿠라지마의 인원은 테네시아 박사의 지시로 전원이 당분간 남아 있기로 하였다.

결국, 우리 한국인 일행 27명과 규수 모녀 3인 등 30명 일행은 12월 15일 KAL 기편으로 나리타 공항을 떠나 서울로 향했다. 김포공항을 떠난 지 1백50일 만에 다시 고국의 땅을 밟은 것이다.

나는 고국 땅을 밟는 즉시 유동규를 찾았다. 유동규는 지난 5일, 출발에 앞서 나와 만나기를 원했으나 내가 시간에 쫓기다 보니 그와의 약속을 이루지 못했다.

유동규가 인솔하는 조총련 특공대원 32명과 안내역의 고영한은 예정대로 우리보다 열흘 앞서 서울에 도착하였다. 우리 경찰은 이들의 도착에 앞서 도쿄의 민단본부가 통보한 의견에 따라 재래의 조총련 고국방문단의 경우와는 달리 특수한 환영순서를 꾸몄다.

즉, 조총련 청년단이 12월 5일 도착 즉시 각자의 자유행동이나 연고자와의 접촉을 금지하고 바로 강남에 있는 영동장 호텔에 수용, 여기서 식사와 휴식을 취한 다음 사복경관 3명을 안내원으로 추가 배치하여 3일간 시내와 근교 관광을 시킨 후 각자 고향이나 연고지 방문의 자유행동 기간을 3일간을 주되 전원을 7개 조로 나눠 조마다 안내원을 붙이고, 13일 일단 영동장 호텔로 복귀한 후, 전원 5일간의 단기간 훈련과 견학을 겸한 화랑대 입영절차를 밟게 하였다.

이것은 혹시 있을지 모르는 그들의 서울에서의 예정된 활동일정에 차질을 주려는 조치이며 아울러 그들의 소지품 수색, 행동 감시의 이점을 노린 것이었다.

그래서 나와 우리 일행이 서울에 도착한 12월 15일에는 유동규 일행 고국방문단은 전원 화랑대에 단기 입영 중이었다.

이들의 한국방문은 확실히 어떤 음모를 간직하고 있는 것만은 사실인 모양이었다. 나를 찾아온 경찰고위층의 모 씨는 12월 8일 밤사이에 대원 두 명이 숙소인 영동장 호텔을 무단이탈하여 여태껏 행방불명이라고 했다.

인솔자인 유동규와 김회남은 자기들도 어찌 된 일인지 전혀 사정을 모른다고 주장한다는 것이었다.

뭐가 있긴 있었다. 과연 그들은 무엇을 계획하고 있는 것일까? 나는 화랑대로 유동규를 만나보러 가기로 했다.

〈끝〉

이 소설은 위기감 속에서 시작하여, 주인공들과 일본당국 사이에 극적인 타협을 이룬 후에도 한 치 앞을 예측할 수 없는 위기감에 휩싸인 채 일단 종장에 이르렀다.

하지만 우리에겐 심판해야 할 또 하나의 분단된 현실이 남아 있다. 이 현실이 완전히 심판될 때 이 글도 완전히 끝날 것이다.

— 문윤성

일본심판

초판 1쇄 인쇄 2019년 11월 1일
초판 1쇄 발행 2019년 11월 5일

지은이 문윤성
펴낸이 박은주
기획 김창규, 최세진
디자인 김선예, 류진
마케팅 박동준, 김아린

발행처 아작
등록 2015년 9월 9일(제2018-000142호)
주소 03924 서울시 마포구 월드컵북로54길 25
 상암DMC푸르지오시티 504호
대표전화 02.324.3945 **팩스** 02.324.3947
이메일 decomma@gmail.com
홈페이지 www.arzak.co.kr

ISBN 979-11-90394-05-5 03810

책 값은 표지 뒤쪽에 있습니다.
잘못 만들어진 책은 구입하신 서점에서 교환해 드립니다.

아작은 디자인콤마의 문학 브랜드입니다.